本书获北方工业大学科研创新团队项目资助出版

乘兴且长歌

河汾王氏家族文学研究

李海燕 著

中国社会科学出版社

图书在版编目(CIP)数据

乘兴且长歌：河汾王氏家族文学研究/李海燕著.—北京：中国社会科学出版社，2022.8

ISBN 978-7-5227-0189-9

Ⅰ.①乘… Ⅱ.①李… Ⅲ.①中国文学—古典文学研究—隋唐时代 Ⅳ.①I206.4

中国版本图书馆CIP数据核字(2022)第079967号

出 版 人	赵剑英
责任编辑	宫京蕾
责任校对	秦 婵
责任印制	郝美娜

出　　版	中国社会科学出版社
社　　址	北京鼓楼西大街甲158号
邮　　编	100720
网　　址	http://www.csspw.cn
发 行 部	010-84083685
门 市 部	010-84029450
经　　销	新华书店及其他书店
印刷装订	北京君升印刷有限公司
版　　次	2022年8月第1版
印　　次	2022年8月第1次印刷
开　　本	710×1000　1/16
印　　张	13
插　　页	2
字　　数	207千字
定　　价	78.00元

凡购买中国社会科学出版社图书，如有质量问题请与本社营销中心联系调换
电话：010-84083683
版权所有　侵权必究

前　　言

一

"乘兴且长歌"出自隋末唐初著名诗人，同时也是本书所探讨的河汾王氏家族的主要作家王绩的《醉后口号》。河汾王氏家族，为隋唐之际居住在河汾之地（黄河、汾河流域的交界地带）的以隋末大儒"文中子"王通，其兄王度，其弟王绩，以及其孙王勃等为主要研究对象的王氏家族作家群体。王氏家族居住的具体地理位置为"绛州龙门县"[①]，即今天的山西省河津县[②]。

《醉后口号》是王绩的一首五言小诗：

阮籍醒时少，陶潜醉日多。百年何足度，乘兴且长歌。[③]

"口号"是我国古代一种独特的诗体，又称"口号诗"，一般认为其始于南朝而成于李唐，是一种不事雕琢、出口成章的即兴之作，眼前景心中情可瞬间化为诗语，无须经过起草、构思、修改等环节。隋唐之际，精雕细琢的宫廷诗占据诗坛的主流，似王绩这种朴实无华、率真感兴之作，在当时并不多见。诗中的阮籍和陶潜，皆魏、晋名士的代表，又是著名的诗人，二人皆好饮，所以王绩便运用了这两个并不生僻的典故来点题，然诗歌的真意在后两句：人生百年该如何度过？何不乘着酒

[①] 新、旧《唐书》王绩传、王勃传皆言王绩、王勃为绛州龙门人。

[②] 宋宣和二年改龙门县为河津县。参见中国古代地理总志丛刊《嘉庆重修一统志》，中华书局1986年5月版，第7275页。

[③] （唐）王绩著，韩理洲校点：《王无功文集》（五卷本会校），上海古籍出版社1987年版，第58页。

兴，赋诗作文，快意长歌！多少真性情的唐代诗人，比如李白，斗酒诗百篇，不正是"乘兴且长歌"吗？故而笔者以为，王绩的这句诗，开启了王氏家族，甚至是有唐一代浩歌抒情、令人陶醉、灿烂辉煌的唐代诗歌乃至唐代文学之旅。故而本书就借用王绩的这句诗，作为书题，以彰显王氏家族开启唐代文学先声的不朽功绩。

（一）关于河汾王氏家族

河汾王氏为太原王氏的一个分支。太原王氏出自姬姓，为周文王之后。据《新唐书·宰相世系表》："王氏出自姬姓。周灵王太子晋以直谏废为庶人，其子宗敬为司徒，时人号曰'王家'，因以为氏。"[①] 宗敬死后，即葬于晋阳城北，墓地称"司徒冢"。其后太原王氏后裔，徙居各地，又形成许多支源于太原王氏的衍派。宗敬之裔孙王翦，为秦国将军。秦统一六国过程中，征燕国，平楚地，下百越，战功十分显赫。秦始皇论功行赏时，王翦与大将蒙恬共执牛耳。王姓与蒙姓同居天下之先。王翦之子王贲亦为秦国将军，曾败楚军，平魏地，征辽东，屡立战功。王贲之子王离，字子明。秦二世夺大将蒙恬兵权，任用王离为大将军。巨鹿之战，王离败于项羽而亡。王离有二子，长曰王元，次曰王威。王元为避乱，徙居山东琅邪，是为琅邪王氏之祖。王元四世孙王吉，为东汉时谏议大夫，开创了琅邪王氏显贵的先河。王威仍居晋阳，西汉时任扬州刺史。其后子孙散居各地。至九世孙王霸，又重返故里，定居太原。王霸生于东汉，屡聘不任，隐居读书。王霸有二子，长曰殷，东汉时中山太守，食邑祁县，其后裔称祁县王氏；次曰咸，随父居晋阳，其后裔称晋阳王氏。后来，太原王氏的两个分支即祁县王氏和晋阳王氏，人才辈出，成为三国两晋南北朝以至隋唐时期影响巨大的名门望族。[②]

定居祁县的王殷，即为本书王通的十八代祖，杜淹《文中子世家》载："十八代祖殷，云中太守，家于祁，以《春秋》、《周易》训乡里，

[①]（宋）欧阳修、宋祁撰《新唐书》，中华书局1975年版，第2601页。
[②] 以上参见《新唐书·宰相世系表》。

为子孙资。"① 祁县王氏至文中子九代祖寓，"遭愍、怀之难，遂东迁焉"②。至四代祖虬，据《文中子世家》："始北事魏，太和中为并州刺史，家河汾，曰晋阳穆公。"③ 并州府治所在今天的太原。据《录关子明事》④："穆公之在江左也，不平袁粲之死，耻食齐粟，故萧氏受禅而穆公北奔，即齐建元元年，魏太和三年也，……太和八年，征为秘书郎，迁给事黄门侍郎。"⑤ 王绩《游北山赋序》称："穆公衔建元之耻，归于洛阳。"⑥ 王通曾族彦，据《文中子世家》为同州府君，王绩《游北山赋序》载其悲永安之事，退居河曲。王通祖父安康献公名一，据《文中子世家》，其曾任济州刺史。文中子之父王隆称铜川府君，据《文中子世家》："隋开皇初，以国子博士待诏云龙门。……出为昌乐令，迁猗氏、铜川，所治著称，秩满退归，遂不仕。"⑦ 此即为本书所研究的河汾王氏家族父祖世系的大概状况。

综上，本书所要探讨的隋唐之际的河汾王氏家族，为太原王氏的一个分支当无疑义。吕才《王无功文集序》云王绩："太原祁人也。"⑧ 太原祁王氏属于当时的士族高门，为山东旧族之一，太原王氏是南北朝隋唐的"四姓"或"五姓"之一。在唐代，太原王姓与山东崔姓、范阳卢姓、赵郡赵姓还有李姓号称"海内五大姓"，王氏家族在太原、在整个唐代的地位可见一斑。

（二）王氏家族的家学渊源

河汾王氏家族属于"累世经学"的世家大族。

据《文中子世家》，王通的十八世祖王殷就曾以"《春秋》、《周易》训乡里，为子孙资"⑨。十四世祖王述曾著《春秋义绝》，九世祖王

---

① （隋）王通著，张沛校注：《中说校注》，中华书局2013年版，第265页。
② （隋）王通著，张沛校注：《中说校注》，第265页。
③ （隋）王通著，张沛校注：《中说校注》，第265页。
④ 此书未署作者姓名，根据行文，如称穆公为"余五代祖"，似是王福畤所作。
⑤ （隋）王通著，张沛校注：《中说校注》，第275—276页。
⑥ （唐）王绩著，韩理洲校点：《王无功文集》（五卷本会校），第1页。
⑦ （隋）王通著，张沛校注：《中说校注》，第265—266页。
⑧ （唐）王绩著，韩理洲校点：《王无功文集》（五卷本会校），《王无功文集序》第1页。
⑨ （隋）王通著，张沛校注：《中说校注》，第265页。

寓、八世祖王罕、七世祖王秀都以文学显，六世祖王玄则以儒术进，曾仕宋，历太仆、国子博士，江左号"王先生"，曾著《时变论》。据《中说·王道篇》记载，五世祖江州府君王焕，曾著《五经决录》，曾祖同州府君王彦曾著《政小论》，祖父安康献公王一深明易理，著《皇极谠义》，还曾撰写过禹庙的碑文，《中说》载："子登云中之城，……降而宿于禹庙，观其碑首，曰：'先君献公之所作也，其文典以达。'"① 王通之父铜川府君王隆，曾承诏著《兴衰要论》，并传先生之业，教门人千余，隋开皇初，以国子博士待诏云龙门。②

在这个文化世家中，世代相传的即是对儒家经典的阐释发挥，以及如何训导子孙为学。尽管家族谱系久远难以确证，但至少从王通六世祖开始就已经是世代为官，且皆通晓经学。吕才《王无功文集序》云王绩祖上："历宋、魏，迄于周、隋，六代冠冕，皆历国子博士，终于卿牧守宰，国史、家牒详焉。"③ 朱熹在与王绩的隔代唱和《答王无功思故园见乡人问》中赞之曰"华宗盛文史"④，王氏家族成员对于自己的家学渊源，也颇为认同和自豪。如王珪⑤曾云："世习礼乐，莫若吾族。"⑥ 可见，王氏为家学渊源深厚的儒学世家。

（三）本书不用"太原王氏"和"龙门王氏"的原因

1. 不用"太原王氏"的原因

古人习惯上以郡望称呼某一家族，虽然此一家族辗转迁徙，已经离开发祥的郡望，却依旧用旧郡望称之。如"琅邪王氏"，即使在东晋"衣冠南渡"之后，也仍以"琅邪王氏"称之。然而，"正象伊霈霞对博陵崔氏以及戴维·约翰逊对赵郡李氏的研究所表明的，组成唐代世家大族的家族，不再拥有一个领地广阔（landholdings）、可以叶落归根的

---

① （隋）王通著，张沛校注：《中说校注》，第36页。
② 杜淹《文中子世家》："安康献公生铜川府君，讳隆，字伯高，文中子之父也。"
③ （唐）王绩著，韩理洲校点：《王无功文集》（五卷本会校），《王无功文集序》第1页。
④ （唐）王绩著，韩理洲校点：《王无功文集》（五卷本会校），第129页。
⑤ 王珪，字叔玠，太原祁人。在《中说》中，王通称其为"叔父"，或是远房。在唐历任谏议大夫、黄门侍郎兼太子右庶子、侍中、礼部尚书等。
⑥ （隋）王通著，张沛校注：《中说校注》，第249页。

共有祖地"①。本书所研究的王氏家族，虽是太原王氏的一支，但到我们所要探讨的隋唐之际的河汾王氏，至少上溯到王通的九代族王寓，已经离开了太原祁，根据杜淹的《文中子世家》，王通的九代族王寓曾仕晋，遭愍、怀之难，遂东迁。吕才《王无功文集序》载其高祖晋阳穆公自南北归，始家河汾。祖父安康献公王一从北周武帝征战有功，得获赐地。②王绩《游北山赋序》称："始则晋阳之开国，终乃安康之受田。坟垄寓居，倏焉五叶；桑榆成列，俄将百年。"③可见，至本书所要探讨的作家们生活的时代，王氏家族已在河汾之地生活了将近百年。

尽管以郡望称呼自己的籍贯为古人习惯，且本书所研究的主要作家王绩在其《游北山赋序》中也自称本家于祁，然而，主要是为了表述上的方便，本书的王氏家族在文中称为"河汾王氏"，而不称其为"太原王氏"。因太原王氏到了隋唐，除了本书所要探讨的居于河汾的王氏之外，徙居各地的分支已非常多。而本书所主要探讨的作家，只局限于隋唐之际的居住在河汾的以文中子王通，其兄王度，其弟王绩，以及其孙王勃等为主要观照对象的作家群体。若粗略的以太原王氏为题，则在表述上会增加一些不必要的混乱，而直接用河汾王氏，则能够非常清晰明了地阐述本书研讨的对象。

2. 不用"龙门王氏"的原因

河汾，即黄河与汾河流域交界地带。王氏家族居住的绛州龙门（今山西省河津县）即位于此。史书上，如两《唐书》在说明王绩、王勃等人的籍贯时，基本上都说他们是"绛州龙门"人。在古代诸多记载王氏家族的材料中，在谈到他们的籍贯时，或说他们是太原祁人，或说他们是绛州龙门人，而在谈到他们的文化影响时，则常用"河汾"，"汾阴"等概念。自北魏时期，河汾地区就已兴儒重教，颇具文化传统。而王氏此一分支自晋阳穆公定居河汾以来，在此地影响甚著。王绩《游北山赋序》自称："地实儒素，人多高烈"④，绝非自高自大的虚妄

---

① ［美］包弼德（Peter. K. Bol）：《斯文：唐宋思想的转型》，刘宁译，江苏人民出版社2001年版，第42页。
② 吕才《王无功文集序》云："君祖安康献公，周建德中，从武帝征邺，为前驱大总管。"征邺胜利，得获赐地。王绩《游北山赋序》云："安康之受田，"即指获得赐地也。
③ （唐）王绩著，韩理洲校点：《王无功文集》（五卷本会校），第1页。
④ （唐）王绩著，韩理洲校点：《王无功文集》（五卷本会校），第1页。

之词。而自晋阳穆公北归，至王通辈，在河汾之地，也该算是"五代冠冕"了。而且儒学传家的王氏家族，对北朝及河汾之地的文化建设做出了重要贡献。除了王通诸父族皆有著述，其父王隆且在此地传先生之业，教门人千余，皆在文化上颇有建树外，本书所要探讨的作家之一王通，在隋曾"秀才高第"，继承了经术进身的家族文化传统，并向隋文帝献"太平十二策"，后退居河汾，著述讲学，远近诸贤，慕名前来问学或投为门下弟子者千余，一时间，使得河汾文化传统得到了前所未有的张扬，许多贞观名臣，诸如陈叔达、杜淹、房玄龄、魏征、李靖、薛收等皆为其弟子或曾问学于王通[①]，受王通的影响甚深。其所形成的以儒学为主导的大力倡导"王道"的文化思想被称为"河汾道统"。关于王通的著述讲学活动，被后学称为"河汾学风"。可见学者们把河汾作为一区域文化概念，而把龙门作为一行政地理概念[②]。在这一点上，虽没有人对此做过特别的说明，但仿佛已经达成共识，有一种约定俗成的意味。而本书的研究，自然是一种文化研究，故而用"河汾王氏"这一概念，而不用"龙门王氏"。

除了表述上的方便，和"河汾"一词更具文化韵味外，本书用河汾王氏这一概念，既有使王氏家族不言自明地带上了深深的文化色彩这一初衷外，也暗含着笔者对"河汾道统"的仰慕，对王隆、王通父子在历经魏晋南北朝的"儒道废弛""礼崩乐坏"之后的聚徒授学之举的追怀，笔者希望在撰写本书的过程中，能够拓宽心智，学习感悟先贤的为人之道与为学之道。

二

传统的文学研究多注重单个作家的个体研究，而往往忽略对作家群体、家族文学的观照。这与我国以家族为中心的封建宗法制的历史文化

[①] 因房玄龄、魏征等皆为贞观名臣，而王通的事迹《隋书》无传，两《唐书》无补，故而宋代以来，对王通其人、其著作以及其门人等都产生过怀疑。如洪迈《容斋续笔》卷一《文中子门人》："王氏《中说》所载门人，多正（贞）观时知名卿相，而无一人能振师道者，故议者往往致疑"等，本书以为，王通其人、其著作以及各种史料中所载的门人弟子等，基本是可信的，详见下文。

[②] 龙门在隋为绛州管辖下的县级行政单位。

状况是很不相称的。在漫长的古代社会,家族作为政治、经济、文化发展的核心,一直起着无可替代的作用。闻一多先生曾指出:"周初是我们历史的成年期,我们的文化也就在那时定型了。当时的社会组织是封建的,而封建的基础是家族,因此我们三千年来的文化,便以家族主义为中心,一切制度,祖先崇拜的信仰,和以孝为核心的道德观念等等,都是从这里产生的。"[①] 陈寅恪先生也认为:"盖自汉代学校制度废弛,博士传授之风气止息以后,学术中心移于家族,而家族复限于地域,故魏晋南北朝之学术宗教与家族地域两点不可分离。"[②]"故东汉以后学术文化,其重心不在政治中心之首都,而分散于各地之名都大邑。是以地方之大族盛门乃为学术文化之所寄托。……而汉族之学术文化变为地方化及家门化矣。故论学术,只有家学之可言,而学术文化与大族盛门常不可分离也。"[③] 可见,家族作为基本的文化单位,其创造和传承文化的重要性已得到学术大师们的首肯。

一个家族可以一时在政治或经济上处于弱势,但只要在文化上占据优势,这个家族就往往会有重新振兴的机会。因此,文化家族几乎是所有世家大族中生命最长久、最具历史影响力、最为不朽的家族。即使历经沧海桑田的变幻,使得"旧时王谢堂前燕,飞入寻常百姓家"(刘禹锡《乌衣巷》),但王谢等所代表的家族所创造的文化,却是无法移植到任何一家的,他们因而备受后人的仰慕而万古长青。

现代意义上的文学虽与学术有别,但考察历史上一个个的世家大族,我们不难发现,文学的遗传基因也常在兄弟、父子、祖孙等家族范围内绵延不绝。譬如我们熟悉的三曹、两陆、二谢,等等。

事实上,对家族内部文化和文学上的同生共长、绵延相继的现象,古人已经注意到。比如刘勰在《文心雕龙·时序篇》中指出:"尔其缙绅之林,霞蔚而飙起;王袁联宗以龙章,颜谢重叶以凤采,何范张沈之徒,亦不可胜也。盖闻之于世,故略举大较。"[④] 但对于家族文学这种

[①] 闻一多:《闻一多全集》(第三卷),生活·读书·新知三联书店1982年版,第453页。
[②] 陈寅恪:《隋唐制度渊源略论稿》,上海古籍出版社1982年版,第17页。
[③] 陈寅恪:《金明馆丛稿初编》,上海古籍出版社1980年版,第131页。
[④] (南朝梁)刘勰著,杨明照校注拾遗:《增订文心雕龙校注》,中华书局2012年版,第547—548页。

现象的关注,并未引起学者深入的研究和探讨。近年来,这种状况已有改观。20世纪80年代以后,部分学者主要以六朝时期的家族作为观照对象并对陈郡谢氏、河东裴氏、河北崔氏、兰陵萧氏、江东陆氏、琅邪颜氏、琅邪王氏等大家族的文化现象进行了较为深入的研究。内容涉及文学、历史、政治、仕宦、婚姻等方面。有些学者已对家族文学进行了一些个案或综合性的研究,或在某一研究领域内涉及家族文学。就笔者接触到的有刘跃进的《门阀士族与永明文学》,主要论述了永明文学与江南吴姓、侨姓士族的关系。程章灿的《陈郡阳夏谢氏:六朝文学士族之个案研究》以及《世族与六朝文学》,对家族文学研究多有开拓。萧华荣的《簪缨世家——两晋南朝琅邪王氏传奇》,涉及琅邪王氏家族文学的研究。张天来的《魏晋南北朝家族观念与家族文学》,对吴郡陆氏、陈郡谢氏等家族文学概况进行了分析。李真瑜的《明清吴江沈氏文学世家论考》,丁福林的《东晋南朝的谢氏文学集团》,李浩的《唐代关中士族与文学》,王春元的《两晋南朝琅邪王氏家族文学研究》等,都对某些家族文学现象进行了不同程度的分析和探讨,推进了家族文学的研究。

有些文学史等著作,也涉及关于家族文学的现象,比如袁行霈主编的《中国文学史》中有:"不少名门望族世代习文,以维持其声誉,因而家族内部对于子弟的文化教育十分重视,并由此而形成了诸多以家族为中心的文学集团。如当时最为显赫的王、谢二家。王氏家族不但权势崇隆,爵位相继,而且七代之中文才相续,难怪被王筠视为家族的荣耀(见《梁书·王筠传》)。至于谢家,那更是'芝兰玉树'般的、典型的家族文学集团。从《世说新语》、《宋书》及《南史》等书所载大量有关谢家的文学活动中可以看出,谢氏家族有意识地经常组织儿女在一道'讲论文义',相助相长,而且也的确培养出不少著名的文学家。如谢混、谢灵运、谢惠连以及后来的谢庄、谢朓等,都曾对文学的发展做出过突出的贡献。"[①]

一些海外学人的著作,如日本田仲一成的《中国的宗族与戏剧》,美国艾尔曼(B. A. Elman)的《经学、政治和宗族——中华帝国晚期

[①] 袁行霈主编:《中国文学史》第二卷,高等教育出版社1999年版,第131—132页。

常州今文学派》,包弼德(Peter. K. Bol)的《斯文:唐宋思想的转型》等,都涉及关于家族文学、文化研究的内容。

以上研究成果,都对家族文学、文化的研究作出了贡献,对笔者具有启发意义。海德格尔曾经说过:"艺术作品都离不开各自的世界。"[1] 文学作品的创造当然也离不开它们的生成环境,而在宗法制的社会里,家族无疑是艺术生成和存在的非常重要的"世界"。而作品又"缔造一个世界"。[2] 那么,作家所缔造的"世界",与包括家族在内的本真的世界存在着什么样的联系与区别?二者之间是一种什么关系?无疑,通过家族文学的研究和探讨,我们一定能够解答或者部分地解答这些问题。否则,透过无法穿越的时间的河流,我们在探讨作家"各自的世界"与他们所"缔造的世界"之间的关系时,若仅仅把目光局限于一些作家个体,而不去寻找作家"各自的世界"(家族即是作家世界的重要组成部分),找寻家族内部一个个"世界"之间的关系,是很难对文学的生成、发展等进行透彻精辟的研究的。因而通过家族文学的研究,对于探明文学的生成原因,文学的发展轨迹与脉络,文学与社会文化及家族的关系,文学与人性的关系,家族文学与地域的关系等,都将会有新的进展与收获,从而为文学的进一步研究拓展更为广阔的领域。因而从家族的角度进行文学文化研究,具有重要的意义。

而笔者选择隋唐之际的河汾王氏家族进行研究,主要是从以下几个方面考虑的。

其一,从目前家族文学文化研究的分布来看,其"研究生态"需要改善。上述学者,尤其是国内学者的关于家族文学文化的研究,多集中在魏晋南北朝阶段,且明显侧重于一些著名的文化家族,如吴郡陆氏、陈郡谢氏、琅邪王氏等。其他历史时期则成果相对较少。当然,这样的"研究生态"本是无可厚非的,因为毕竟魏晋南北朝是中国历史上门阀士族最具势力的阶段,世家大族往往延续数代甚至十数代而不衰,且具有明显的文化优势,因而这些备受关注的家族无疑是他们所处时代最具研究价值和意义的文化家族了。

---

[1] [德]海德格尔:《人,诗意的安居——海德格尔语要》,广西师范大学出版社2002年版,第81页。
[2] [德]海德格尔:《人,诗意的安居——海德格尔语要》,第82页。

隋朝实行科举制之后，世家大族的地位有所衰落，但其影响力还是巨大的。虽然，《新唐书》统计出的369位唐代宰相只是98个士族的后裔。唐代世家大族在高级行政官僚中所占的比例要比南北朝时期小，但这个比例仍旧很高，约占60%。① 可见，家族在唐朝的政治上依旧具有根深蒂固的力量。

《新唐书·柳冲传》引柳芳论氏族说："氏族者，古史官所记也。……过江则为'侨姓'，王、谢、袁、萧为大；东南则为'吴姓'，朱、张、顾、陆为大；山东则为'郡姓'，王、崔、卢、李、郑为大；关中亦号'郡姓'，韦、裴、柳、薛、杨、杜首之；代北则为'虏姓'，元、长孙、宇文、于、陆、源、窦首之。……'郡姓'者，以中国士人差第阀阅为之制，凡三世有三公者曰'膏粱'，有令、仆者曰'华腴'，尚书、领、护而上者为'甲姓'，九卿若方伯者为'乙姓'，散骑常侍、太中大夫者为'丙姓'，吏部正员郎为'丁姓'。凡得入者，谓之'四姓'。"②《贞观政要》载："贞观六年，太宗谓尚书左仆射房玄龄曰：'比有山东崔、卢、李、郑四姓，虽累叶陵迟，犹恃其旧地，好自矜大，称为士大夫。'"③ 可见，家族在唐朝依然具有举足轻重的作用而备受重视。

同时，家族不仅在政治生活中显示出巨大的力量，对于文化建设来说，其作用亦不可低估。隋唐的文学文化家族可谓多矣。比如薛道衡、薛收为代表的薛氏家族；上官仪、上官婉儿为代表的上官家族；杜审言、杜甫为代表的杜氏家族；王维、王缙为代表的王氏家族；白居易、白行简、白敏中等为代表的白氏家族；等等。明代胡应麟《诗薮》外编卷三发现唐人父子、兄弟、夫妻、祖孙以文学并称者甚众，对各项都举例说明，还特别指出王勔、王勮、王勃、王助、王劼、王劝为兄弟六人皆善文者，此皆本书所研究的王氏家族的成员，等等。同时他还指出唐著姓若崔、卢、韦、郑之类，能诗之士弥众，并信手罗列崔氏能诗者近六十人，遍及初盛中晚整个唐朝。可见，这个文学高度辉煌的朝代，

---

① 参见［美］包弼德《斯文：唐宋思想的转型》，刘宁译，江苏人民出版社2001年版，第41页。
② （宋）欧阳修、宋祁撰《新唐书》，中华书局1975年版，第5676—5678页。
③ （唐）吴兢撰，谢保成集校：《贞观政要集注》，中华书局2012年版，第396页。

产生的文学家族跟魏晋南北朝相比，并不逊色。尽管如此，选择隋唐的文学家族进行研究，在学界尚不多见，因而存在巨大的研究空间。此种"研究生态"需要我们去改善。

其二，从时间上看，隋唐之际正是中国文化和文学发展的一个重要的过渡期，选择生活在这样一个时间段上的文学文化家族进行研究，可以见证文学的承上启下的一些特点，从而对中国文学的发展脉络有更加清晰的认识和评价。

隋唐时期，国家在历经了数百年的分裂后重新走向统一。政治的一统对于思想、文化等意识形态提出了新的要求，为大一统的皇朝服务成为隋初和唐朝意识形态的主要任务。融合南北文风，创造出"尽善尽美"的文学，正是时代对文学的期待和要求。面对这样的时代背景和要求，文学是怎样发展变革的？通过王氏家族的文学研究，我们正可看出文学发展的一些脉络和承上启下的时代特点以及南北文风的融合等。正是他们和其他一些作家的共同努力，推动了文学的发展，迎来了盛唐文学的辉煌。

其三，从所选择的家族个案来看，隋唐之际王氏家族的成员，包括文中子王通、王度、王绩、王勃等在内的主要思想家和文学家，他们积淀并继承了先唐文化和文学的诸多因素并加以创造性的发展，对三教合一，古文运动，宋明理学，诗歌、传奇、辞赋、散文等唐朝及以后的思想、文学以及文学理论的发展，都发生过重要的影响。

唐代的文学家族虽然很多，隋及初唐也不乏像以薛道衡、薛收等为代表的薛氏家族，以杜易简、杜审言为代表的杜氏家族，以上官仪、上官婉儿等为代表的上官家族等文学世家，但他们在文学史上主要以诗赋留名。可以说在隋唐之际，只有河汾王氏家族对于唐朝的主要文体，如诗歌、传奇、辞赋、骈文等都作出了独特的贡献。故而对于唐代这些文体的发生、发展都可从王氏家族的文学中观其大概，从而使王氏家族的文学研究具有了文学史的意义。

另外，本书所研究的三代作家，其生活的时间跨度不大，即使从王通出生之年（584）算起，到王勃辞世（676）也只有九十余年，适合把他们放在一起进行整体研究。

为此，笔者选择了对隋唐之际的河汾王氏家族的文学、文化进行探讨。以期能够为隋唐文学、文化的研究尽微薄之力。

在此,需要说明的是,以往学者也不乏对于本书所探讨的王氏家族的作家进行研究,如在思想史上对王通的研究比较多。在文学史上对王绩、王勃的研究比较多。但一般都是把他们作为独特的个体进行观照,单独研究他们的思想以及文学上的贡献与价值。但贾晋华的《河汾作家群与隋唐之际文学》一文,对于一个"从未为研究者所注意的重要作家群——河汾作家群"及其作品进行了稽考和评述,指出隋大业中,以王通讲学为主要背景,在河汾一带聚集了一批作家,可考者有王通、王度、王绩、薛收、杜淹、凌敬、薛德音、陈叔达、仲长子光。作品现存有王通一首诗、王度一篇传奇、王绩十三首诗文、薛收二首文赋、薛德音一首诗、陈叔达二首诗、凌敬一首诗,以及《中说》文论数则。文章认为,河汾作家群以其特有的创作风格和业绩,不但在隋代文学中独树一帜,占有不容忽视的地位,而且对初唐文学发展产生了重要的影响,甚至延及初唐的第二代诗人。[①] 此文这种对于隋唐之际河汾作家群整体进行研究的思路和方法等,对本书颇具启发意义。

三

本书的结构框架大致如下:首先,本书考述了王氏家族成员的生平、著述情况等;接着探讨了他们对于唐代主要文体如传奇小说、诗歌、辞赋、骈文等的发展所做的贡献;随之考察了王氏家族作家在他们所处的时代对魏晋风度的扬弃及其对创作心态的影响,剖析了王氏家族对山水田园诗派的影响,随后探讨了王通的"三教可一"思想,以及在此思想指导下的王氏家族文学文化的融合精神;最后本书对王氏家族文学繁荣的原因进行了总结。

由于笔者才疏学浅,在行文过程中,难免会出现诸多疏漏以及不妥之处,恳请各位专家、师友指点缺失,不吝赐教。

---

① 参见贾晋华《河汾作家群与隋唐之际文学》,载《唐代集会总集与诗人群研究》,北京大学出版社2001年版,第459—477页。

目 录

第一章 王氏家族的成员与著述 ································ (1)
  一 王度 ·· (2)
  二 王通 ·· (5)
    (一) 崇儒重道的一生——王通生平概述 ············ (5)
    (二) 千年的历史疑案 ······································ (12)
    (三) 王通的著述 ·· (17)
  三 王凝 ·· (22)
  四 王绩 ·· (25)
    (一) 慕"奇调"与仕隐情结 ······························ (26)
    (二) 异代知音的有意误读——王绩文集与其隐士身份 ······ (34)
    (三) 王绩的其他著述 ······································ (39)
  五 王福畤 ·· (39)
  六 王勃 ·· (41)
    (一) 生平 ·· (41)
    (二) 著述 ·· (46)
  七 王氏家族的其他成员与作品 ························ (48)
    (一) 生平简况 ·· (48)
    (二) 现存诗文 ·· (50)

第二章 开唐人小说之先河 ·· (51)
  一 开山之作的艺术特点 ··································· (51)
    (一) 以统一的中心意象连缀成篇 ····················· (51)
    (二) "有意为小说"的寄托之作 ························· (53)

（三）体现出了丰富的伦理内涵 …………………………………（54）
　　　（四）弃骈从散的叙述语言 ……………………………………（56）
　　　（五）人物地位的提升 …………………………………………（57）
　　　（六）史传笔法的运用 …………………………………………（58）
　二　对后世的影响 ……………………………………………………（59）
第三章　对诗体发展的贡献 ………………………………………………（61）
　一　对五言律诗定型的贡献 …………………………………………（61）
　　　（一）五言律诗的发展定型及诗体特点 ………………………（61）
　　　（二）王氏家族作家在五言律诗定型过程中所作的贡献 ……（64）
　　　（三）王氏家族与五律题材的拓展 ……………………………（69）
　二　对七言歌行发展的贡献 …………………………………………（70）
　　　（一）援赋入诗，拓展七言歌行 ………………………………（71）
　　　（二）形成了七言歌行基本的体制规范 ………………………（74）
第四章　引领辞赋发展方向 ………………………………………………（78）
　一　形式的拓展 ………………………………………………………（79）
　　　（一）援诗入赋，形成歌行体赋 ………………………………（79）
　　　（二）援诗入赋，创作了律赋 …………………………………（82）
　二　题材的开拓 ………………………………………………………（84）
　三　鲜明的抒情特色 …………………………………………………（88）
　　　（一）注重人物情绪感受的多元化 ……………………………（88）
　　　（二）侧重于主观抒情 …………………………………………（88）
　　　（三）豪迈之气与超越情怀 ……………………………………（89）
第五章　骈文史上的巅峰之作 ……………………………………………（91）
　一　发展及背景 ………………………………………………………（91）
　二　巅峰之作 …………………………………………………………（94）
第六章　魏晋风度的时代演变 ……………………………………………（101）
　一　王绩的"自适"与"会意" ……………………………………（101）
　二　王勃的个性张扬 …………………………………………………（109）
　　　（一）当仁不让的潇洒气度 ……………………………………（110）
　　　（二）对自我的标榜及个性的体认 ……………………………（111）
　　　（三）上书干进，指摘时政 ……………………………………（113）

第七章 山水田园的自在旋律 ……………………………… (117)
 一 王绩：山水诗与田园诗的初步融合 ……………………… (118)
 二 王勃的山水之音 …………………………………………… (124)
  （一）纪行诗 ………………………………………………… (124)
  （二）游览诗 ………………………………………………… (129)
  （三）赠别诗 ………………………………………………… (132)

第八章 "三教"思想与王氏家族文学的包容精神 ………… (135)
 一 王通与"三教可一"论 …………………………………… (135)
 二 家族文学的包容精神 ……………………………………… (141)
  （一）王度《古镜记》中的三教 …………………………… (142)
  （二）王绩对三教的包容与超越 …………………………… (144)
  （三）王勃对三教精神的灵活把握 ………………………… (151)

第九章 王氏家族文学繁荣的原因 ……………………………… (160)
 一 家富图书 …………………………………………………… (161)
 二 家学渊源深厚 ……………………………………………… (161)
 三 注重编辑、保存和续成家族成员的著述 ………………… (162)
 四 家族成员的聪慧与勤奋 …………………………………… (162)
 五 对优秀文学传统的继承和发扬 …………………………… (163)

附录 1 王氏世系图 ……………………………………………… (165)
附录 2 家族文集外散佚诗赋 …………………………………… (168)
主要参考文献 …………………………………………………… (170)
后 记 …………………………………………………………… (189)

第一章

王氏家族的成员与著述

据《元和郡县图志》:"龙门县,古耿国,殷王祖乙所都,晋献公灭之以赐赵夙。秦置为皮氏县,汉属河东郡。后魏太武帝改皮氏为龙门县,因龙门山为名,属北乡郡。隋开皇三年废郡,以县属绛州,十六年割属蒲州。武德三年属泰州,贞观十七年废泰州,县隶绛州。"[1] 龙门县不唯曾是殷之故都而闻名,其文化渊源甚至可以追溯到传说中的尧舜禹时代。"黄河,北去县二十五里,即龙门口也。《禹贡》曰:'浮于积石,至于龙门。'注曰'龙门山,在河东之西界'。大禹导河积石,疏决龙门,即斯处也。河口广八十步,岩际镌迹,遗功尚存。"[2] 龙门山上,有"大禹祠"和"高祖神尧皇帝庙"。另外,此处尚是民间流传的"鲤鱼跳龙门"之"龙门"。据《元和郡县图志》:"河津一名龙门,水陆不通,鱼鳖之属莫能上。江海大鱼集龙门下数千不得上,上则为龙。故曰'曝鳃龙门'。《水经注》曰:'其鱼出巩县巩穴,每三月则上渡龙门,得则为龙,否则点额而还。'"[3] "射山",风景绝尘。称其为河汾之地,是因为《元和郡县图志》载黄河北去县二十五里,汾水北去县五里。本书所探讨的王氏家族的作家们,就生活在这样一个具有深厚的民族文化底蕴的,环绕着名山胜水的风景壮美之地。

本书所探讨的作家,即铜川府君王隆之子孙。主要包括王隆子:王度、王通、王绩以及王通孙王勃。此外,此一家族中,尚有王隆子王

---

[1] (唐)李吉甫撰:《元和郡县图志》,中华书局1983年版,第335页。
[2] (唐)李吉甫撰:《元和郡县图志》,第336页。
[3] (唐)李吉甫撰:《元和郡县图志》,第336页。

凝、王静以及另外两个名已失载的儿子①；王通子王福郊、王福祚、王福畤；王通孙辈王励、王勮、王勔、王助、王劼、王勋、王劝、王勉等人②，这些成员因作品流传下来的甚少或者没有作品流传下来，故而本书只在本章中对他们略作说明或在下文中因撰文需要偶尔提及。另外，王氏家族在王勃辈后依旧后继有人，如王通五代孙王质，为元和六年进士，太和八年为宣州刺史，兼御史中丞，宣歙团练观察使，卒赠左散骑常侍。③

现将王氏家族有关成员的生平著述概述如下。

一　王度

王度（581？—621？），王隆之子，曾做过芮城县令，因而又称为"芮城府君"或略称为"芮城"。吕才《王无功文集序》中曾载王绩年十五，游于长安谒见越公杨素之时，在场的贺若弼曾对王绩说过："弼早与君长兄侍御史度相善。"④可知，王度当为王隆之长子。王度生平史料不丰，其生卒年未见记载，因其为王通之兄，则生年当在王通出生的开皇四年（584）之前，即开皇初年的581年左右，卒于唐初武德中，约621年左右。⑤

据《中说·事君篇》，王度初仕为隋御史。后曾两次任御史，并出

---

① 孙望《王度考》以为，王隆共有七子。王度为长子或次子，王通为第三子，王凝为第五子，王绩为第六子，王静为第七子，另外两个儿子或为早卒。见《蜗叟杂稿》，上海古籍出版社1982年1月版，第11页。

② 孙望《王度考》以为，王勉即王勔，王励即王勮。见《蜗叟杂稿》，第13页。

③ 刘禹锡《唐故宣歙池等州都团练观察处置使宣州刺史兼御史中丞赠左散骑常侍王公神道碑》："文中生福畤，为蔡州上蔡主簿，上蔡生勉，举进士、征贤良，皆上第。仕至河中府宝鼎令。宝鼎即公之曾祖也。祖讳怡，渝州司户参军，考讳潜，扬州天长县丞，赠尚书吏部郎中，公其季子也。"见《刘禹锡集》卷三。又见《旧唐书·王质传》及《新唐书·王质传》。

④ （唐）王绩著，韩理洲校点：《王无功文集》（五卷本会校），《王无功文集序》第1页。

⑤ 王绩与陈书达的《与江公重借隋纪书》中，即称之为"亡兄芮城"，而陈书达卒于贞观九年（635），可知王度在此之前已经去世。陈在回信中有："贤弟千牛及家人典琴至。"而吕才《王无功文集序》载："武德中，……君第七弟静，时为武皇千牛"，可知，王、陈的通信当在武德中其后的几年；又陈的回信中称薛收为"记室"，考《旧唐书·薛收传》，武德四年（621）十月，薛收被任命为"天策府记室参军"，而王绩信中有："仆遭逢圣明，栖迟丘壑，幸悦尧舜之风，得全箕颖之志。"可知写此信时，王正在隐居。武德五年（622）三月，朝廷下诏征聘"岩穴幽居"之士，王绩"待诏门下省"当在此之后。因而可知，二人通信时间在武德四年（621）十月之后，至武德中待诏门下之前。而王度在此之前已卒。

任过著作郎，芮城令等职。据其传奇小说《古镜记》载："大业七年五月，度自御史罢归河东，……其年冬，兼著作郎，奉诏撰国史①，欲为苏绰立传……大业九年，……其年秋，度出兼芮城令。……其年冬，度以御史带芮城令，持节河北道。"② 孙望在《王度考》中以为："小说里所述王度的主要行事，其骨架大体上也是真实的，只有那些怪异的故事细节才是配合着王度生平行事而穿插进去的。"③ 考察相关史料，可知《古镜记》虽系小说，但其中的人名年代宦迹却非杜撰，如王度言自己"自御史罢归"，其弟王绩，"自六合丞弃官归"④，都是真实的。

王度具有非凡的史学才能，曾撰《隋书》，王绩在《与江公重借隋纪书》云："仆亡兄芮城，尚典著局，大业之末，欲撰《隋书》，俄逢丧乱，未及终毕。"⑤ 陈书达在其回信中云："薛记室及贤兄芮城，常悲魏周之史，各著春秋。近更研览，真良史焉！"⑥ 可见其除了撰写《隋书》外，记北魏、北周的历史也已撰成。惜已亡佚。

根据《古镜记》的记载，王度曾开仓赈民，以及种种为民除害的事迹，当知王度深为同情人民的疾苦，《中说》载："芮城府君起家为御史，将行，谓文中子曰：'何以赠我？'子曰：'清而无介，直而无执。'曰：'何以加乎？'子曰：'太和为之表，至心为之内；行之以恭，守之以道。'退而谓董常曰：'大厦将颠，非一木所支也。'"⑦ 知其为人谦逊，尊重兄弟，善于听取他人的建议。《中说》载："芮城府君重阴阳"⑧，又王度为《古镜记》作者，知其必善阴阳数术之道。《中说·天地篇》谓："薛知仁善处俗，以芮城之子妻之。"⑨ 知王度当有一女。

---

① 笔者以为当为周史，参见《周书·苏绰传》。王绩在《与陈叔达重借隋纪书》云："仆亡兄芮城，尝典著局，大业之末，欲撰《隋书》，俄逢丧乱，未及终毕。"可知王度"欲撰《隋书》"乃在大业末年，而非大业七年之大业中。陈书达在《江公答书》中云："薛记室（收）及贤兄芮城，常悲魏、周之史，各著《春秋》。近更研览，真良史焉！"可知王度奉诏所著之"《周史》"已经完成。乃陈叔达所谓的"魏、周《春秋》"。
② 鲁迅校录，王中立译注：《唐宋传奇集》，天津古籍出版社2002年版，第1—3页。
③ 孙望：《王度考》，见《蜗叟杂稿》，第23页。
④ 鲁迅校录，王中立译注：《唐宋传奇集》，第4页。
⑤ （唐）王绩著，韩理洲校点：《王无功文集》（五卷本会校），第165页。
⑥ （唐）王绩著，韩理洲校点：《王无功文集》（五卷本会校），第168页。
⑦ （隋）王通著，张沛校注：《中说校注》，第92—93页。
⑧ （隋）王通著，张沛校注：《中说校注》，第68页。
⑨ （隋）王通著，张沛校注：《中说校注》，第68页。

此为王度生平的大致概况。根据我们所见到的史料，王度的著述包括：

其一为《隋书》若干卷①。其书"肇自开皇之始，迄于大业之初。"② 今不存。

其二为《魏周春秋》若干卷。今不存。

其三为传奇小说《古镜记》一篇③。现存。王度的存世作品只此一篇。然而这却足以让他在文学史上留名，在小说发展史上占有一席之地。

《古镜记》的写作年代，史书无载，但根据上文王度的生卒年推算，以及《古镜记》中关于大业末的记载和古镜于大业十三年七月十

---

① 《新唐书·王绩传》载王绩兄凝为隋著作郎，撰《隋书》未成死。绩续余功，亦不能成。此处《新唐书》王凝乃王度之误。《隋书》初作者为王度，最后经王绩、王凝之手方成。

② （唐）王绩著，韩理洲校点：《王无功文集》（五卷本会校），第165页。

③ 关于《古镜记》的作者王度究竟是谁的问题，长期以来存在以下观点：（1）有学者认为王度即王凝。汪辟疆《唐人小说》根据《新唐书·王绩传》："初兄凝为隋著作郎，撰《隋书》未成，死。绩续余功，亦不能成。"推测"度或为凝之改名。因绩尝罢六合县丞，而凝且以著作郎撰修《隋书》未成，皆与本书（指《古镜记》）所称吻合也"。刘开荣的《唐代小说研究》、岑仲勉的《隋书求是》亦持同样的观点。（2）认为王度即王劢。段仲熙的《〈古镜记〉的作者及其他》根据《崇文总目》和《通志·艺文略》《古鉴记》皆云为"王劢"撰以及王劢也有创作能力，提出"王劢"说。刘大杰的《中国文学发展史》、李宗为的《唐人传奇》都同意此说。（3）王度即王度本人说。鲁迅在《中国小说史略》中首次提出此观点。孙望的《王度考》对此说进行了详尽的考证。他依据王福畤《王氏家书杂录》《东皋子答陈尚书书》、王通《中说》等认为，《中说》中数次提及的"芮城府君"，不是王凝，而是王度。他还根据《东皋子答陈尚书书》、王绩《与陈叔达重借隋纪书》、吕才《东皋子集序》、《新唐书·王绩传》等考订，王度撰《隋书》在前，王绩续之，王凝再续之。《新唐书》有关王凝、王绩撰写《隋书》的记载有误。另外，孙望还根据杜淹《文中子世家》《中说》《古镜记》原文等材料，对王度的家世、弟兄排行及各自的思想倾向作了推定。他认为王度大约"出生于开皇初年前后"卒于"唐帝国建立之始的武德初年"，活了38岁左右（581？—618？）。韩理洲先后发表的《〈古镜记〉作者辨》《〈古镜记〉是隋唐之际的王度所作新证》，对王度说进行了补证。他对王度的生平、仕宦、撰写《隋书》、王氏兄弟排行等问题的看法与孙望相近，但他不同意鲁迅将王度生卒年定为约公元585—625年的看法，认为王度生于公元584年之前，卒年当在武德四年（621）十月之前。此说影响甚广，五六十年代以来的诸多文学史、张友鹤的《唐宋传奇选》、程毅中的《唐代小说史话》、吴志达的《唐人传奇》、侯忠义的《隋唐五代小说史》等皆赞同或援引此说。（4）无法考证王度为谁。张长弓在《唐宋传奇作者暨其时代》（上海商务印书馆，1951年2月版）中认为王度只是"文中主角的人物"，戴望舒的《小说戏曲论文集》也持类似的看法。对于此说，徐斯年曾作《关于唐人小说〈古镜记〉作者的考证》进行辩驳。参见张燕瑾、吕薇芬主编，杜晓勤撰著《二十世纪中国文学研究·隋唐五代文学研究》（下），北京出版社2001年12月版，1403—1405页。笔者认为，《古镜记》的作者就是王度本人而非他人。

五日亡去的描述，我们认为《古镜记》当写于隋大业十三年七月十五日以后至唐武德初年王度去世这段时间。①

《古镜记》被认为是唐人小说的"开山之作"。如汪辟疆在《唐人小说》中指出："古今小说纪镜异者，此为大观矣。其事有无，姑勿论。即观其侈陈灵异，辞旨诙诡，后人摹拟，汗流莫及。上承六朝志怪之余风，下开有唐藻丽之新体。洵唐人小说之开山也。"② 在中国小说的发展史上，《古镜记》具有从六朝志怪小说到唐传奇过渡的桥梁作用，此一孤篇横绝之作，为王氏家族对中国文学的重要贡献之一。

二　王通

王通（584—617），字仲淹，王隆第三子。隋末大儒。卒后弟子门人谥曰"文中子"。

（一）崇儒重道的一生——王通生平概述

王通生于隋开皇四年（584）秋冬之月③，卒于隋大业十三年（617）五月，享年三十四岁④。

关于王通的命名，杜淹《文中子世家》载："开皇四年，文中子始生。铜川府君筮之，遇坤之师，献兆于安康献公。献公曰：'素王

---

① 关于《古镜记》的写作时间问题学界也存在着不同的看法：第一种意见认为《古镜记》创作于隋末唐初。鲁迅《中国小说的历史变迁》称之为"唐之初年"的作品。汪辟疆认为此文"事虽出于隋代，记则实入唐初"。刘开荣、李宗为、程毅中、侯忠义、韩理洲、徐斯年、吴志达等人也都认为它是唐朝初年的作品。韩理洲《〈古镜记〉是隋唐之际的王度所作新证》一文进一步确定其为唐武德初年的作品。王宏钧则认为《古镜记》不是唐初而是隋末的作品。他在《〈古镜记〉传奇探微》中对汪辟疆等人"唐朝初年"的看法提出异议。他通过对隋末唐初历史背景的分析，认定《古镜记》是作者看到隋朝行将灭亡，而为它唱出的一首挽歌。第二种观点认为，《古镜记》是中唐小说。段仲熙《〈王度古镜记〉是中唐小说》持此说。张长弓《唐宋传奇作者暨其时代》也认为《古镜记》当作于中唐以后而非唐初。参见张燕瑾、吕薇芬主编，杜晓勤撰著《二十世纪中国文学研究·隋唐五代文学研究》（下），第1405—1406页。笔者以为《古镜记》是唐武德初年的作品。

② 汪辟疆校录：《唐人小说》，上海古籍出版社1978年版，第10页。

③ 参见《文中子世家》。

④ 参见《游北山赋》自注。薛收《文中子碣铭》（《全唐文》卷一三三）作三十二。

之卦也，何为而来？地二化为天一，上德而居下位，能以众正，可以王矣。虽有君德，非其时乎？是子必能通天下之志。'遂名之曰'通'。"① 据《录关子明事》，则王通的诞生，更是命数中要担当王道大任的传奇式人物，文中载同州府君请关子明蓍卦，以推决治乱损益之天数，根据蓍卦以及推算的结果，子明认为："夫明王久旷，必有达者生焉。行其典礼，此三才五常之所系也。孔子曰：'文王既没，文不在兹乎？'故王道不能亡也。"② 又云："乾坤之策、阴阳之数，推而行之，不过三百六十六，引而申之，不过三百八十四，天之道也。噫！朗闻之：先圣与卦象相契。自魏以降，天下无真主，故黄初元年庚子至今八十四年，更八十二年丙午，三百六十六矣，达者当生；更十八年甲子，其与王者合乎？用之则王道振；不用，洙泗之教修矣。"③ 自黄初元年（220）后推三百六十六年为586年。并且认为其人应生于"唐晋之郊"，"生于晋者，陶唐之遗风也。天地冥契，其数自然"④。其后"开皇四年，铜川夫人经山梁，履巨石而有娠，既而生文中子，先丙午之期者二载尔。献公筮之曰：'此子当之矣'"⑤。认为王通即是关朗推算出的"达者"。

此文的记载，皆是北魏孝文帝时关朗根据蓍卦预言未来之事，且事事皆应验，或者有些夸张。⑥ 但据《中说·关朗篇》："王珪从子求《续经》。子曰：'叔父，通何德以之哉？'珪曰：'勿辞也。当仁不让于师，况无师乎？吾闻关朗之筮矣，积乱之后，当生大贤。世习礼乐，莫若吾族；天未亡道，振斯文者，非子谁欤？'"⑦ 可知当时关朗之筮已经在王氏家族内部传开，甚至已经传到家族之外。如王通秀才高第后，内使薛道衡见后，曾对其子说："《河图》、《洛书》尽在是矣。"⑧ 可见，王通在当时因关朗之筮，被附会神化是有可能的。因而被寄予了重振斯文

---

① （隋）王通著，张沛校注：《中说校注》，第266页。
② （隋）王通著，张沛校注：《中说校注》，第277页。
③ （隋）王通著，张沛校注：《中说校注》，第277—278页。
④ （隋）王通著，张沛校注：《中说校注》，第278页。
⑤ （隋）王通著，张沛校注：《中说校注》，第280页。
⑥ 即使《录关子明事》为后人伪造，其中载录的有关王通的生年及其行迹等，当属事实，因而可以作为史料来利用。
⑦ （隋）王通著，张沛校注：《中说校注》，第249页。
⑧ （隋）王通著，张沛校注：《中说校注》，第46页。

的期望，其后讲学河汾，门人弟子千余人的盛况或与此有关。在司空图的《文中子碑》中，我们看到，关于王通所被赋予的重振斯文的期望，已经被认为实现了，有唐所开启的贞观盛世以及三百年基业，被认为是王通的功劳：

> 道，制治之大器也。儒，守其器者耳。故圣哲之生，受任于天，不可斫之以就其时。仲尼不用于战国，致其道于孟、荀而传焉。得于汉，成四百之祚。五胡继乱，极于周齐。天其或者生文中子以致圣人之用，得众贤而廓之，以俟我唐，亦天命也。故房、卫数公，皆为其徒。恢之文武之道，以济贞观治平之盛。今三百年矣。宜其碑。
>
> 圣恢之柄，授必有施。巨敖之（积）[绩]，济亦厥时。子惟善守，赋而不私。克辅于我，（实为）贞休之期。[①]

可见，王通在很多人的心目中，总也抹不去受任于天的圣哲的痕迹。

王通早慧。据《录关子明事》载："开皇六年丙午，文中子知书矣，厥声载路。"[②] 文中子生于开皇四年（584），开皇六年根据我国传统的年龄计算法，则为三岁，实为两周岁。一般两岁的孩子，只是刚刚学会说话没多久，但尚不能完全表达自己的思想。王通却能够知《书》，确属罕见。

开皇九年（589），王通六岁时，隋平江东，统一了全国。《文中子世家》记载了王通和他父亲的一段对话：

> 铜川府君叹曰："王道无叙，天下何为而一乎？"文中子侍侧，十岁矣，[③] 有忧色，曰："通闻古之为邦，有长久之策，故夏、殷以下数百年，四海常一统也；后之为邦，行苟且之政，故魏、晋以

[①] （唐）司空图著，祖保泉、陶礼天笺校：《司空表圣诗文集笺校》，安徽大学出版社2002年版，第233页。
[②] （隋）王通著，张沛校注：《中说校注》，第280页。
[③] 文中子十岁当是六岁之误。也可能是后人见六岁童子不可能发此议论而改。参见陈启智《王通生平著述考》，载《东岳论丛》1996年第6期。

下数百年，九州无定主也。上失其道，民散久矣；一彼一此，何常之有？夫子之叹，盖忧皇纲不振，生人劳于聚敛而天下将乱乎？"铜川府君异之曰："其然乎！"遂告以《元经》①之事，文中子再拜受之。②

一个六岁的童子，竟能发此议论，难怪自己的父亲都感到诧异。然据薛收《隋故征君文中子碣铭》③："粤若夫子，洪惟命世，尽象纬之秀，锺山川之灵，爰在孺年，素尚天启；亦既从学，家声日茂"④等语，可证以上所述，当是事实。象纬指所筮之卦，山川指黄河与龙门山，孺年天启，正说明王通幼年确属表现卓异的神童。⑤

王通不仅早慧，且非常勤奋。据《文中子世家》载"盖受《书》于东海李育，学《诗》于会稽夏琠，问《礼》于河东关子明⑥，正《乐》于北平霍汲，考《易》于族父仲华，不解衣者六岁，其精志如此"⑦。开皇十八年（598），王通十五岁，有四方之志。⑧

早慧又勤奋的王通，一生的主要精力都花费在著述和授徒上。《中说·立命篇》载其十五为人师。可见其聪颖博识，未冠之年即能解答别人学问上的疑问。

仁寿元年（601），王通十八岁，《文中子碣铭》载："举本州秀才，射策高第。"⑨ 杨炯《王子安集原序》中亦有："祖父通，隋秀

---

① 此处非指王通的著作《元经》，当是指历史知识。
② （隋）王通著，张沛校注：《中说校注》，第266页。
③ 下文简称《文中子碣铭》。
④ （清）董皓等编：《全唐文》，上海古籍出版社1990年版，第588页。
⑤ 参见陈启智《王通生平著述考》，载《东岳论丛》1996年第6期。
⑥ 关子明与王通高族晋阳穆公、曾祖同州府君交好，此时早已去世，据《录关子明事》有："（同州）府君蹶然惊起，因书策而藏之，退而学《易》。盖王氏《易》道，宗于朗焉。"故而此处当是关子明之后或关生之误。《中说·魏相篇》："文中子曰：'吾闻礼于关生，见负樵者几矣'"之关生。关朗亦河东人，故疑关生为关朗后人。参见陈启智《王通生平著述考》。
⑦ （隋）王通著，张沛校注：《中说校注》，第267页。
⑧ 据《文中子世家》载："铜川府君曰：'尔来！自天子至庶人，未有不朋友而成之者也。在三之义，师居一焉；道丧已来，斯废久矣。然何常之有？小子勉旃，翔而后集。'文中子于是有四方之志。"
⑨ （清）董皓等编：《全唐文》，第588页。

才高第。"① 由是更是名闻天下。据《文中子碣铭》："朝端□（阙文）声节，天下闻其风采。先君内史屈父党之尊，杨公仆射忘大臣之贵，汉侯三请而不觌，尚书四召而不起。"② 尽管薛道衡和王通的父亲是朋友（父党），算是王通的长辈，但宁愿"屈父党之尊"而与之相见。《中说·天地篇》载薛道衡在长安见到王通后，回去就命令儿子薛收师事王通，认为王通具有通晓《河图》《洛书》的学识和智慧。又据《中说·王道篇》记载："子在长安，杨素、苏夔、李德林皆请见。"③ 此外还有苏威、贺若弼等隋朝重臣及刘炫等大儒皆请见于王通。可见当时朝廷重臣以及名流对其学问和才华的尊崇。"请见"二字"还寓有道尊于势的意味"④。可见当时社会风气中淳朴重道的一面。据《旧唐书·王勃传》、杨炯《王子安集原序》，王通秀才及第后，授官蜀郡司户书佐，蜀王侍读。但不久即辞官归家。

仁寿三年（603），王通二十岁时，据《文中子世家》载其慨然有济苍生之心，于是西游长安，向隋文帝献上《太平十二策》，"尊王道，推霸略，稽今验古，恢恢乎运天下于指掌矣。帝大悦"⑤。文帝于是"下其议于公卿，公卿不悦。时将有萧墙之衅。文中子知谋之不用也，

---

① （唐）王勃著，（清）蒋清翊注，汪贤度校点《王子安集注》，上海古籍出版社1995年版，王子安集注卷首，第64页。据《通典》："后周宣帝大成元年，诏州举高才博学者为秀才，上州岁一人。"在隋唐时代，秀才属于最高级别的科举，极难考中。据《北史》卷二十六《杜铨传》："（杜）正玄字知礼，少传家业，耽志经史。隋开皇十五年，举秀才试策高第。曹司以策；左仆射杨素怒曰：'周、孔更生，尚不得为秀才，刺史何忽妄举此人！可附下考。'乃以策抵地不视。时海内唯正玄一人应秀才，余常贡者随例铨注。讫正玄独不得进止。曹司以选期将尽，重以启素，素志在试退正玄，乃手题使拟司马相如《上林赋》，王褒《圣主得贤臣颂》，班固《燕然山铭》，张载《剑阁铭》、《白鹦鹉赋》。曰：'我不能为君住宿，可至未时。'令就，正玄及时并了。素读数遍，大惊曰：'诚好秀才！'"终于将其录取。可见，非有卓越的才华，不能举秀才。杜氏《通典》云："初，秀才科第最高，试方略策五条，有上上，上中，上下，中上，凡四等。贞观中，有举而不第者，坐其州长，由是废绝。"马端临《文献通考》卷二十八："举秀才者，文才杰出，对策高第之人也。隋虽有秀才之科，而上本无求才之意，下亦无能应诏之人。间有一二，则反讶之且嫉之矣。"获得此称号的人寥寥无几，如杜正伦、刘焯均为秀才。
② （清）董皓等编：《全唐文》，第588页。
③ （隋）王通著，张沛校注：《中说校注》，第15页。李德林卒于开皇十一年，时王通只有八岁。当是姓名有误。有学者疑其人乃薛道衡，因后文责其"言文而不及理"，《中说》编者因薛收故改。参见陈启智《王通生平著述考》载《东岳论丛》1996年第6期。
④ 陈启智：《王通生平著述考》，载《东岳论丛》1996年第6期。
⑤ （隋）王通著，张沛校注：《中说校注》，第267页。

作《东征之歌》而归"①。机会的丧失应该是双重的，对于隋朝而言，统一的辉煌帝国可能因此而失去了长保基业的良策，以致如此短命；王通也因此未能在政治上大展鸿图，并且丧失了对隋朝的信心，退归河汾著述讲学，朝廷数征而不至。②

隋炀帝大业年间，王通隐居龙门之白牛溪，著书授徒。据《文中子世家》："乃续《诗》、《书》，正《礼》、《乐》，修《元经》，赞《易》道，九年而《六经》大就，门人自远而至，河南董常、太山姚义、京兆杜淹、赵郡李靖、南阳程元、扶风窦威、河东薛收、中山贾琼、清河房玄龄、巨鹿魏征、太原温大雅、颍川陈叔达等，咸称师北面，受王佐之道焉。"③ 这些门人多有隋唐名臣豪杰之士，另外，还有杜如晦、王珪等唐初名臣。据杜淹《文中子世家》载往来随王通受业者不可胜数，有千余人。薛收《文中子碣铭》："渊源所渐，著录逾于三千，堂奥所容，达者几乎七十。……盛德大业，至矣哉。道风扇而方远，元猷陟而愈密，可以比姑射于尼岫，拟河汾于洙泗矣。"④ 著书讲学的情形，在隋季可谓盛况矣。正如杜淹所描绘的："隋季，文中子之教兴河汾，雍雍如也。"⑤ 王绩《游北山赋》及注亦云："山似尼丘，泉凝泗浍"，"门人弟子相趋成市，故溪今号王孔子之溪也。"⑥ 此种讲学盛况及其文化传承后世称之为"河汾道统"或"河汾之学"。

王通讲学河汾的教材，除了儒家传统的经典之外，还有自己所编著的《续六经》。据薛收《文中子碣铭》："以为卷怀不可以垂训，乃立则以开物；显言不可以避患，故托古以明义。怀雅颂以濡足，览繁文而援手。乃续《诗》、《书》，正《礼》、《乐》，修《元经》，赞《易》象。……渊源所渐，著录逾于三千。"⑦ 王绩在《答程道士书》中，也对王通的著述情况作了描述："昔者，吾家三兄，命世特起。光宅一德，

---

① （隋）王通著，张沛校注：《中说校注》，第267页。
② 《文中子世家》："大业十年，尚书召蜀郡司户，不就。十一年以著作郎、国子博士征，并不至。"
③ （隋）王通著，张沛校注：《中说校注》，第268页。
④ （清）董皓等编：《全唐文》，第588页。
⑤ （隋）王通著，张沛校注：《中说校注》，第268页。
⑥ （唐）王绩著，韩理洲校点：《王无功文集》（五卷本会校），第5页。
⑦ （清）董皓等编：《全唐文》，第588页。

续明《六经》。吾尝好其遗书，以为匡世之要略尽矣！"①《中说·关朗篇》云："门人窦威、贾琼、姚义受《礼》，温彦博、杜如晦、陈叔达受《乐》，杜淹、房乔、魏征受《书》，李靖、薛方士、裴晞、王珪受《诗》，叔恬受《元经》，董常、仇璋、薛收、程元备闻《六经》之义。"②可见门人弟子各有所专，但都不出儒家经典和王通自己的著作。从以上史料还可看出，王通非一般的章句腐儒，而是立足时代，为挽救时弊，托古明义、开物垂训，弘扬王道仁政，而著书讲学，具有鲜明的时代感和进步意义。有人认为王通泥古孔子聚徒讲学而对他进行嘲讽批判，实是一种偏见。

随王通受"王佐之道"的弟子门人，并非皆为一些年辈小于他的后生小子，往往与他同龄或年长于他，甚至有些人还是他的长辈。如王珪（571—639）是王通族叔，裴晞是王通的舅舅，陈叔达（？—635）是绛州郡守，李靖（570—649）、房玄龄（579—648）、魏征（580—643）等年长于王通，其他人，如杜如晦（585—630）等也多为王通之平辈。很多人已经注意到了这一点，故而对此产生疑惑，认为是王通后人为了自高其功，编造了王通的这些门人弟子，我们认为"只要曾求学问道于王通门下，称为门人并不过分。且门人与弟子是有区别的，古称亲受业者为弟子，转相授受为门人。王通于河汾以道统立教，非训蒙之师，游通之门者，也多饱学之士，特为问道解惑或愿得指正品题而来，正是介于门人弟子之间者，《中说》将之统称门人，非但无潜妄之嫌，反有自谦之意"③。王通讲学的这一特点，被后学称为河汾学风。④

大业十三年，王通去世。据《文中子世家》："十三年，江都难作。子有疾，召薛收，谓曰：'吾梦颜回称孔子之命曰："归休乎？"殆夫子召我也。何必永厌龄？吾不起矣。'寝疾七日而终。"⑤其门人弟子数百人议，认为，王通为"至人"，"自仲尼以来，未之有也"，给予了极高的评价，请谥曰"文中子"。薛收、姚义等集其平日言行，经王凝、王

---

① （唐）王绩著，韩理洲校点：《王无功文集》（五卷本会校），第159页。
② （隋）王通著，张沛校注：《中说校注》，第259页。
③ 陈启智：《王通生平著述考》，载《东岳论丛》1996年第6期。
④ 《关学编·李二曲传》云：二曲布衣，又当王通之年，"远迩咸以夫子推之"，"东西数百里间，著儒名士，年长一倍者，亦往往纳贽门墙，彬彬河汾之风焉"。
⑤ （隋）王通著，张沛校注：《中说校注》，第268页。

福畤编辑，结成为语录体之《中说》。明嘉靖九年，王通从祀文庙。

王通一生，尊儒重道，为人师表。在家庭内部，也表现出了不同寻常的子弟情怀。《中说·天地篇》载："铜川夫人好药，子始述方；芮城府君重阴阳，子始著历日。"① 可见，王通的述方以及著历日，正是为了侍奉母亲与兄长而为之的。对于自己的几个弟弟，王通更是或鼓励，或批评，尽力教导之，尽到了作为兄长的责任。

王通被称为"隋末大儒"，是因为他在儒学发展史上具有重要贡献。程颐认为他殆非荀、杨所及："（程颐门人）问王通，曰：'隐德君子也。当时有些言语，后来被人傅会，不可谓全书。若论其粹处，殆非荀、杨所及也。'"② 司马光认为："余读其书，想其为人，诚好学笃行之儒。"③ 并为其作补传④。王阳明以为："文中子当时拟经……圣人复起，不能易也。"⑤ 明儒焦竑就对王通的"拟圣"也给予了全面的肯定。其在儒学发展史上被称为"河汾道统"⑥ 并被认为"'河汾道统'说贯穿了北方儒学发展的全过程，是儒学发展史，乃至中国哲学发展史上不可缺少的一条主线"⑦。明嘉靖九年，给事中张九功和大学士张璁提议，经由礼部裁定，增王通从祀孔庙。其在儒家思想史上的地位得到了官方的认可。

（二）千年的历史疑案

因王通在《隋书》中无传，自宋初的宋咸至近代的梁启超等，皆怀疑历史上是否真有其人，并认为王通的传世著作《中说》为后人伪托。最初提出此疑问的为宋咸。如宋章如愚《群书考索》卷十谓："宋咸以

---

① （隋）王通著，张沛校注：《中说校注》，第68页。《记纂渊海》卷八十七："史凡占侯时日通名日者。"
② （宋）程颢、程颐撰，潘富恩导读：《二程遗书》，上海古籍出版社2000年版，第282页。
③ （宋）邵博：《邵氏闻见后录》，上海古籍出版社2012年版，第143—144页。
④ 司马光《资治通鉴》卷一百七十九《隋纪三·高祖文皇帝中》：仁寿三年"九月壬戌置常平官"后有王通小传。《文中子补传》全文见于《邵氏闻见后录》卷四，又见于《宋文鉴》卷一百四十九及《永乐大典》残卷。
⑤ （明）王阳明：《传习录》，中州古籍出版社2008年版，第41页。
⑥ 参见常裕《浅论"河汾道统"说的影响》，载《中国哲学史》2005年第3期。
⑦ 常裕：《浅论"河汾道统"说的影响》，载《中国哲学史》2005年第3期。

文中悉模《论语》，句迹仲尼事，且谓李靖、陈叔达、房、魏诸公，未尝师事，作《过文中子》，又为《驳〈中说〉》，凡二十二事共十卷。"① 宋王应麟《玉海》、明郑瑗《井观琐言》、明焦竑《焦氏笔乘》等对宋咸之说有所记载。因阮逸为《中说》作注，宋洪迈曾怀疑《中说》为阮逸所作。近代梁启超则认为："隋末有妄人曰王通者，自比孔子，而将一时将相若贺若弼、李密、房玄龄、魏征、李靖等皆攀认其门人弟子，乃自作或假手于其子弟以作所谓'河汾道统'者，历述通与诸人问答语，一若实有其事。此种病狂之人，妖诬之书，实人类所罕见。而千年来所谓'河汾道统'者，竟深入大多数俗儒脑中，变为真史迹矣。"②

而自宋咸对王通提出疑问后，历代很多学者曾对此怀疑提出了不同的看法，且辨之甚详，有学者认为王通实有其人，如明郑瑗在《井观琐言》卷一中，列举了王绩的《负苓者传》、陈叔达的《答绩书》、陆龟蒙的《送豆卢处士序》、司空图和皮日休的《文中子碑》等五人关于文中子王通记载的相关文章，并认为此五人皆是唐人，并且王绩乃文中子之弟，而陈叔达与王氏交往密切，所以他们关于文中子的记载不应有误。

关于对初唐一些高官名臣如陈叔达、房玄龄、魏征等疑其非为王通门人的，只要掌握了当时人们的一些文章资料，当不会置疑。如陈叔达在《答王绩书》中曰："古人云：'过高唐者，学王豹之讴；游睢涣者，学藻绘之功。'"称自己曾："滥尸贵郡，因沾善诱，颇识大方。"③ 并不因为自己的名爵而影响他们在学问上的师生关系。并指出自己撰《隋规》，正是向王通学习的结果。王绩在《答处士冯子华书》中，历述世事亲故如薛收、姚义后云："又知房、李诸贤，肆力廊庙，吾家魏学士，亦申其才。"④ 明确指出诸贤为王通门人。王福时曾录其仲父王凝所转告的魏征之自述："大业之际，征也尝与诸贤侍文中子，谓征及房、杜等曰：'先辈虽聪明特达，然非董、薛、程、仇之比。'"⑤ 魏征诸人虽

---

① （宋）章如愚：《群书考索》，广陵书社2008年版，第79页。
② 梁启超：《中国历史研究法》，商务印书馆1935年版，第131页。
③ （唐）王绩著，韩理洲校点：《王无功文集》（五卷本会校），第168页。
④ （唐）王绩著，韩理洲校点：《王无功文集》（五卷本会校），第149页。
⑤ （隋）王通著，张沛校注：《中说校注》，第270页。

执弟子之礼，但王通仍称之为先辈，可见王通为人之谦逊，也可知其关系介于师友之间。

事实上，现存的史书，虽然没有王通个人的传记，但新旧《唐书》在《王绩传》《王勃传》及《王质传》中都提及王通，《旧唐书·王绩传》《旧唐书·王质传》皆载王通，字仲淹，隋末大儒，号文中子。《旧唐书·王勃传》则记载更详："祖通，隋蜀郡司户书佐。大业末，弃官归，以著书讲学为业。依《春秋》体例，自获麟后，历秦、汉至于后魏，著纪年之书，谓之《元经》。又依《孔子家语》、扬雄《法言》例，为客主对答之说，号曰《中说》。皆为儒士所称。义宁元年卒，门人薛收相与议谥曰文中子。"① 此外，《旧唐书·经籍志》《新唐书·艺文志》皆载王通《中说》五卷。此外，薛收《文中子碣铭》，皮日休《文中子碑》，司空图文《文中子碑》等，都可证王通其人的存在。

因此，只要掌握了这些史料，就不会对王通及《中说》的存在生疑。

《中说》北宋时尚有阮逸注和龚鼎臣注两种刻本。今传世本皆系据阮本转抄、翻印。龚本至南宋时犹存，后佚。此外尚有陈亮于南宋初年参校阮、鼎两本的类编本，可惜亦佚。据陈亮《类次文中子引》载："龚鼎臣得唐本于齐州李冠家，则以甲乙冠篇，而分篇始末皆不同；又本文多与逸异。"②《直斋书录解题》卷九记有："《中说注》十卷，正议大夫淄川龚鼎臣辅之撰。自甲至癸为十卷，而所谓前后序者，在十卷之外，亦颇有所删取。李格非跋云，龚自谓明道间得唐本于齐州李冠，比阮本改正二百余处。"③ 这二百余处异文，今已不可全知，仅据现存的资料看，龚本优于阮本是肯定的。可见，《中说》在编辑流传的过程中，曾被"增益张大"，尤其是阮逸在为其作注释时，曾"增损于其间"，使其与龚本存在诸多差异，而后人只根据阮本，难免会发现一些与史实不合的记载。故而生发出一些本不该存在的疑问。

宋叶大庆在《考古质疑》卷五中对于前代学者的疑问给予了全面的否定："逸乃我宋仁宗朝人，《唐书·艺文志》已有王通《中说》，皮日

---

① （后晋）刘昫等撰：《旧唐书》，中华书局1975年版，第5004—5005页。
② （宋）陈亮：《陈亮集》，中华书局1987年版，第249页。
③ （宋）陈振孙：《直斋书录解题》，上海古籍出版社1987年版，第275页。

休有《文中子碑》，亦言'序述六经，敷为《中说》，李、薛、房、杜皆其门人'。而刘禹锡作《王华卿墓铭》，序载其家世行事甚详。云门多伟人，则与其书所言合矣。司空图又谓文中子致圣人之用，房、卫数公皆为其徒，恢文武之道以济贞观治平之盛。至于李翱《读文中子》，且以其书并之《太公家教》，刘贲《读文中子》又以六籍奴婢讥之。是虽当世儒者，好恶不同，推尊之或过，毁损之失真。要知自唐已有此书，决非阮逸所作明矣，岂容斋偶忘之乎？盖容斋所疑，不过因薛收、李靖之事，安知薛收不于文中子既死，而方应义举，李靖初年从学而后乃投笔乎？"①言之成理，令人信服。

另外，明人宋濂等人也曾全面为王通辩诬，认为王通实有其人，《中说》实有其书，等等。

综上，我们以为《中说》所记王通言行思想，除有些传抄讹误外，基本上是真实可信的。今本《中说》尚有附录六篇：《叙篇》（阮逸撰）、《文中子世家》（杜淹撰）、《录唐太宗与房魏论礼乐事》《录东皋子答陈尚书书》《录关子明事》《王氏家书杂录》。后四篇可能是王福畤撰述先人闻见及整理王通著述的过程之作，基本上也是可信的。

以上史料使我们对王通的存在不再生疑，然而对于这样一位隋末大儒，门人弟子上千，众多唐初名臣皆为其门人，他们为何没有为其在史书中立传，总会令人疑惑不解。

我们知道，唐初，由陈叔达、房玄龄等参与撰写《隋书》，魏征为总负责人。难道，他们真没给王通立传吗？晁公武《郡斋读书志》云："通行事于史无考，独《隋唐通录》称其有秽行，为史臣所削。"②上文史料曾对此解释不屑一顾。确实，正史中有秽行的古人甚多，史臣也往往以"不隐恶"的实录精神为善，何故单单删掉王通的传记，若因秽行而删掉王通的传记，实不能让人信服。但如果是因当时复杂的政治背景或不愿告人的秘密，史臣以王通有"秽行"为借口，故意删掉了王通的传记，当是还能让人理解的。《隋唐通录》是何人所撰？究竟成书

---

① （宋）叶大庆著，陈大同校证：《〈考古质疑〉校证》，广东高等教育出版社1989年版，第122页。

② （宋）晁公武撰，孙猛校证：《郡斋读书志校证》，上海古籍出版社2011年版，第443页。

于何时，已无从考察。但关于王通可能有过传记，然被史臣所削，此记录无疑是非常宝贵的。我们以为，删掉王通传记的最有可能的"史臣"是长孙无忌。因他曾与王通之弟王凝结怨，而《隋书》最后成于长孙无忌之手。王福畤《东皋子答陈尚书》记其结怨始末：凝为监察御史，曾劾侯君集谋反，"事连长孙太尉，由是获罪。时杜淹为御史大夫，密奏仲父直言非辜。于是太尉与杜公有隙，而王氏兄弟皆抑而不用矣"①。清王士禛《香祖笔记》卷三则对"唐初修隋史不为文中子立传"的原因作了类似的分析，以为"《宋史》谓通为长孙无忌所恶，当时畏无忌，故遗通。而无忌之恶王氏，则由于王凝次子勔劾贬侯君集，君集与无忌善，因而恶及其祖耳"②。此说见于仇俊卿《通史》，且"本于宋史"，谓"它石论此甚快，可破千古之疑"。此说虽然关于弹劾侯君集之事的当事人不确，但却把未为王通立传或保留其传记的原因分析得较为合理。现代学者，如邓小军《〈隋书〉不载王通考》等则对王凝弹劾侯君集，因此获罪于长孙无忌，从而王氏兄弟皆抑而不用，《隋书》亦不为之立传分析得非常具体、细致，颇具说服力。③

那么，既然王通的传记可能在《隋书》中被删去，《唐书》中是否为其作了补传呢？《旧唐书·王绩传》谓通"自有传"，可事实上，《旧唐书》里根本就没有王通的个人传记，那么可能是已经列入计划中，但最终没有书写。也可能是已经写了，但因其为隋时人又被删掉了。

总之，虽然我们现在看到的《隋书》和《唐书》没有王通的传记，但并不排除当初曾为其立传的可能。另外，五卷本《王无功文集》吕才序述王氏六代家世后强调指出："国史、家谍详焉。"可知当时国史中当载其父祖兄弟传记甚详。

所幸的是，司马光作了《文中子补传》，今存宋邵博《邵氏闻见后录》卷四，《宋文鉴》卷一百四十九及《永乐大典》残卷。④ 弥补了《隋书》之不足。

---

① （隋）王通著，张沛校注：《中说校注》，第273页。
② （清）王士禛撰，赵伯陶选评：《香祖笔记》，学苑出版社2001年版，第166页。
③ 邓小军：《隋书不载王通考》，载《四川师范大学学报》（社会科学版）1994年第4期。
④ 参见邓小军《隋书不载王通考》，载《四川师范大学学报》（社会科学版）1994年第4期。

(三) 王通的著述

王通在短暂的一生中，可谓著作等身。王通的著述见诸史载的，按照时间先后顺序主要有以下四类。

其一为《太平之策》。又称《太平十二策》，编为四卷。据杜淹《文中子世家》："仁寿三年，文中子冠矣，慨然有济苍生之心，西游长安，见隋文帝。帝坐太极殿召见。因奏《太平策》十有二策。"[①] 已佚。

其二为《东征之歌》。王通献《太平十二策》失败后，知谋之不用也，作《东征之歌》而归，曰：

> 我思国家兮远游京畿，忽逢帝王兮降礼布衣。遂怀古人之心兮将兴太平之基，时异事变兮志乖愿违。吁嗟！道之不行兮垂翅东归，皇之不断兮劳身西飞。[②]

其三为《续六经》。又称《王氏六经》。王通所续《六经》，即《续诗》《续书》《礼论》《乐论》《元经》《赞易》共八十卷六百七十五篇，到唐初已有部分散佚。据《王氏家书杂录》，王通弟王凝将之勒成七十五卷六百六十五篇，分为六部，号为《王氏六经》，但今多已不存。

王通《续六经》的目的，据其弟子薛收云："以为卷怀不可以垂训，乃立则以开物；显言不可以避患，故托古以明义。怀雅颂以濡足，览繁文而援手。乃续《诗》、《书》，正《礼》、《乐》，修《元经》，赞《易》象。"[③]《中说》则分述其《续六经》的目的："吾续《书》以存汉、晋之实，续《诗》以辨六代之俗，修《元经》以断南北之疑，赞《易》道以申先师之旨，正礼、乐以旌后王之失，如斯而已矣。"[④] 据当时读者的评价，《续六经》包含着治国安邦，匡世救弊的功用，如王绩在《答程道士书》中以为："昔者，吾家三兄，命世特起。光宅一德，续明《六经》。吾尝好其遗书，以为匡世之要略尽矣！"[⑤]

[①] （隋）王通著，张沛校注：《中说校注》，第267页。
[②] （隋）王通著，张沛校注：《中说校注》，第267—268页。
[③] （清）董皓等编：《全唐文》，第588页。
[④] （隋）王通著，张沛校注：《中说校注》，第165—166页。
[⑤] （唐）王绩著，韩理洲校点：《王无功文集》（五卷本会校），第159页。

《续六经》积淀着家族和前贤的智慧，如上所述，薛收谓其"渊源所渐，著录逾于三千"。其中，《续诗》共十卷三百六十篇，贞观时小序亦亡，该书今已无存。所收为自晋宋迄周隋，即晋、宋、北魏、北齐、北周、隋六代诗歌，其收录标准为"甄正乐府，取其雅奥"①。以达"化俗推移之理"。《续诗》有"四名""五志"："何谓四名？一曰化，天子所以风天下也；二曰政，蕃臣所以移其俗也；三曰颂，以成功告于神明也；四曰叹，以陈诲立诫于家也。凡此四者，或美焉，或勉焉，或伤焉，或恶焉，或诫焉，是谓五志。"②《中说·天地篇》云《续诗》的作用"可以讽，可以达，可以荡，可以独处；出则悌，入则孝；多见治乱之情"③。学习《续诗》便会明白历代君主得失，还可以规正性情，"《诗》以正性"。从中可以看出其对《诗经》的仿效以及传承关系。

《续书》一百五十篇，共二十五卷，今已无存。贞观王凝整理《续六经》时，已失其小序。其宗旨在于明"帝王之道"。主要根据自西汉至晋代的命、对、议、制、诏、册等选录编辑而成，杨炯在《王子安集原序》中谓："讨论汉魏，迄于晋代，删其诏命，为百篇以续《书》。"④ 在《中说·周公篇》中王通自述选录汉晋的原因是："六国之弊，亡秦之酷，吾不忍闻也，又焉取皇纲乎？汉之统天下也，其除残秽，与民更始而兴其视听乎。"⑤ 贾琼问《续书》之义，王通说："天子之义列乎范者有四：曰制，曰诏，曰志，曰策。大臣之义载于业者有七：曰命，曰训，曰对，曰赞，曰议，曰诫，曰谏。"⑥ 如上所述，王通撰《续书》的目的为"以存汉晋之实"，用来辨明事理，以振皇纲，以明王道。其书还经过王勃的校订、补缺，并作序，王勃在《续书序》中认为《续书》的目的是为了教化。

---

① （唐）王勃著，（清）蒋清翊注，汪贤度校点：《王子安集注》，王子安集注卷首，第74页。
② （隋）王通著，张沛校注：《中说校注》，第84—85页。
③ （隋）王通著，张沛校注：《中说校注》，第65—66页。
④ （唐）王勃著，（清）蒋清翊注，汪贤度校点：《王子安集注》，王子安集注卷首，第74页。
⑤ （隋）王通著，张沛校注：《中说校注》，第11—12页。
⑥ （隋）王通著，张沛校注：《中说校注》，第120页。

《元经》十五卷五十篇，现存《四库全书》本《元经》为十卷，有薛收《传》及阮逸注。《旧唐书·王勃传》称："祖通，……依《春秋》体例，自获麟后，历秦、汉至于后魏，著纪年之书，谓之《元经》。……皆为儒士所称。"① 王通自谓："吾欲修《元经》，稽诸史论，不足征也，吾得《皇极谠议》焉。"② 可见，《元经》是效法《春秋》笔法，以行褒贬，代赏罚，侧重于史论的著述，王通曾详述其著《元经》的主旨："《元经》其正名乎！皇始之帝，征天以授之也。晋、宋之王，近于正体，于是乎未忘中国，穆公之志也。"③ 王通评定史迹的标准为"三才之去就"。据陈叔达《江公答书》云："自微言泯绝，大义乖坠，三代之教，乱于甲兵；《六经》之术，灭于煨烬。君人者，尚美名以夸六合；史官者，贵虚饰以佞一时。……魏晋之际，夫何足云？中原板荡，史道息矣！然国于天地，有兴立焉。苟能宅郊禋，建社稷，树师长，抚黎元，虽复五裂山河，三分躔次，规模典式，岂徒然哉！是贤兄文中子知其若此也。恐后之笔削，陷于繁碎；宏纲正典，暗而不宣。乃兴《元经》，以定真统。"④《元经》纪年实起于晋惠帝永熙元年（290），迄于隋开皇九年一统区宇之岁（589），共计三百年。开皇十年后为薛收续。《元经》薛收原序载其始于晋惠帝，终陈亡，几三百年。薛收为其做传，因过早去世而未成。杨炯《王子安集原序》云："门人薛收窃慕，同为《元经》之传，未就而殁。"⑤《四库全书·元经提要》载其始于晋太熙元年，终隋开皇九年，凡九卷，为通之原书，末一卷自隋开皇十年迄唐武德元年，为薛收所续。王勃整理《续六经》，然于《元经》之《传》，据《王子安集原序》载，亦未终其业。现存《元经薛氏传》之传文仅到卷九"后魏孝文帝太和四年春正月"，其后便无传文。

《元经》为王通《续六经》唯一的现存著作，然历代多认为其为阮逸之伪作，然考其内容宗旨，皆与《中说》及其时人记载相吻合，只

---

① （后晋）刘昫等撰：《旧唐书》，第5004—5005页。
② （隋）王通著，张沛校注：《中说校注》，第7页。
③ （隋）王通著，张沛校注：《中说校注》，第149页。
④ （唐）王绩著，韩理洲校点：《王无功文集》（五卷本会校），第167—168页。
⑤ （唐）王勃著，（清）蒋清翊注，汪贤度校点：《王子安集注》，王子安集注卷首，第75页。

是在流传或薛收、阮逸在作传、注的过程中，出现了一些文字上的讹误，以及部分篇章的残缺。故而引起后人种种猜疑，而认为其为阮逸伪作。在没有确凿证据证明其为伪作前，我们不妨相信其为王通著作①，但其残缺遗漏之文，阮逸作注时，曾为其作过补充修订。

《礼论》原十卷二十五篇，到王福畤整理时，已亡五篇，今已无存。《乐论》十卷二十篇，在贞观年间也已亡五篇，今亦不存。②《中说·礼乐篇》云："正礼、乐以旌后王之失"③，可知王通撰《礼论》《乐论》的目的主要是"正礼""正乐"。《中说》中有一段对王通居家的描写，为我们刻画了一个严格遵守礼法的夫子形象："子闲居俨然：其动也徐，若有所虑；其行也方，若有所畏；其接长者，恭恭然如不足；接幼者，温温然如有就。子之服俭以洁，无长物焉，绮罗锦绣不入于室，曰'君子非黄白不御，妇人则有青碧'。子宴宾无贰馔，食必去生，味必适。果菜非其时不食。"④ 王通认为礼乐的真谛是："《礼》以制行，《乐》以和德。"⑤ 从中可以看出，礼是一种体现个人修养的行为规范。然而王通对于礼、乐并非是另为创制，他认为汉魏，礼乐不足称，自己只是纠正汉以来的偏失而已。

《赞易》共十卷七十篇，今已无存。王通极为推崇《易》道，他说："至哉《易》也！其知神之所为乎？"⑥ 他对于《易》的理解极为深刻，认为《易》的精髓在于"畏天悯人，思及时而动乎？"⑦ "《易》圣人之动也，于是乎用以乘时矣。"⑧ 他认为《易》不只是占卜、象数之类，更应关注人事，他曾称赞汾阳侯生善筮，先人事而后说卦。可知王通对《易》的认识，不在于《易》的言象物而识物情的推演之理，而在其注重对人事的实践。⑨

---

① 参见陈启智《王通生平著述考》，载《东岳论丛》1996年第6期。笔者以为现存《元经》不伪。
② 参见孙昊、李静《王通与经学更新》，载《江淮论坛》2003年第3期。
③ （隋）王通著，张沛校注：《中说校注》，第166页。
④ （隋）王通著，张沛校注：《中说校注》，第90—91页。
⑤ （隋）王通著，张沛校注：《中说校注》，第204页。
⑥ （隋）王通著，张沛校注：《中说校注》，第35—36页。
⑦ （隋）王通著，张沛校注：《中说校注》，第122页。
⑧ （隋）王通著，张沛校注：《中说校注》，第143页。
⑨ 参见孙昊、李静《王通与经学更新》，载《江淮论坛》2003年第3期。

其四为《中说》。又称《文中子》或《文中子〈中说〉》，共十卷。《旧唐书·王勃传》载其祖通，依《孔子家语》、扬雄《法言》例，为客主对答之说，号曰《中说》。

《中说》旧题王通撰，实为门人纂集王通言行记录而成。王凝曾言："夫子得程、仇、董、薛而《六经》益明。对问之作，四生之力也。"① 可知《中说》是根据程元、仇璋、董常和薛收四人的笔记整理而成的。且薛、姚还撰写了卷首与序言。其后，又经王凝、王福畤编辑整理。据《王氏家书杂录》，贞观年间王凝任监察御史时即开始搜寻门人的记录："（王凝）退而求之，得《中说》一百余纸，大底杂记，不著篇目，首卷及序则蠹绝磨灭，未能诠次。"② 并将之编集成册，后由王福畤辨类分宗，编为十篇，勒成十卷。并将其门人弟子姓字本末，仿诸纪谍，列于《外传》，"以备宗本"，惜已不存。

此书在编辑及流传的过程中，出现了一些讹误，比如晁公武《郡斋读书志》指出，王通以开皇四年生，李德林以开皇十一年卒，通方八岁，而有德林请见，归援琴鼓《荡之什》，门人皆沾襟事。关朗以太和丁巳见魏孝文帝，至开皇四年通生，已相隔一百零七年，而有问礼于朗事等，《考古质疑》卷五认为这些谬误断，乃王凝、王福畤附会于其间所致。

此书流传过程中，主要出现了两个版本，即阮逸注本和龚鼎臣本。宋王应麟《玉海》卷五十三载陈亮曾参取阮、龚本，类次为十六篇。只可惜龚本与陈亮编辑的本子现已不传，故而阮本的讹误之处，已无从校改了。

以上是王通的生平与著述的概况。王通一生，崇儒重道，并以孔子为榜样，聚徒授学，此举为当时和此后的政治文化建设做出了重要贡献。王通的门人，据王绩《游北山赋》自注记载，以董常、程元、贾琼、薛收、姚义、温彦博、杜淹等十余人称俊彦。除此之外，还有房玄龄、魏征、杜如晦、李靖、窦威、陈叔达、王珪等唐初名臣。大业十三年五月，王通在病中得知李渊在太原起兵，泫然而兴曰："生民厌乱久

---

① （隋）王通著，张沛校注：《中说校注》，第262页。
② （隋）王通著，张沛校注：《中说校注》，第281页。

矣，天其或者将启尧、舜之运，吾不与焉，命也！"① 据薛收《文中子碣铭》，就在这年五月甲子日，王通便英年早逝。受其影响，他的门人多投靠唐军。在《答处士冯子华书》中，王绩有云："又知房、李诸贤，肆力廊庙，吾家魏学士，亦申其才。"② 而诸贤申才之时，正当历史上有名的"贞观之治"。因而我们可以做这样的推断，王通的设教河汾，对于初唐的政治文化，对于"贞观之治"的巨大成功，产生了积极的影响。此中玄机，古人早已勘破："仲尼不用于战国，致其道于孟、荀而传焉。得于汉，成四百之祚。五胡继乱，极于周齐。天其或者生文中子以致圣人之用，得众贤而廊之，以俟我唐，亦天命也。故房、卫数公，皆为其徒。恢之文武之道，以济贞观治平之盛。今三百年矣。"③

三 王凝

王凝（587？—660？），字叔恬，是王通之弟，王绩之兄。曾任太原县令，故称为"太原府君"。

在王通诸兄弟中，王凝当是受王通影响最深的一个，并亲受兄长教诲。在《中说》中，数次提到王凝，他主要学习了王通所著的《元经》，《中说·关朗篇》有"叔恬受《元经》"之说。王通对王凝极为赞赏："贤哉，凝也！权则未，而可与立矣。"④ 王凝也对王通极为尊重和推崇，得到兄长的夸奖后，"府君再拜曰：'谨受教。'非礼不动，终身焉"⑤。王通对王凝的教育，既类似于师徒的教育，也含有家族内部教育的意义。王通在其学习的过程中，因其领会深刻，与诸门人相比，常能深明己意，于是给予了诸多的鼓励。如《中说·王道篇》中有："子述《元经》皇始之事，叹焉。门人未达，叔恬曰：'夫子之叹，盖叹命矣。《书》云：天命不于常，惟归乃有德，戎狄之德，黎民怀之，三才其舍诸？'子闻之曰：'凝，尔知命哉！'"⑥

---

① （隋）王通著，张沛校注：《中说校注》，第10页。
② （唐）王绩著，韩理洲校点：《王无功文集》（五卷本会校），第149页。
③ （唐）司空图著，祖保泉、陶礼天笺校：《司空表圣诗文集笺校》，第233页。
④ （隋）王通著，张沛校注：《中说校注》，第260页。
⑤ （隋）王通著，张沛校注：《中说校注》，第260页。
⑥ （隋）王通著，张沛校注：《中说校注》，第14页。

由于受家学和王通的影响，王凝也表现出一派严谨、儒雅又不失威严的夫子形象。《中说·关朗篇》对其居家作风进行了较为详细的描述：

> 御家以四教：勤、俭、恭、恕；正家以四礼：冠、婚、丧、祭。三年之畜备，则散之亲族。圣人之书及公服、礼器不假。垣屋什物必坚朴，曰"无苟费也"；门巷果木必方列，曰"无苟乱也。"事寡嫂以恭顺著，与人不款曲，不受遗。非其力，非其禄，未尝衣食。飨食之礼无加物焉。曰"及礼可矣"；居家不肉食，曰"无求饱"；一布被二十年不易，曰"无为费天下也"。乡人有诬其税者，一岁再输。临官计日受俸。年踰七十，手不辍经。亲朋有非义者，必正之，曰："面誉背毁，吾不忍也。"群居纵言，未尝及人之短。常有不可犯之色，故小人远焉。①

可见，王凝是一个深受儒家思想影响的并身体力行儒家之"道"和"礼"的正人君子。不唯如此，他还生性耿直、公正无私、不畏权贵。所以才会因弹劾侯君集而获罪于长孙无忌，致使"王氏兄弟皆抑而不用"。据《中说·关朗篇》记载："贞观中，起家监察御史，劾奏侯君集有无君之心。"② 王福畤《东皋子答陈尚书书》云："贞观初，仲父太原府君为监察御史，弹侯君集，事连长孙太尉，由是获罪。……出胡苏令。"③ 此后弃官归乡，编辑整理王通的《续六经》。根据《王氏家书杂录》的记载："会仲父黜为胡苏令，叹曰：'文中子之教，不可不宣也。日月逝矣，岁不我与。'乃解印而归，大考《六经》之目而缮录焉。"④ 王勃在《续书序》中也有："贞观中，太原府君考诸《六经》之目，则亡其小序。"⑤ 贞观十九年，王凝又被起为骆州录事，后任太原令。

---

① （隋）王通著，张沛校注：《中说校注》，第260—261页。此段当为王福畤整理《中说》时加入。
② （隋）王通著，张沛校注：《中说校注》，第260页。
③ （隋）王通著，张沛校注：《中说校注》，第273页。
④ （隋）王通著，张沛校注：《中说校注》，第281页。
⑤ （唐）王勃著，（清）蒋清翊注，汪贤度校点：《王子安集注》，第278页。

王凝贞观初任监察御史时即开始搜寻王通门人记录，"退而求之，得《中说》一百余纸，大抵杂记，不著篇目，卷首及序则蠹绝磨灭，未能诠次"①。《中说》即首先由王凝编集成册。其后王凝由姑苏令解印归乡整理王通的《续六经》。对于王通著述的保存整理，起了重要的作用。为了使王通的思想能够得以传承，他还亲自教授了王通的三个儿子："太原府君曰：'文中子之教，不可不宣也。日月逝矣，不可使文中之后不达于兹也。'召三子，而教之略例焉。"②

王凝虽然没有作品流传于世，但它除了整理王通的作品外，还续写了王度、王绩未完成的《隋书》③。在王度、王通去世后，他还以兄长的身份维持着王氏家族的日常家务与礼乐文化，王绩《答处士冯子华书》中有云："家兄鉴裁通照，知吾纵恣散诞，不闲拜揖，兼糠秕礼义，锱铢功名，亦以俗外相待，不拘以家务。至于乡族庆吊、闺门婚冠，寂然不预者已五六岁矣！"④ 此处的"家兄"，指的就是王凝。⑤

王凝的生卒年无史料记载。根据其为王通（生于584年）之弟，王绩（生于590年）之兄，则其生年当在585—589年之间。据《中说·关朗篇》"年逾七十，手不辍经"⑥，知其生年当在七十岁以上。故而若王凝的生年为587年，则七十岁为657年，而此年，王凝当健在未卒。因而其生卒年大约于587—660年左右。

---

① （隋）王通著，张沛校注：《中说校注》，第281页。
② （隋）王通著，张沛校注：《中说校注》，第260页。此段当为王福畤整理《中说》时加入。
③ 吕才《王无功文序集》云："君又著《隋书》五十卷未就，君第四兄太原县令凝续成之。"
④ （唐）王绩著，韩理洲校点：《王无功文集》（五卷本会校），第148页。
⑤ 以往论者，多以为"家兄"是王通。实际上，王绩《答处士冯子华书》当写于贞观（627—649）年间。由"乱极则治，王途渐亨，……又知房、李诸贤，肆力廊庙，吾家魏学士，亦申其才。……所恨姚义不存，薛生已殁"可知。薛收卒于624年，当知此文必写于此后。文中还有："近复都卢弃家，独坐河渚，结构茅屋。"而吕才《王无公文集序》云其第三次辞官后，方"结庐河渚，纵意琴酒，吊庆礼绝，十有余年"。其第三次辞官时间为贞观七年（633）或八年（634）左右（详见下文），可知，此文的写作时间约为634年前后。文中又有："所居南渚，有仲长先生结庵独处三十载。"而在《仲长先生传》中，王绩云仲长先生"开皇末始庵河渚间。"开皇（581—600），当知其"始庵河渚间"当在600年前的一两年，下推三十年，则为630年左右，或者三十年乃一大约时间，为三十多年所取之整数，则与上述634年基本吻合，正当贞观年间魏征等"申其才"之时。此时，王通已去世逾十年矣！此信中，王绩提到王通也是以王通早已去世的口吻。如"吾家三兄，生于隋末"云云。
⑥ （隋）王通著，张沛校注：《中说校注》，第261页。

四　王绩

王绩（590—644），字无功，自号东皋子。隋唐之际著名诗人。

在隋唐之际宫廷文学的主导旋律中，王绩以其与自然合拍的天籁之音，不仅使这个家族的文化呈现出了摇曳多姿的神采，亦给隋唐之际的文坛注入了一股自然清新的空气。如果说与众不同正是他的价值，那么艺术的独特魅力也正在于此。因而翁方纲对王绩的赞誉得到了普遍的认同："王无功以真率疏放之格，入初唐诸家中，如鸾凤群飞，忽逢野鹿，正是不可多得也。"[①]

关于王绩的生卒年，两唐书本传无载。我们认为，王绩当生于隋文帝开皇十年（590）[②]，卒于贞观十八年（644）[③]。关于王绩的生前身后，有两件事是必须要探讨的。其一就是王绩一生三仕三隐的经过和原因；其二就是其文集的整理和删略以及与此有关的王绩隐士身份的争议。现结合这两个问题，对其生平、行迹以及思想探讨如下：

[①] （唐）王绩著，韩理洲校点：《王无功文集》（五卷本会校），第274页。

[②] 关于王绩的生年，有众多说法。（1）590年（或约590年），持此说者有郑振铎、苏雪林、韩理洲、张锡厚、罗宗强、郝世峰、周祖譔等。郑振铎在《中国文学者生卒考》一文和后来的《插图本中国文学史》中都认为王绩的生年是590也即约隋开皇十年。苏雪林《唐诗概论》认为王绩约生于590年。韩理洲、张锡厚根据新发现的五卷本《王无功文集》皆考证出王绩应生于隋文帝开皇十年（590）（张锡厚《王绩生平辨析及其思想新证》，刊《学术月刊》1984年第5期）。罗宗强、郝世峰主编的《隋唐五代文学史》等都采用韩理洲之说。（2）584年，持此说者有胡适，其《白话文学史》认为王绩生于584年。（3）585年，持此说者有闻一多、陆侃如、冯沅君、刘大杰、王士菁、周祖譔、游国恩、王国安等。闻一多的《唐诗大系》认为王绩生于公元585年。陆侃如、冯沅君《中国诗史》的看法与闻一多先生同。此后出版的诸多著作如刘大杰《中国文学发展史》、王士菁的《唐代诗歌》、游国恩等编著的《中国文学史》、社科院文学所编著的《中国文学史》以及王国安注的《王绩诗注》等均认为王绩生于公元585年，傅璇琮《唐代诗人考略》则认为王绩的生年虽不可确考，但不能早于开皇五年（585）。（4）589年，夏连保的《王绩年谱》则认为王绩应生于开皇九年（589年），谓闻一多之说非。社科院文学所编的《唐代文学史》也认为王绩生于589年。参见张燕瑾、吕薇芬主编，杜晓勤撰著《二十世纪中国文学研究·隋唐五代文学研究》（下），第175—177页。

[③] 吕才《王无功文集序》云："贞观十八年，终于家。"苏雪林《唐诗概论》认为王绩卒于650年。

(一) 慕"奇调"与仕隐情结

王绩的思想非常复杂，一生中有三仕三隐的经历。

王绩自幼聪敏，性特好学，博闻强记，吕才《王无功文集序》载其八岁读《春秋左氏》，日诵十纸。在《晚年叙志示翟处士正师》中，王绩自谓："弱龄慕奇调，无事不兼修。望气登重阁，占星上小楼。明经思待诏，学剑觅封侯。"① 可见王绩曾有过强烈的入世之心，并为此作了充分的学习和准备。除熟知儒家经典外，王绩还洞晓阴阳历数之术，可谓集多种才学于一身。

王绩少年时代，其学习和游戏的伙伴当包含王通的门人弟子，其《薛记室收过庄见寻率题古意以赠》云："忆我少年时，携手游东渠。梅李夹两岸，花枝何扶疏。同志亦不多，西庄有姚徐。尝爱陶渊明，酤醴焚枯鱼。尝学公孙弘，策杖牧群猪。"② 可见，王绩所慕之"奇调"，当包含像陶渊明、公孙弘这样充满传奇色彩的不俗人物。因爱陶渊明，所以王绩在少年时代就学会了饮酒，且像陶渊明那样一生再也没离开过酒，并且最终走上了一条陶渊明式的归隐道路；因慕公孙弘，所以特意学习其少年时的一些行迹和生活方式。据《汉书·公孙弘传》载，孙弘尽管四十多岁才开始学习《春秋杂说》，武帝初即位，招贤良文学士，60岁的公孙弘以贤良征为博士，年八十终丞相位。可见其晚年是非常辉煌的。

王绩的思想是极其复杂的，受儒家、道家、佛教甚至阴阳家的影响。以往论述王绩，往往说他是受了儒家、道家甚至佛教思想的影响而忽隐忽仕，这当然是不错的。但一个人所受某种思想的影响，如果具体化为某个活生生的历史或现实人物，则更具模拟意义和指导价值。这正像在我们的成长历程中，往往不是哪句口号或者格言让我们成为什么样的人，而是榜样的力量在指导我们成为什么样的人。无疑陶渊明和公孙弘就是这种具体化了的具有模拟价值的历史人物而深深地影响了王绩。考察王绩一生的行迹及心路历程，正可知他受陶渊明和公孙弘的影响最大。从日常生活，尤其是喜欢饮酒和诗歌创作他都以渊明为榜样，这些

---

① （唐）王绩著，韩理洲校点：《王无功文集》（五卷本会校），第110页。
② （唐）王绩著，韩理洲校点：《王无功文集》（五卷本会校），第55页。

都是很容易看出的，早被研究者所注意。但在内心深处，公孙弘才是他追步的目标。故而他虽然生性"不乐在朝"，具有像陶渊明那样喜欢自由、真率、自然的个性，但还是三次出仕，不幸的是，终其一生他也没有达到公孙弘那样的辉煌，因而其内心深处充满了怀才不遇，才高位下的痛苦和不平。

说王绩在少年时代受公孙弘的影响，除上诗中明确提出了其名字外，在其他地方，也可看到类似的痕迹。比如在《晚年叙志示翟处士正师》中有："明经思待诏，学剑觅封侯。"① 这里"思待诏"，用的正是公孙弘的典故。《汉书》本传载其第一次任博士免归后，元光五年又对策第一，拜为博士，待诏金马门。从此与汉武帝君臣遇合，风云际会。可见王绩果然不仅倾慕之，而且还真是把当初公孙弘的伟业，定为自己的人生目标。

王绩勤奋好学，遍览群书。与其兄王通一样，少年时也有被誉为"神童"的经历。为了实现"思待诏""觅封侯"的理想，604年，王绩十五岁就开始了干谒生活。即所谓的"弃繻频北上，怀刺几西游"。北上的情形史料缺乏，难以知晓。但"西游"我们却能略知一二。因王绩的家乡在龙门，去长安干谒正是其所谓的"西游"。《王无功文集序》载："年十五，游于长安，谒越公杨素。于时，宾客满席。素览刺引入，待之甚倨。君曰：'绩闻周公接贤，吐餐握发，明公若欲保崇荣贵，不宜倨见天下之士。'时宋公贺若弼在座，弼早与君长兄侍御史度相善。至是，起曰：'王郎是王度御史弟也，止看今日精神，足见贤兄有弟。'因提手引坐，顾谓越公曰：'此兄方孔融，杨公亦不减李司隶。'素改容礼之。因与谈文章，遂及时务。君瞻对闲雅，辩论精新，一座愕然，目为'神仙童子'。"② 并得到了当时著名的文学家薛道衡的赞誉，以今之庾信、王仲宣目之，足见其惊人的辩才，出众的文才及过目不忘的高超记忆。《登龙门忆禹赋》，今不存，当是王绩少年时代的作品，并曾用之干谒以获得名流的赏识。可见青少年时代的王绩以其才学，在当时获得了较高的声誉，"怀刺西游"的干谒活动应该说是成功

---

① （唐）王绩著，韩理洲校点：《王无功文集》（五卷本会校），第110页。
② （唐）王绩著，韩理洲校点：《王无功文集》（五卷本会校），《王无功文集序》，第1—2页。

的。王绩于大业末年，应孝悌廉洁举，射策高第，授秘书省正字。据吕才《王无功文集序》，因其不愿受束缚，便乞署外职，除扬州六合县丞。据《隋书·炀帝纪》，大业十年（614）五月始置孝悌廉洁科，而据王度《古镜记》，大业十年，王绩自六合县丞弃官归，可知，王绩第一次出仕的时间只可能是在大业十年，因此前，尚无孝悌廉洁举。① 此次出仕时间可能只有半年，甚至更短。

那么曾经抱有强烈的"觅封侯"思想的王绩为什么不抓住这一出仕"秘书正字"的机会，力争在仕途上有所作为呢？可能除了不愿受束缚之外，满腹才学的王绩，可能也看不上这么一个小小的八品职位，加之，当时已是天下将乱，于是王绩便弃官而去。

王绩第一次弃官距离第二次出仕大约有八年的时间，在这段时间里，他曾有一段较长的游历时光。据王度《古镜记》载大业十年，王绩自六合丞弃官归，又将遍游山水，以为长往之策。并游历了中原、吴越的广大地区，曾游嵩山、入箕山、渡颍水、渡广陵扬子江、入南浦、登天台、履会稽、游豫章、至庐山等地，大业十三年（617）六月始归长安。数月后，王绩还河东。这次游历，据《古镜记》记载，王绩曾逢异人张始鸾，授绩《周髀九章》及《明堂六甲》之事等。因此其方术技能大大长进。

王绩游历回龙门后，不久又离开了家乡。吕才《王无功文集序》："隋季版荡，客游河北。时窦建德始称夏王，其下中书侍郎凌敬，学行之士也。与君有旧，君依之数月。"② 王绩这次离开家乡。一个主要原因就是龙门已成战场。实际上，自大业末，王绩的家乡就常常战火连绵。而王绩回到家乡后，这里依旧战火不熄。此时，王通已经去世，其弟子也多择主而投，希望能有所作为。事实上，对于这样的英雄逐鹿的局面，自视甚高，意欲有所作为的豪杰之士是暗自欢喜的。试看王绩的《晚年叙志示翟处士正师》中的句子："风云私所爱，屠博暗为

---

① 应制及第的时间，傅璇琮的《唐代诗人考略》，张大新、张百昂的《王绩三仕三隐补辨》认为，王绩应制及第在大业十年（614）。韩理洲的《王绩生平求是》，认为王绩应孝悌廉洁举登第的时间，在大业中（611年左右）。而其辞归在大业十年因史料较详，则基本无异议。

② （唐）王绩著，韩理洲校点：《王无功文集》（五卷本会校），《王无功文集序》第2页。

侍。"① 并且在这样的乱世，王绩一定在其中做出了自己的努力，否则在这首叙志诗中就不会有"解纷曾霸越，释难颇存周"② 这样的句子。有学者指出，此处的存周，实即"存隋"。③

离开窦建德之后的两年多的时间，王绩的行迹不见史载。但我们从其《在边三首》，却可获得一些蛛丝马迹：

客行秋未归，萧索意多违。雁门霜雪苦，龙城冠盖稀。
穹庐还作室，短褐更为衣。自怜书信断，空瞻鸿雁飞。

羁旅滞胡中，思归道路穷。犹擎苏武节，尚抱李陵弓。
漠北平无树，关南迥有风。长安知远近，徒想灞池东。

昔岁衔王命，今秋独未旋。节毛风落尽，衣袖雪沾鲜。
瀚海平连地，狼山峻入天。何当携侍子，相逐拜甘泉。④

从这三首诗中，我们可以看出，王绩曾经在北方边地生活过一段时间。而从诗歌表达出的情绪来看，又不似少年时代"弃襦频北上，怀刺几西游"时那样意气风发。从内容上看，其少年时代也没有"衔王命"，出使北方边地少数民族政权的历史记载。还有从诗歌的风格来看，也不似少年时代"今之庾信"那样，而更像王绩"中年逢丧乱"时的作品。而从王绩的生平来看，这些诗最大的可能就是作于"客游河北"之后，也即离开窦建德之后的一段史书未载的时光。如果这个推测成立的话，那么王绩一定是担负着相关的使命而在北方边地游历的。而这个使命最有可能的就是为"存隋"而游说。具体细节我们已经不得而知了。其《野望》诗中的"长歌怀采薇"，前人以为抒发的乃是"故国之思"，当是有道理的。

然而，不幸的是，虽其才华横溢，但却不能挽狂澜于既倒。最后的

---

① （唐）王绩著，韩理洲校点：《王无功文集》（五卷本会校），第 111 页。
② （唐）王绩著，韩理洲校点：《王无功文集》（五卷本会校），第 111 页。
③ 参见朱刚《王绩生平新论》，载《渭南师专学报》1994 年第 3 期。
④ （唐）王绩著，韩理洲校点《王无功文集》（五卷本会校），第 78—79 页。

结局注定是失败。笔者认为，即使王绩曾经为"存隋"而努力过，他本人因在青少年时代曾得到隋末重臣的赏识而对隋朝产生过留恋之心，甚至时而会起一些故国之思来点缀一下酒醉之后的隐逸生活，但要说他对隋朝有特别深厚的感情，那倒未必。隋朝没有让他实现自己青少年时代的人生抱负，他之于隋朝，是不欠什么的。再说对于国家的兴亡，朝代的更替，深谙历史如王绩者已经不以为怪了。

武德四年（621）十月，王绩少年时代的好友薛收被任命为天策府记室参军，衣锦而归，曾到王绩家看望过他，从王绩诗《薛记室收过庄见寻率题古意以赠》可知。这时王绩的心里又颇有些不平静了。想昔时自己与薛收乃是同志，而此时对方已是天策府大将军李世民的功臣，正在为国效力，实践着兄长所授予的"王佐之道"，正是大展宏图之时，王绩就禁不住向薛收倾诉道："尔为抟风鸟，我为涸辙鱼。"① 在这全新的唐朝，可能会实现自己青少年时代的抱负吧。王绩心里一定产生过这样的希望。大约在武德四年（621）年底或武德五年（622）窦建德败后，王绩又去了长安。并写下了《建德破后入长安咏秋蓬示辛学士》：

遇坎聊知止，逢风或未归。孤根何处断？轻叶强能飞。②

《王无功文集》中也附了辛学士的答诗：

托根虽异所，飘叶早相依。因风若有便，更共入云飞。③

据陶敏先生考证，"辛"乃"薛"之残文，故辛学士即薛学士薛收④。如此一来，则王绩的北方边地之游更可看出些眉目了。"遇坎聊知止，逢风或未归。"可知他的边地之游是充满危险的，非常不顺的，好在王绩已经"知止"，然而却无所归依。因而把自己比作根部已断，随风漂泊的秋蓬。而薛收的答诗让人看到了希望。"托根虽异所，飘叶

---

① （唐）王绩著，韩理洲校点：《王无功文集》（五卷本会校），第55页。
② （唐）王绩著，韩理洲校点：《王无功文集》（五卷本会校），第126页。
③ （唐）王绩著，韩理洲校点：《王无功文集》（五卷本会校），第127页。
④ 参见陶敏编《全唐诗人名考证》，陕西人民教育出版社1996年版，第16页。

早相依"：虽然我们"托根"不同（或唐或隋），但我们的老交情早已把我们联系在一起了。"因风若有便，更共入云飞"：只要一有机会，我们一定会共同"入云"高飞！这种类似承诺的答复多么令人激动啊！

果然，可能主要在薛收的荐举下①，王绩得到了第二次出仕的机会。武德五年（622）三月，朝廷下诏征聘"岩穴幽居"之士，王绩于是得以"待诏门下省"。而此次的归隐据《王无功文集序》载其贞观初，以疾罢归。据吕才《王无公文集序》："才于岐州陈仓山行，忽见著一丛，非常端实。下马数之，得四十九茎。因掘之，不过一尺，便得一龟，径可尺余。刨之将献，遇君于长安，因以示君曰……及才将著阴阳文书，谓才于此最后，然终须十二年乃了，卒如君言。"②又据《唐会要》卷三十六，其年乃贞观十五年，上推十二年，为贞观三年，知王绩此年尚在长安。则此次归隐的时间当在贞观三年（629）或后一年左右。归隐的真正原因韩理洲认为是王绩之兄王凝先后触怒长孙无忌、高士廉等朝廷重臣，遭到挟嫌报复，邓小军在《〈隋书〉不载王通考》一文中，对于王凝与长孙无忌之间的矛盾瓜葛及其王凝兄弟被长孙集团打击报复之事考证甚祥，言之有据③，故而此说当是王绩第二次归隐的一个主要原因。

王绩第二次出仕共历七八年时间，其年龄在33—40岁左右。其日常功课主要是饮酒，时人号为"斗酒学士"。其次是与朋友交游，据《王无功文集序》："君既妙占算，兼长射覆。尝过仆射裴寂，覆鹦鹉鸟，请君筮之。"④并写过《裴仆射宅咏妓》这样的诗，可知交游也是其一项主要的活动。

这次出仕是王绩三次出仕时间最久的一次。虽然，他也像少年时代所倾慕的公孙弘一样，成了名副其实的"待诏"，然而，却依旧没有实

---

① 很多学者认为，王绩的这次出仕，与薛收的推荐有关。参见康金声，夏连保《王绩集编年校注》，山西人民出版社1992年版，第276页。
② （唐）王绩著，韩理洲校点：《王无功文集》（五卷本会校），《王无功文集序》第3页。
③ 详见邓小军《〈隋书〉不载王通考》，《四川师范大学学报》（社会科学版）1994年第3期。
④ （唐）王绩著，韩理洲校点：《王无功文集》（五卷本会校），《王无功文集序》第3页。据《旧唐书·裴寂传》记载，裴寂武德六年，迁尚书左仆射。知这些交游活动应在此次出仕时。

现自己的抱负,其《自作墓志文序》有云:"历数职而进一阶,才高位下,免责而已。"① 待诏在当时只是一种闲职,并无具体的工作,离他少年时所倾慕的公孙弘式的待诏相差甚远。其《晚年叙志示翟处士正师》中云:"中年逢丧乱,非复昔追求。"② 可见他不是没有追求,只是没有机会,或者说他在漫长的待诏时间里,没有为自己创造机会,没有像少年时代那样去干谒进取。因而说自己"非复昔追求"也是有道理的。其原因或者是历经了丧乱,把一切都看淡了;或者是耽于酒德,陶醉于醉乡了;或者是中年之后,老庄思想更加深刻地影响了他的心灵。总之都有可能。然而,最重要的原因,当是其性格因素起了主导作用。其率真自然崇尚自由的诗人气质,本来就是仕途发展的最大障碍。才华横溢的诗人多不适合作官。因而少年时代那种追步公孙弘的"思待诏""觅封侯"的抱负就成了他永远的隐忧。

王绩第三次出仕,据《王无功文集序》:"贞观中,以家贫赴选。时太乐有府史焦革,家善酿酒,冠绝当时。君苦求为太乐丞,选司以非士职,不授。君再三谢曰:'此中有深意,且士庶清浊,天下所知。不闻庄周羞居漆园,老聃耻在柱下也。'卒授之。数月而焦革死,革妻袁氏,犹时时送酒。岁余,袁氏又死。君叹曰:'天乃不令吾饱美酒。'遂挂冠归。……遂结庐河渚。纵意琴酒,庆吊礼绝,十有余年。"③ 从王绩贞观十八年(644)去世,上推十年,则最晚于贞观八年(634),王绩即辞官,而王绩任职时间为二年左右,且于贞观中出仕,则推知王绩最后这次出仕时间应在贞观五年(631)至六年(632)之间,则其辞官时间为贞观七年(633)或八年(634)。时王绩42—43岁左右。④

另外,王绩还具有很高的音乐修养,《王无功文集序》云:"君雅

---

① (唐)王绩著,韩理洲校点:《王无功文集》(五卷本会校),第184页。
② (唐)王绩著,韩理洲校点:《王无功文集》(五卷本会校),第111页。
③ (唐)王绩著,韩理洲校点:《王无功文集序》,第4页。
④ 王绩第三次出仕的时间,韩理洲《王绩生平求是》认为在贞观十一年至十五年间,张大新、张百昂的《王绩三仕三隐补辨》则认为似不晚于贞观五年,而王绩归隐河汾应在贞观七年前后。傅璇琮的《唐代诗人考略》也认为王绩之隐居当在贞观七年以后。《补辨》认为王绩归隐的真正原因是"理想破灭之后的无奈选择"。邓小军《〈隋书〉不载王通考》认为王绩此次出仕的时间大约在贞观五年前后两年。

善鼓琴,加减旧弄作《山水操》,为知音者所赏。高情胜气,独步当时。"① 在《答处士冯子华书》中,王绩自云:"裴孔明……自作素琴一张,云其材是峄阳孤桐也。近携以相过,安轸立柱,龙唇凤翮,实与常琴不同。发音吐韵,非常和朗。"② 可见其能撰曲、演奏,且有很高的欣赏水平。王绩第三次出仕为太乐丞,而太乐署为管理音乐的机构,可知其精通音乐。

自视甚高的王绩终其一生也没有达到公孙弘那样的辉煌,因而其内心深处充满了怀才不遇,才高位下的痛苦和不平。千百年来,他一直被看作是一个诗酒自娱,潇洒自由,倾慕老庄、学步渊明的隐士,甚至他自己的表层生活也是如此。然而少年时代所倾慕的另一对象,深深的扎根在其意识的深层,只因没有像公孙弘那样君臣遇合的机会,或者以他的性格永远都不会有这样的机会,所以这一偶像就成为他永远的隐忧。然而,这对王绩来说,并不是一件坏事。恰恰为其一生的行迹,都找到了他自己合理的解释。因为陶渊明也好,公孙弘也罢,都是不同凡响的人物,无论作成了谁,都是会青史留名的。但毕竟鱼与熊掌不可兼得,看起来,其三仕三隐的经历恰似陶渊明,所以公孙弘式的人生目标就成了得不到的熊掌而让他一生都耿耿于怀。

综观王绩的仕隐历程,可知当政局混乱恐怖或感觉官场太不自由,或者自感官位卑微不足实现抱负时,他就会想到陶渊明,从而弃官归隐;然而当看到又有机会出仕或者又想起自己少年时所倾慕的公孙弘时,就会觉得有没实现的抱负在等着他,于是又有了出仕的冲动。然而毕竟他不是公孙弘,当时的皇帝也不是汉武帝。于是他最后只能选择归隐。韩理洲认为:"儒、道两家'入世'与'出世'两种不同的人生观,随着隋、唐之际风云激荡的社会变革及个人仕途的顺逆,在他一生中消长起伏,不断地发生着变化。当天下承平,有机遇的可能时,他便牢记着'当世孔子'——三兄王通的教诲,不坠儒业,'思待诏'、'觅封侯',欲为风鹏云龙;当时局昏昧或仕途蹇碍时,他又对儒学产生了怀疑和不满,转而从老、庄哲学思想中,寻找精神慰藉,清高自持,纵

---

① (唐)王绩著,韩理洲校点:《王无功文集》(五卷本会校),《王无功文集序》第2页。

② (唐)王绩著,韩理洲校点:《王无功文集》(五卷本会校),第148—149页。

情山水,佯狂傲世,排遣怀才不遇、落魄失意的苦闷。因此,王绩绝非超凡脱俗的隐士,所谓'言不怨时'、'行不忤物'的'乐天君子'云云,并不能概括其人。"① 因而王绩的隐居生活虽然黍田广于彭泽,酒瓮多于步兵,且三男五女婚嫁美满,可谓其乐融融,然而在其内心深处,总也抹不去那些丝丝缕缕的失意的困扰。因而常常浮现出人生"虚浮"的幻灭感。其《自作墓志文》中的"天子不知,公卿不识,四十、五十而无闻焉"②的失望之情,"以生为附赘悬疣,以死为决疣溃痈"③的以死亡为解脱的思想,正是其一生时时充满矛盾又自感壮志未酬,理想幻灭的无奈之语。

王绩的三次出仕与辞官,皆与饮酒有着密切的关系。我们不排除其因"才高位下"而造成的苦闷情绪是他笃于酒德的重要原因,但其饮酒如此多而频繁,并且第三次出仕与辞官看起来是"因酒而来,因酒而去",因此我们就不能不认为饮酒乃是王绩的一个重要嗜好。并且其酒瘾一定很大。有饮酒嗜好的人一定能体会出王绩那种笃于酒德的感觉,也一定更能理解王绩的人生。我想,他不单单是因为郁闷才成为酒徒的,更多的是因为爱好或者说是嗜好。无疑在中国文学的背景下,酒是一种不可或缺的东西。对于王绩更是如此。都说陶渊明的诗中篇篇有酒,事实上,王绩现存的诗中有酒的也占很大的比重。总之,酒与王绩关系密切而成为他人生的重要组成部分。

(二) 异代知音的有意误读——王绩文集与其隐士身份

王绩的存世文集最初是由他的挚友太常丞吕才编辑成书的。据吕才《王无功文集序》:"君所著诗赋杂文二十余卷,多并散逸,鸠访未毕,且编成五卷。"④ 可知,王绩的大量作品在当时已经散逸。流传于世的《王无功文集》五卷本,从数量上看,不及王绩作品的1/4。一些被时人称道的作品,如被薛道衡称为"今之庾信"的《登龙门忆禹赋》等,今已不存。据韩理洲的《王无功文集》(五卷本会校) 主要包含王绩的

---

① (唐) 王绩著,韩理洲点校:《王无功文集》(五卷本会校),《前言》第2页。
② (唐) 王绩著,韩理洲校点:《王无功文集》(五卷本会校),第184页。
③ (唐) 王绩著,韩理洲点校:《王无功文集》(五卷本会校),第185页。
④ (唐) 王绩著,韩理洲校点:《王无功文集》(五卷本会校),《王无功文集序》,第5页。

作品：赋一卷4篇，诗歌三卷117首，补遗8首（韩理洲以为只有两首为王绩的作品），书一卷5篇，杂著一卷29篇。

吕才所编辑的五卷本《王无功文集》，到了中唐，陆淳自视为王绩的"异代之知音"，以"祛彼有为之词，全其悬解之志"①为准则，将其删节成三卷本的《东皋子集》。包括：赋一卷1篇，书信等一卷13篇，诗歌一卷55首。那么陆淳根据这一原则对《王无功文集》进行删略，到底是王绩的"异代之知音"，还是对王绩的误读？对这些问题进行探讨，对于进一步研究王绩的思想、诗文接受等当会有积极的促进作用。

陆淳在《删东皋子后序》中，认为王绩乃是等是非、遗物我、旷代少有的方外之士："何乃庄叟之后，绵历千祀，几于是道者，余得之王君焉。心与物冥，德不外荡，随变而适，即分而安。忘所居而迹不害教，遗其累而道不绝俗。故有陶公之去职，言不怨时；有阮氏之放情，行不忤物。旷哉渊乎！真可谓乐天之君子者矣！"②正是基于这样的认识和评价，所以陆淳每览其集，想见其人，憾不同时，得为忘形之友。从此，其删略的三卷本与五卷本并行于世。但元代以降，学者所见到的几乎都是陆淳删略的三卷本，以至于清朝编纂《四库全书》时，可采用的也只有三卷本。直至20世纪80年代，五卷本的《王无功文集》才被研究者重新发现。③

那么，王绩到底是否如陆淳所描述的那样，是一位"乐天君子"式的隐士呢？对此不同时代的研究者有不同的看法。因两《唐书》也把他列入《隐逸传》，其后，称赞王绩隐节的可谓代不乏人，但清朝纪昀编纂《四库全书》时，对王绩的隐士身份给予了否定，认为其身事两朝，皆以仕途不达，乃退而放浪于山林。可见，学界对于王绩的身份形成了两种不同的意见。《王无功文集》五卷本重新发现之后，纪昀的观

---

① （唐）王绩著，韩理洲校点：《王无功文集》（五卷本会校），《王无功文集序》，第222页。

② （唐）王绩著，韩理洲校点：《王无功文集》（五卷本会校），第222页。

③ 20世纪80年代初，韩理洲和张锡厚发现了五卷本的《王无功文集》，并对其作了介绍整理等。参见韩理洲的《新发现的〈王无功文集〉两种五卷本》，载《西北大学学报》（哲学社会科学版）1984年第3期；张锡厚《关于〈王绩集〉的流传和五卷本的发现》，载《中国古典文学论丛》，人民文学出版社1984年版。

点更是得到了广泛的认同，或者即使不否认他是隐士，也认为王绩最后的归隐乃是仕途不得意，无法实现自己的抱负，理想破灭之后的无奈选择，而不是陆淳所标榜的"乐天君子"。这基本上已成为学界的主流观点。因而，陆淳删节王绩的文集乃是对他的误读，就应该是不言自明的了。

陆淳何许人也？为什么会误读王绩呢？两《唐书》之《儒林传》都有陆淳的传记，陆淳本人生于儒学世家，又从师学儒，颇明经学，乃能为皇太子讲学的帝师级学者，以这样的文化修养，难道还至于误读王绩吗？稍加揣摩就会看出，陆淳当然知道王绩并不是像他描述的那样果真是一个"言不怨时""行不忤物"的乐天隐士。否则就没有必要为其删略"有为之词"了。无疑，陆淳对王绩文集的删节，是对王绩的有意误读。他用断章取义之法，把作为一个整体性的复杂人王绩身上，提取出了他所需要的一部分，使王绩成为一个片面的、只具有某一方面特性的人。这一特性是王绩思想中极为重要的一部分，但却不是他的全部。那么陆淳为什么要有意误读王绩呢？笔者以为，主要有以下原因：

其一，从客观方面来看，王绩具有被误读的可能性。王绩虽然一生三次出仕，但其任职时间总共只有九年左右，只占其生命的1/6，并且宦迹不显，其平生的大部分时间是在隐居的状态中度过的。其晚年受释道思想影响更深，"床头素书三帙，《老》、《庄》及《易》而已。过此以往，罕尝或披"①。吕才《王无功文集序》云："君河中先有渚田十数顷，颇称良沃。邻渚又有隐士仲长子光，服食养性，君重其贞洁，颇与相近，遂结庐河渚。纵意琴酒，庆吊礼绝，十有余年。"②并且为杜康立庙，躬耕东皋，"或乘牛驾驴，出入郊野，止宿酒店，动经数日"③。其在《答刺史杜之松书》中云"兄弟以俗外相期"④，因而少受世俗干扰。故而两《唐书》皆将其列入《隐逸传》。

其二，从主观方面来讲，对王绩的误读正是陆淳精神之隐的追求。

---

① （唐）王绩著，韩理洲校点：《王无功文集》（五卷本会校），第148页。
② （唐）王绩著，韩理洲校点：《王无功文集》（五卷本会校），《王无功文集序》，第4页。
③ （唐）王绩著，韩理洲校点：《王无功文集》（五卷本会校），《王无功文集序》，第5页。
④ （唐）王绩著，韩理洲校点：《王无功文集》（五卷本会校），第134页。

"安史之乱"后，社会政治日益腐败，从政环境日益恶化，藩镇割据、宦官专权削弱了中央集权。为挽狂澜于既倒，陆淳参与了王叔文领导的"永贞革新"，积极裨补时弊。尽管陆淳在革新失败之前就去世了，没有像"二王八司马"那样被迫害或遭贬谪，但王权的反复无常、阉竖的专擅、朝官的党争等，肯定会给他带来巨大的精神压力，感到身心疲惫。为了缓解这些压力，他难免会寻觅自己的精神家园，而王绩的很多诗文正好符合他的期待视野。但王绩毕竟还有一些"有为之词"，于是干脆删之，把他改造成完全符合自己休息身心的审美需要的诗人，从而在对王绩的解读中实现了自己的精神之隐。从这种有意误读中，可考察出陆淳的思想倾向，即他对精神之隐的追求和对具有隐逸情操的方外之士的尊崇。从其序中"恨不同时""得为忘形之友"等话语中，可见他对这种隐逸精神或者生活的推崇程度颇深。两《唐书》把王绩放入隐逸传可能就是受了陆淳的影响。

其三，陆淳作学问的方式使然。他对于《春秋》的研究方式，就是师承了啖助和赵匡，批判了《公羊》《穀梁》和《左氏》三传，直接"舍传求经"，抛弃了传统的以传逆经，依传求经，视传为解经权威的这一根深蒂固的思维定势。而他的解经也不是对三传的内容都全盘否定，而是根据自己的理解有所取舍。皮锡瑞《经学通论》云："淳本啖助、赵匡之说，杂采《三传》，以意去取，合为一书，变专门为通学，是《春秋》经学一大变。"① 但啖助师徒的这种解经方式，也遭到了后人的批评，如晁公武认为："啖、赵以后学者，喜援经击传，其或未明，则凭私臆决，其失也穿凿。均之失圣人之旨而穿凿者之害为甚。"② 可见，陆淳这种作学问的方式，是根据他们所理解的《春秋》，确定其主旨，带有一定的主观随意性。把这种解经的方式延伸到解读诗文上，根据自己的取舍，删节王绩的诗文使其达到自己的评价标准和审美要求就不足为怪了。

那么，陆淳对王绩的这种有意误读，是否会像他自己标榜的那样成为王绩的"异代之知音"呢？笔者以为，事实上正是如此。想让后人以隐士视己，正是王绩晚年心中所想，又怕后人不会"买账"的隐忧。

---

① （清）皮锡瑞著，周春健校注：《经学通论》，华夏出版社2011年版，第435页。
② （宋）晁公武撰，孙猛校证：《郡斋读书志校证》，第109页。

上文提到，追步公孙弘的出仕情结一直萦绕在王绩心间，王绩最后一次出仕以"家贫"为托词。在"太乐丞"职务上，观望了两年左右的时光，终未找到实现自己少年时代抱负的机会，看起来也没有什么希望了才决定归隐，过上了陶渊明那样名副其实的隐士生活。

王绩晚年的隐居生活可以说平静而舒适，正好适合他那崇尚自然和自由的诗人个性。尤其是王绩生命的最后十余年，他实际上所过的就是一个隐士的生活。《晚年叙志示翟处士正师》有云："归来南亩上，更坐北溪头。古岸多盘石，春泉足细流。"① 吕才《王无功文集序》云其为杜康立庙，与杜之松、崔善为等本州刺史诗书往来不绝，躬耕东皋，或乘牛驱驴，出入郊野，止宿酒店，动经数日，又往往题壁作诗。在《答处士冯子华书》王绩云："家兄鉴裁通照，知吾纵恣散诞，不闲拜揖，兼糠粃礼义，锱铢功名，亦以俗外相待，不拘以家务。"② 其诗《独坐》云："问君樽酒外，独坐更何须？有客谈名理，无人索地租。三男婚令族，五女嫁贤夫。百年随分了，未羡陟方壶。"③ 可谓生理不干其心，勿需屈节求人，甚是自由洒脱。然而，这样的隐居生活，在王绩看来，却是"东隅诚已谢，西景惧难收"。④ 他已经"失之东隅"，没有机会实现公孙弘式的抱负了；看来又害怕"失之桑榆"，自己到底能不能够像陶渊明一样成为人们推崇的隐士呢？他自己没有把握。因而内心总是满怀隐忧，禁不住慨叹道："自有居长乐，谁知身世忧？"⑤（同上）为了让后人把自己视为真正的隐士，不至于因为三次出仕或者曾有"思待诏""觅封侯"的抱负而把自己看成"世俗之人"，于是干脆自撰墓志，在《自作墓志文》中未盖棺而自定论曰："有唐逸人，太原王绩……以生为附赘悬疣，以死为决疣溃痈。"⑥

因此，笔者以为：陆淳对王绩诗文的删略正与王绩的期望暗合，正是陆淳对王绩的有意误读，使他成为王绩的"异代之知音"。以往，人

---

① （唐）王绩著，韩理洲校点：《王无功文集》（五卷本会校），第111页。
② （唐）王绩著，韩理洲校点：《王无功文集》（五卷本会校），第148页。
③ （唐）王绩著，韩理洲校点：《王无功文集》（五卷本会校），第114页。
④ （唐）王绩著，韩理洲校点：《王无功文集》（五卷本会校），第111页。
⑤ "身世"，王绩著，韩理洲点校《王无功文集》（五卷本会校）页111为"我世"，页112会校六云："林、罗、丛刊本、唐诗、纪事亦作'谁知身世忧'。"笔者以为当为"身世"。
⑥ （唐）王绩著，韩理洲校点：《王无功文集》（五卷本会校），第184页。

们对于陆淳删略王绩的文集，多持否定态度。但笔者以为，任何一本书籍，都有其独特的存在价值。反映了一定的时代思想和编纂者的"使用价值"以及审美趣味。

（三）王绩的其他著述

除上文提到的王绩的传世著作《王无功文集》及其删本《东皋子集》外，王绩还曾撰写其他著述，主要有：

其一为《隋书》若干卷。《新唐书·王绩传》云："初兄凝为隋著作郎，撰《隋书》未成死，绩续余功，亦不能成。"[1] 此处王凝乃王度之误。今已不存。

其二为《会心高士传》五卷。吕才《王无功文集序》载其又著《会心高士传》五卷。今不存。但《王无功文集》中的卷五杂著部分，有十九首类似四言诗的杂文，韩理洲认为它们是"《会心高士传》之赞语"[2]。

其三为《酒经》《酒谱》各一卷。据吕才《王无功文集序》："君后追述焦革酒法，为《酒经》一卷，术甚精悉。兼采杜康、仪狄已来善为酒人，为《酒谱》一卷。太史令李淳风见而悦之曰：'王生可谓酒家之南、董。'"[3]

五　王福畤

王福畤（612？—?），王通第三子，王勃之父。其生卒年史书无载。据他自己所写的《王氏家书杂录》中有："贞观十六年，余二十一岁。"[4] 贞观十六年为642年，据此可推知其生于622年，即武德五年。但王通卒于大业十三年（617），故其不可能生于王通去世五年之后，因而此处记载有误。王通生于开皇四年，即584年，其生福畤应在20岁之后，即604年之后，到617年之间。所以，此处的21岁可能为31

---

[1] （宋）欧阳修、（宋）宋祁撰：《新唐书》，第5595页。
[2] （唐）王绩著，韩理洲点校：《王无功文集》（五卷本会校），第193页。
[3] （唐）王绩著，韩理洲点校：《王无功文集》（五卷本会校），《王无功文集序》，第4页。
[4] （隋）王通著，张沛校注：《中说校注》，第282页。

岁之误，或许在流传的过程中传抄所致。若此推测正确的话，则王福畤当生于612年，即大业八年。其卒在王勃去世（676）后若干年，因王勃去世后，据杨炯在《王子安集原序》，他还担任过六和县令和齐州长史等职。《旧唐书·王勃传》则载其于天后朝以子贵，累转泽州长史。天后朝在684年到704年之间。可知王福畤的生年当在80岁左右。

王福畤作为王通的儿子，颇有学识和气节。杨炯《王子安集原序》云其"抑惟邦彦，是曰人宗。综六艺以成能，兼百行而为德"①。对其人品和学识给予了极高的评价。据《旧唐书·许敬宗传》，咸亨三年（672），许敬宗卒，博士袁思古按谥法"请谥为缪"，敬宗孙太子舍人彦伯不胜其耻，"请改谥官"，时王福畤为太常博士，以为："若顺风阿意，背直从曲，更是甲令虚设，将谓礼院无人，何以激扬雅道，顾视同列！请依思古谥议为定。"②可见其耿直不阿的个性。对此，王应麟在《困学纪闻》中认为无忝河汾之学，给予了充分的赞誉。

王福畤为官刚正不阿，但作为父亲，却对孩子们慈爱有加，寄予了无限的希望。《新唐书·王勃传》称："初，勔、勮、勃皆著才名，故杜易简称'三珠树'。其后助、劼又以文显。劼早卒。福畤少子劝亦有文。福畤尝诧韩思彦，思彦戏曰：'武子有马癖，君有誉儿癖，王家癖何多邪？'使助出其文，思彦曰：'生子若是，可夸也。'"③无疑，在家庭中，王福畤是一个能充分认识到和肯定自己孩子才华的慈父形象。《新唐书·王勃传》载勃兄勮、弟助，皆第进士。在唐朝进士科考试极难登第的情况下，他有三个儿子（勮、勃、助）能考中进士，不能不说除了这些孩子的天赋才华外，王福畤的"誉儿"式教育获得了极大的成功。

王福畤是《中说》的重要编辑者之一。其《王氏家书杂录》云："余因而辨类分宗，编为十编，勒成十卷。"④并且还把王通的弟子门人编成外传，"其门人弟子姓字本末，则访诸纪牒，列于外传，以备宗本

---

① （唐）王勃著，（清）蒋清翊注，汪贤度校点：《王子安集注》，王子安集注卷首，第65页。
② （后晋）刘昫等撰：《旧唐书》，第2765页。
③ （宋）欧阳修、（宋）宋祁撰：《新唐书》，第5741页。
④ （隋）王通著，张沛校注：《中说校注》，第282页。

焉"①。可惜今已不存。此外，《中说》卷后所附的《录唐太宗与房魏论礼乐事》《东皋子答陈尚书书》《录关子明事》《王氏家书杂录》四篇文章，学界基本认为是王福畤所撰。

六　王勃

王勃（650—676），字子安，王通之孙，王福畤之子。"初唐四杰"之一。

（一）生平

一直以来，学界对王勃的生卒年持有异说②。本书以为，王勃生于唐高宗永徽元年（650）。其《春思赋序》云："咸亨二年，余春秋二十有二。"③咸亨二年为671年，按照我国传统的以虚岁（即一般在周岁上加一岁）的计算年龄的方法可推算出王勃当出生于650年，即永徽元年。卒于上元三年（676），生年27岁。杨炯《王子安集原序》云："命不与我，有涯先谢。春秋二十有八，皇唐上元三年秋八月，不改其

---

① （隋）王通著，张沛校注：《中说校注》，第282页。
② 目前学界对于王勃生卒年的说法主要有如下几种：（1）闻一多《唐诗大系》认为王勃生于649年，即太宗贞观二十三年，死于676年，即高宗上元三年，享年二十八岁。刘开扬《初唐四杰及其诗》、游国恩主编《中国文学史》、社科院文学所编写的《中国文学史》、吴秋的《王勃的生卒年》也持此说。（2）刘汝霖的《王子安年谱》认为王勃生于唐高宗永徽元年（650），卒于仪凤元年（676），享年二十七岁。陆侃如、冯沅君《中国诗史》、阎崇璩《王勃年谱》、岑仲勉《王勃疑年》、马茂元《读两〈唐书·文艺（苑）传〉札记》、徐俊《王勃行年辨正》、骆祥发《初唐四杰研究》、张志烈《初唐四杰年谱》均持此说。（3）郑振铎《插图本中国文学史》将王勃的生卒年定为公元647—675年。苏雪林《唐诗概论》持此说。（4）郑宾于《中国文学流变史》认为王勃生于贞观二十二年（648），卒于高宗上元二年（675）。（5）聂文郁《王勃年谱》谓王勃永徽元年（650）生，上元二年（675）卒。（6）何林天《重订新校王子安集·前言》认为王勃应生于高宗永徽元年（650），卒于文明元年（684），享年35岁。另外陈振民在《三王研究要取得突破性成就——在"三王"研究协会成立大会上的发言》中在何林天的基础上，认为王勃卒于689年。（7）姚乃文《王勃生卒年考辨——兼与何林天同志商榷》认为王勃应生于高宗永徽元年（650），卒于仪凤二年（677）。参见张燕瑾、吕薇芬主编，杜晓勤撰著《二十世纪中国文学研究·隋唐五代文学研究》（下），北京出版社2001年版，第226—228页。
③ （唐）王勃著，（清）蒋清翊注，汪贤度校点：《王子安集注》，第1页。

乐，颜氏斯殂；养空而浮，贾生终逝。"① 杨炯说王勃享年28岁，有学者以为，当是为逝者虚增一岁，此乃民间习俗②。

王勃是王氏家族中的又一神童。其早慧好学，为时人所称道。《旧唐书》本传谓王勃："六岁解属文，构思无滞，词情英迈，与兄勔、勮，才藻相类。父友杜易简常称之曰：'此王氏三珠树也。'"③ 又据杨炯《王子安集原序》载其九岁读颜氏《汉书》，撰《指瑕》十卷。颜师古（581—645），为颜之推的孙子，年轻时就以广泛熟知传统文献，精通经书的注释，富有文学创作才华而知名。唐高祖曾委托他撰写重要诏令，唐太宗曾委派他考订《五经》，具有非凡的经学和语言学知识。此外，颜师古还具有历史才能，撰写了《汉书》注解，并以精通国家的礼制而著称。王勃以九岁幼童，竟能为一位学界宗师的著述做指瑕，并且有十卷之多，足见其史学知识的丰富和初生牛犊不怕虎的勇气。杨炯《王子安集原序》又有："十岁，包综六经，成乎期月，悬然天得，自符音训。时师百年之学，旬日兼之；昔人千载之机，立谈可见。"④ 这些在现在看起来，仿佛有些夸张，使人难以置信，然而，如果想想王勃以27（实为26）年的生命旅程，写下了大量的文学、哲学甚至医学等著作，且有些诗文名垂千古，我们就不得不相信这些记载并非虚夸。从中，不仅可以看出王勃的绝世才华，超群的悟性，还可知其在儿童时期，即具有不同凡响的文学、史学和经学才能。又据唐段成式《酉阳杂俎》："燕公常读其《夫子学堂碑颂》，头自帝车至太甲四句，悉不解，访之一公。一公言：'北斗建午，七曜在南方，有是之祥，无位圣人当出。'华盖已下，卒不可悉。"⑤ 以张说之博学，僧一行之精于天文历象，尚不能解王勃文义，王勃读书之多，知识之丰富可见一斑。

少年时代的王勃不仅学习了文学、史学等知识，而且还认真地学习了医学，甚至达到了升堂入室的水平。其《黄帝八十一难经序》云：

---

① （唐）王勃著，（清）蒋清翊注，汪贤度校点：《王子安集注》，王子安集注卷首，第75—76页。
② 参见陈良运《〈滕王阁序〉成文经过考述》，载《南昌大学学报》2003年第3期。
③ （后晋）刘昫等撰：《旧唐书》，第5005页。
④ （唐）王勃著，（清）蒋清翊注，汪贤度校点：《王子安集注》，王子安集注卷首，第66页。
⑤ （唐）段成式撰，曹中孚校点：《酉阳杂俎》，上海古籍出版社2012年版，第68页。

"勃养于慈父之手,每承过庭之训曰:'人子不知医,古人以为不孝。'"① 于是王勃就"窃求良师",以期就学,成其孝道并兼济世人。终于访得一代名医曹真道。并于龙朔元年(661)② 年底开始向曹真道学医。王勃从曹真道学习的主要是《周易章句》《黄帝素问》及《难经》等。王勃此次从师学医,历时 15 个月,大约于龙朔三年(663)二月与曹真道告别,并且大获其益,其《皇帝八十一难经序》云:"近复钻仰太虚,导引元气,觉滓秽都绝,精明相保。"③ 不仅如此,王勃还怀有一颗济世救人之心,把老师的讲解,编附在这一特别难懂的《黄帝八十一难经》之中,希望把此医术发扬光大,由此可见王勃有一颗赤子之心,实属可贵。

  王勃少年时代,具有强烈的儒家出仕思想。并于唐高宗麟德元年(664),上书右相刘祥道④,求刘祥道为之表荐,并应麟德三年(666)制科,对策高第,授朝散郎之职。⑤ 此时王勃年十七。沛王李贤闻其名,征为侍读兼修撰。曾奉教撰《平台秘略》十篇⑥,其超常的才华深得沛王赏识,因而对他十分爱重。时诸王喜斗鸡为乐,约总章二年(669)之初,王勃戏为《檄英王鸡》,唐高宗闻之,以为王勃挑拨诸王

---

① (唐)王勃著,(清)蒋清翊注,汪贤度校点:《王子安集注》,第 267 页。
② 刘汝霖的《王子安年谱》认为,王勃于显庆五年(660)从曹道真学医。见《王子安集注》,第 677 页。
③ (唐)王勃著,(清)蒋清翊注,汪贤度校点:《王子安集注》,第 268 页。
④ 刘汝霖的《王子安年谱》认为王勃于龙朔三年(663)上书刘祥道自陈。《旧唐书·高宗本纪》:"龙朔三年,……秋八月……戊申,诏百僚极言正谏,命司元太常伯窦德玄,司刑太常伯刘祥道等九人为持节大使,分行天下,仍令内外官五品已上各举所知。"龙朔三年为 663 年。王勃上书刘祥道当在刘"分行天下"期间。
⑤ 刘汝霖的《王子安年谱》认为,王勃于龙朔三年(663)对策高第,拜为朝散郎;徐俊《王勃行年辨正》考查王勃应举及第的时间,作者审查了麟德元年王勃十五岁写的《上刘右相书》、麟德二年三月写的《乾元殿颂》及另一篇《上皇甫常伯启》,认为"王勃于麟德二年(665)以后才应举及第当无疑",此前无及第受禄的痕迹。又据《文献通考》卷二九《选举》和《登科记考》载龙朔三年无贡举;《记纂渊海》卷三七《科举》载乾封元年应幽素举及第一十三人,作者认为,"王勃作为岩薮幽素之士"被刘祥道荐举在龙朔三年,而应幽素举及第则在此后三年的乾封元年。王勃上书与及第之事,《新唐书》本传的记载为:"麟德初,刘祥道巡行关内。勃上书自陈。祥道表于朝,对策高第。年未及冠,授朝散郎。"
⑥ 刘汝霖的《王子安年谱》认为,于麟德二年(665)被沛王征为侍读,奉教选《平台秘略》。张志烈的《王勃杂考》认为王勃在任职沛王府修撰期间,曾于乾封二年到吴越一游。

关系，将王勃赶出沛王府①。此时王勃正当20岁。

王勃被赶出沛王府之后，总章二年（669）五月，自长安登程，南游入蜀，历时一个多月，方到达蜀地。王勃在四川没有担任什么官职，只是依靠朋友和社会上的帮助，在成都附近的州县游览。并创作了大量优秀的诗文。王勃在四川停留多久，文献没有记载。其《春思赋序》云："咸亨二年，余春秋二十有二，旅寓巴蜀，浮游岁序。殷忧明时，坎壈圣代。"②可知咸亨二年（671）的春天，王勃尚在四川。咸亨二年秋冬或第二年年初③，王勃从蜀地返回长安参加科选。他的朋友凌季友为虢州司法，说虢州多药草，他便求为虢州参军。④就在他任虢州参军期间，官奴曹达犯罪，王勃将其藏匿起来，据说后来又怕走漏风声，便杀死了曹达，犯了死罪。幸亏遇赦，上元元年（674），八月壬辰，据《新唐书·高宗本纪》载，皇帝称天皇，皇后称天后⋯⋯大赦改元，赐酺三日。从杨炯序"坐免岁余"知，杀官奴一事当在此前一年即咸亨四年（673）。王勃此次没有被处死，只是被除名。此事史料所载甚是含糊，王勃为什么要保护曹达，既然藏匿保护又为何将其杀死，其前因后果让人倍感糊涂。而据新旧《唐书》所载，王勃此次罹祸，是因其恃才傲物，为同僚所嫉。因而此事或为同僚设计构陷。对于王勃来说，这次打击是毁灭性的，宣告了他仕途的终结，他的父亲也因王勃犯罪，被贬为今越南北部的交趾县令。

王勃遇赦后，远行到交趾去看望父亲，上元二年（675）秋，王勃省父路过南昌，正赶上阎都督新修滕王阁成，重阳日在滕王阁大宴宾客。王勃参加了这次宴会，并留下了盛传千古的美文《滕王阁序》和不朽的名声。⑤ 唐段程式《酉阳杂俎·语咨篇》云："王勃每为碑颂，

---

① 刘汝霖的《王子安年谱》认为，总章元年（668）戏为《檄英王鸡文》，被斥。阎崇璩《王勃年谱》认为，马茂元《读两〈唐书·文艺（苑）传〉札记》中对《王勃传》中的记载有所发明，如他认为王勃写《檄英王鸡文》之遭斥逐，当在总章元年之末或次年之初。另外，张志烈的《王勃杂考》较详细地考证了檄鸡文事件的背景，可参考。

② （唐）王勃著，（清）蒋清翊注，汪贤度校点：《王子安集注》，第1页。

③ 刘汝霖《王子安年谱》认为，咸亨二年（671）归京，参时选。

④ 刘汝霖《王子安年谱》认为，咸亨四年，为虢州参军。

⑤ 据唐王定保《唐摭言》卷五："王勃著滕王阁序，时年十四。"而两《唐书》的记载则是《滕王阁序》作于上元二年王勃省父途中。故而关于《滕王阁序》的写作时间，至今主要有14岁说和26岁两种意见。

先墨磨数升，引被覆面而卧。忽起，一笔书之，初不窜点，时人谓之腹稿。少梦人遗以丸墨盈袖。"① 可见王勃文思敏捷，滕王阁上即兴而赋千古名篇，应非虚传。

上元三年（676），王勃于省父归途中因溺水而死，天才作家，魂归南海，结束了他那年轻而又才华横溢的生命。王勃之死，是渡水时遇难，还是自杀，已很难确证。

王勃作为"初唐四杰"之首②，其文学才能赢得了人们的赞誉，《新唐书·骆宾王传》云："崔融与张说评勃等曰：'勃文章宏放，非常人所及，炯、照邻可以企之。'"③

王勃不仅具有非凡的诗文才能，其经学造诣也非常深厚。杨炯在《王子安集原序》里就盛赞王勃："每览韦编，思弘大《易》，周流穷乎八索，变动该乎四营，为之发挥，以成注解。尝因夜梦，有称孔夫子而谓之曰：'《易》有太极，子其勉之。'"④ 可见王勃不仅聪明颖悟，而且勤奋刻苦，在经学研究领域颇有心得。

然而，王勃虽为才华横溢、博学多识之才子，但作为"四杰"之一，却与杨炯、卢照邻、骆宾王一道，被时人或后人讥为"浮躁浅露"。《旧唐书·王勃传》载："初，吏部侍郎裴行俭典选，有知人之鉴，见勔与苏味道，谓人曰：'二子亦当掌铨衡之任。'李敬玄尤重杨迥、卢照邻、骆宾王与勃等四人，必当显贵。行俭曰：'士之致远，先器识而后文艺。勃等虽有文才，而浮躁浅露，岂享爵禄之器耶！杨子沉静，应至令长，余得令终为幸。'果如其言。"⑤ 这种说法，其准确性是否可靠，曾遭到一些学者质疑。⑥ 例如闻一多先生曾为王勃辩

---

① （唐）段成式撰，曹中孚校点：《酉阳杂俎》，第 68 页。
② 《旧唐书·杨炯传》："炯与王勃、卢照邻、骆宾王以文词齐名，海内称为王杨卢骆，亦号为四杰。"
③ （宋）欧阳修、（宋）宋祁撰：《新唐书》，第 5743 页。
④ （唐）王勃著，（清）蒋清翊注，汪贤度校点：《王子安集注》，王子安集注卷首，第 73 页。
⑤ （后晋）刘昫等撰：《旧唐书》，中华书局 1975 年版，第 5006 页。
⑥ 张志烈的《王勃杂考》对裴行俭评论之有无进行了考辨，认为此论完全有可能。傅璇琮在《唐代诗人丛考·杨炯考》（中华书局 1980 年版）中则认为此记载不足信。唐春生《为初唐四杰"浮躁浅露"辩诬》[载《重庆师院学报》（哲社版）1994 年第 2 期]，也对此进行了辩解。

解道：

> 但所谓"浮躁浅露"者，也有程度深浅的不同。……其实王勃，除擅杀官奴那不幸事件外（杀奴在当时社会上并非一件太不平常的事），也不能算过分的"浮躁"。一个人在短短二十八年的生命里，已经完成了这样多方面的一大堆著述：……能浮躁到哪里去呢？①

对于闻一多先生的观点，笔者深以为然。

（二）著述

《旧唐书·王勃传》载王勃思维敏捷，下笔则章，尤好著书。在其二十多年的生命中，王勃写下了大量的著作。

其一为《汉书指瑕》十卷。杨炯《王子安集原序》载其九岁，读颜氏《汉书》，撰《指瑕》十卷。已佚。

其二为《周易发挥》五卷。两《唐书》皆载其撰《周易发挥》五卷。已佚。

其三为《次论语》十卷。《旧唐书·经籍志》作五卷。《新唐书·艺文志》甲部载王勃《次论语》十卷。已佚。

其四为《大唐千岁历》若干卷。《旧唐书·王勃传》云："勃聪警绝众，于推步历算尤精。尝作《大唐千岁历》，言唐德灵长千年，不合承周、隋短祚。"② 已佚。

其五为《黄帝八十一难经注》若干卷。此是根据其医学老师曹元的讲解而编订的《黄帝八十一难经》之注解本。杨炯《王子安集原序》载其注《黄帝八十一难》，已佚。仅存《黄帝八十一难经序》。

其六为《医语纂要》一卷。《宋史·艺文志》，又宋郑樵《通志》卷六十九云：王勃《医语纂要论》一卷。已佚。

其七为《医语序》一卷。宋郑樵《通志》卷六十九云：王勃《医语序》一卷。已佚。

---

① 闻一多：《四杰》，载《神话与诗》，华东师范大学出版社 1997 年版，第 223—224 页。
② （后晋）刘昫等撰：《旧唐书》，中华书局 1975 年版，第 5006 页。

第一章 王氏家族的成员与著述　　47

其八为《合论》十篇。杨炯《王子安集原序》载其撰《合论》十篇。已佚。

其九为《舟中纂序》五卷。《新唐书·艺文志》载王勃《舟中纂序》五卷，元辛文房撰《唐才子传》时尚存，后佚。

其十为续、补文中子《书》及其《序》若干篇。王勃《续书序》云："承命为百二十篇作序，而兼当补修其阙。……始自总章二年，洎乎咸亨五年，刊写文就定，成百二十篇，勒成二十五卷。"①《续书》已佚，《续书序》尚存于《王子安集》中。

另外，王勃有文集三十卷。《旧唐书·王勃传》载其有文集三十卷。《新唐书·艺文志》丁部亦载《王勃集》三十卷。至宋代洪迈《容斋随笔》记载则只存者二十卷，清代同治、光绪年间吴县蒋清翊注《王子安集》时，分为二十卷，与其原始文集相差十卷，当是在流传的过程中散佚了一部分。在这二十卷作品中，包括赋两卷共十二篇，诗一卷九十五首，其余十七卷皆为骈文共九十二篇，②其中包括书、启、序、论、碑等文体。另外，附录部分还有罗振玉根据日本庆云四年写本《王子安集》搜集的佚文二十四篇，皆为骈文。此文集基本上就是现在能看到的王勃的存世作品。

此外，笔者在葛立方《韵语阳秋》卷十中发现了一首不载于《全唐诗》和《王子安集注》的题为《自乡还虢》的五言诗，还有一首四言诗的《诫劼劝》。此二首当是《王子安集》中散落的佚诗。③ 阮阅《诗话总龟》后集卷三引录此条。亦保存了这两首诗歌。

---

① （唐）王勃著，（清）蒋清翊注，汪贤度校点：《王子安集注》，第279页。
② 《平台秘略论》十首及《平台秘略赞》十首应合并。《新唐书·王勃传》云王勃："论次《平台秘略》，书成，王爱重之。"笔者以为，赞应是附于论后的一部分。故而二者应该合二为一。
③ 葛立方《韵语阳秋》卷十云："王福畤之子勔、勮、勃皆有才名，故杜易简称为'三珠树'。"其后助、劼、劝又皆以文显，勃于兄弟之间极友爱，《自乡还虢》诗曰：'人生忽如客，骨肉知何常。愿及百年内，花萼常相将。无使《棠棣》废，取譬人无良。'观此语意岂兄弟中有不相能者耶？及观《诫劼劝》云：'欲不可纵，争不可常，勿轻小忿，将成大殃。'此二人者似非处于礼义之域者。《棠棣》废之诗疑为此二人设也。"［（宋）阮阅《诗话总龟》后集卷三引录此条。］

七　王氏家族的其他成员与作品

（一）生平简况

1. 王静

王静，字保名。为王隆之第七子，仕为武皇千牛。据吕才《王无功文集序》，其于武德中为武皇千牛。生卒年不详。

2. 王福郊

王通长子。杜淹《文中子世家》云："文中子二子，长曰福郊，少曰福畤。"①

3. 王福祚

王通次子。仕为蔡州上蔡主簿。刘禹锡《唐故宣歙池等州都团练观察处置使宣州刺史兼御史中丞赠左散骑常侍王公神道碑》云："文中生福祚，为蔡州上蔡主簿。"②

4. 王勃诸兄弟：励、勔、勮、助、勋、劼、劝、勉

王勃《续书序》可知，与王勃平辈的王氏家族成员共有十二三位之多。笔者翻检史料，只得如下几位的简略材料：

王励，王勃之兄，曾为王勃的四言诗《倬彼我系》作序。

王勔（？—697），王勃之兄。《旧唐书·王勃传》云其累官至泾州刺史。

王勮（？—697），王勃之兄。官至弘文馆学士，兼知天官侍郎。《旧唐书·王勃传》云："勮，弱冠进士登第，累除太子典膳丞。长寿中，擢为凤阁舍人。时寿春王成器、衡阳王成义等五王初出阁，同日授册。有司撰仪注，忘载册文。及百僚在列，方知阙礼，宰相相顾失色。勮立召书吏五人，各令执笔，口占分写，一时俱毕，词理典赡，人皆叹服。寻加弘文馆学士，兼知天官侍郎。"③ 王勮不仅文采斐然，才华横

---

① （隋）王通著，张沛校注：《中说校注》，第269页。王通共有三子，此处杜淹未列出王通次子王福祚。
② （唐）刘禹锡撰，陶敏、陶红雨校注：《刘禹锡全集编年校注》，中华书局2019年版，第2084页。又参见《旧唐书·王质传》及《新唐书·王质传》。
③ （后晋）刘昫等撰：《旧唐书》，第5005页。

溢，尚有为官的才能。《旧唐书·王勃传》载："初，吏部侍郎裴行俭典选，有知人之鉴，见勔与苏味道，谓人曰：'二子亦当掌铨衡之任。'"①

王助（？—697），字子功，王勃之弟，进士及第。《新唐书·王勃传》载勃兄勔、弟助，皆第进士。与诸兄一样，颇有文采，上文中韩思彦所言"生子若是，可夸也"。正是看了王助的文章所发的感慨。王助性至孝，《新唐书·王勃传》载其七岁丧母哀号，邻里为泣。居父忧，毁骨立。服除为监察御史里行。

王勔、王勮和王助在则天朝万岁通天二年（697）受綦连耀牵连被杀。《旧唐书·王勃传》云："勮颇任权势，交结非类。万岁通天二年，綦连耀谋逆事泄，勮坐与耀善，并弟勔（当为兄，笔者注）并伏诛。……神龙初，有诏追复勮、勔官位。"② 《新唐书·王勃传》记载相类。

王勋，王勃之弟。王勃《上从舅侍郎启》及《与契苾将军书》中均载勋为王勃之弟。王勋颇有文采。杨炯《王子安集原序》云："兄勔及勮，磊落辞韵，铿鍧风骨，皆九变之雄律也。弟助及勋，总括前藻，网罗群思，亦一时之健笔焉。"③

王劼④，王勃之弟，有文采，从王勃《送劼赴太学序》知其曾入太学读书，早卒。

王劝，王勃幼弟。有文采。《新唐书·王勃传》曾载福畤少子劝亦有文。

王勉，王勃之从兄弟，王福祚之子。进士及第，仕至河中府宝鼎令。刘禹锡《唐故宣歙池等州都团练观察处置使宣州刺史兼御史中丞赠左散骑常侍王公神道碑》云："文中生福祚，为蔡州上蔡主簿。上蔡生

---

① （后晋）刘昫等撰：《旧唐书》，第5006页。
② （后晋）刘昫等撰：《旧唐书》，第5005页。
③ （唐）王勃著，（清）蒋清翊注，汪贤度校点：《王子安集注》，王子安集注卷首，第76页。
④ 葛立方《韵语阳秋》卷十载王勃《自乡还虢》诗后云："观此语意岂兄弟中有不相能者耶？及观《诫劼劝》云：'欲不可纵，争不可常，勿轻小忿，将成大殃。'此二人者似非处于礼义之域者，《棠棣》废之诗疑为此二人设也。"或许劼、劝二人性格放纵好争，不太重视兄弟之情。然观王勃《送劼赴太学序》，虽诫语有之，但对其抱有"扬名"之厚望，故其不似品行不良者。

勉，举进士，征贤良，皆上第，仕至河中府宝鼎令。"①

(二) 现存诗文

王勃诸位兄弟，皆著文采，惜其作品基本失传。笔者翻阅史料，只得诗文三篇。其中王励诗序一篇，王勔诗、赋各一首。分别为：

1. 《倬彼我系序》，作者王励。
2. 《晦日宴高氏林亭同用华字》②，作者王勔。
3. 《百合花赋》③，作者王勔。

综上所述，王氏家族在隋唐之际的三代作家中，有姓名可考的成员共计17人，著述24种，今存四种，即王通的《元经》和《中说》，王绩的文集五卷（三卷本为五卷本的删略本，故而不予计算），王勃的文集二十卷。另外还有文集外的诗文五篇，即王度的传奇小说《古镜记》，王勃的诗《自乡还虢》和《诫劼劝》二首，以及王勔的诗赋各一篇：《晦日宴高氏林亭同用华字》和《百合花赋》。

---

① （唐）刘禹锡撰，陶敏、陶红雨校注：《刘禹锡全集编年校注》，中华书局2019年版，第2084页。又参见《旧唐书·王质传》及《新唐书·王质传》。
② （宋）计有功：《唐诗纪事》卷七，本诗题为《晦日宴高氏林亭》。此诗又见于《全唐诗》卷五十六。
③ 此赋见于李昉等编《文苑英华》卷一百四十九，又见于《御定佩文斋广群芳谱》卷四十七花谱百合花条，《御定渊鉴类函》卷三百九十六，《御定历代赋汇补遗》卷十六花果条。

第二章

开唐人小说之先河

鲁迅先生在《中国小说史略》中以为："小说亦如诗，至唐代而一变，虽尚不离于搜奇记逸，然叙述宛转，文辞华艳，与六朝之粗陈梗概者较，演进之迹甚明，而尤显者乃在是时则始有意为小说。"① 这种说法作为对唐代小说历史地位的定评，也适合于王度的《古镜记》。

王度的《古镜记》被认为是传奇小说兴起期的第一篇作品。它以第一人称的叙述方式，记叙了宝镜的种种灵异之事。汪辟疆在《唐人小说》中指出："古今小说纪镜异者，此为大观矣。其事有无，姑勿论。即观其侈陈灵异，辞旨诙诡，后人摹拟，汗流莫及。上承六朝志怪之余风，下开有唐藻丽之新体。洵唐人小说之开山也。"② 对于《古镜记》的艺术特色和承上启下的过渡作用，给予了很高的评价。

一 开山之作的艺术特点

结合前贤的评论，笔者以为这篇唐传奇的开山之作具有如下特点。

（一）以统一的中心意象连缀成篇

古镜即为此篇小说的中心意象。以古镜为中心，作者把12个独立的故事连缀成篇，增长了小说的篇幅，改变了六朝小说"粗陈梗概"的面貌。

为什么要以古镜作为中心意象呢？这应该与《古镜记》这篇小说的"搜奇记逸"这一传奇特点有关。古镜在我国古代，具有神仙数术的作

---

① 鲁迅：《中国小说史略》，中华书局2010年版，第39页。
② 汪辟疆校录：《唐人小说》，上海古籍出版社1978年版，第10页。

用。在考古中，目前发现的商代、西周和战国时期的铜镜数量很少，秦汉时期则较多见。"这一时期的铜镜纹饰很值得研究，很多都与当时的数术思想有关，不单是用于艺术的目的。"① 鲁迅先生曾经说过："中国本信巫，秦汉以来，神仙之说盛行，汉末又大畅巫风，而鬼道愈炽；会小乘佛教亦入中土，渐见流传。凡此，皆张皇鬼神，称道灵异，故自晋讫隋，特多鬼神志怪之书。"② 镜的主要作用本是方便梳妆，用之鉴照头面。其制作材料多为铜及其合金，故有铜镜之谓。然而根据镜的这一能照见物体的主要物理特点，在这种中国本土的神仙巫术与外来的佛教思想的影响下，铜镜也被赋予了巫术等其他功用。比如汉镜中的"博局镜"（旧称"规矩镜"），其纹饰被认为有避除不祥的功用。其铭文：

> 新有善铜出丹阳，和以银锡清且明。
> 左龙右虎掌四方，朱爵（雀）玄武顺阴阳。
> 八子九孙治中央，刻娄（镂）博局去不羊（祥）。
> 家常大富宜君王，千秋万岁乐未央。③

显示了铜镜被认为具有压劾避邪、保平安富贵的功用。再如葛洪的《抱朴子·登涉》云：

> 万物之老者，其精悉能假托人形，以眩惑人目而常试人，唯不能于镜中易其真形耳。是以古之入山道士，皆以明镜径九寸已上，悬于背后，则老魅不敢近人。或有来试人者，则当顾视镜中。④

干宝《搜神记》载：

> 有一士人姓车，是淮南人。天雨，舍中独坐。忽有二年少女来就之，姿色甚美，着紫绮襦、青裙，天雨而衣不濡，立其床前，共

---

① 李零：《中国数术考》，人民中国出版社1993年版，第67页。
② 鲁迅：《中国小说史略》，第22页。
③ 参见李零《中国数术考》，第68页。
④ （晋）葛洪：《抱朴子》，上海古籍出版社1990年版，第128页。

语笑，车疑之：天雨如此，女人从外来，而衣服何不沾湿？必是异物。其壁上先挂一铜镜，径数寸。回顾镜中，有二鹿在床前。因将刀斫之，而悉成鹿。一走去，获一枚。以为脯，食之。①

唐宋以后的史书，也不乏古镜灵异的记载。如《宋史·吕蒙正传》就记载有位朝士藏有一枚古镜，据说能远照二百里，甚是奇特，这位朝士想把古镜献给吕蒙正，被吕蒙正拒绝。《十国春秋·后蜀二·后主本纪》也记载军校张敞获得古镜一枚，这枚古镜可以照亮室内，并且能防病。

可见，在《古镜记》写作前后，镜子这一意象就与神仙数术结下了不解之缘。王度所选择的古镜，显然也是一种神器。在《古镜记》中，它不但可以辟邪，鉴万物，"持此镜则百邪远人"，降妖伏魔，而且还可治愈百病。用这样一个富有灵异色彩的意象来结构故事，无疑是受六朝志怪小说"搜奇记逸"的影响，其承前的痕迹甚明。

我们说王度用这一意象，与此前的小说不同的是，在《古镜记》中，这一意象作为结构故事的核心，连缀了12个内容不同的事件。小说从大业七年五月自汾阴侯生处得镜开始，依次叙述了用此镜除去化为婢女的千岁老狸；日蚀则镜亦无光；镜令薛侠之宝剑失光；家奴豹生追忆宝镜故主卜筮镜去向之灵验；胡僧言镜之数种灵相；宝镜消灭了芮城令厅前大树中的蛇精；宝镜祛病，镜精现身；王度之弟王绩自大业十年持此镜游历，于山洞中灭龟、猿二精；灭池中作祟之鲛；灭张珂家作祟之雄鸡精；息扬子江、浙江风涛；灭李敬慎家作祟之黄鼠狼、老鼠、守宫等共12事。宝镜最后于大业十三年七月十五日亡去。把这些事件连缀成篇，《古镜记》便成为三千多字的"巨制"，从而使小说从短小粗略的六朝志怪向唐传奇迈出了巨大的一步。

（二）"有意为小说"的寄托之作

古镜这一意象的运用，除了结构故事之外，当另有寄托。

作者历经了隋末的动乱，看到了人民生活的痛苦，故而对百姓的遭

---

① （晋）干宝著，李剑国辑校：《新辑搜神记》，中华书局2007年版，第530页。

遇，表示了深深的同情。"因此能够降妖伏魔、消灾除病的宝镜的出现，颇似作者一个理想政治的化身，或表示作者对逝去的安定生活的一种怀恋和向往。"① 同时，宝镜失去的日期为大业十三年七月十五日，正是隋炀帝决定迁都江都的日子，有些学者以为，宝镜之失，正寓意着隋朝国运将尽的历史命运。结合王度在《古镜记》中所说的"昔杨氏纳环，累代延庆；张公丧剑，其身亦终。……王室如毁，生涯何地"② 这些感慨，我们以为，《古镜记》确为有寄托和寓意的作品。

这种寄托与寓意，也是《古镜记》异于六朝志怪小说之处。显示出了作者"有意为小说的"的创作意图。

（三）体现出了丰富的伦理内涵

《古镜记》作为唐传奇初始期的作品，其蕴含着道德意义上的善的伦理学内容，也值得我们探索和深思。其主要表现在以下方面。

1. 友于兄弟

《中说》载："芮城府君起家为御史，将行，谓文中子曰：'何以赠我？'子曰：'清而无介，直而无执。'曰：'何以加乎？'子曰：'太和为之表，至心为之内；行之以恭，守之以道。'退而谓董常曰：'大厦将颠，非一木所支也。'"③ 从这段记载可知王度为人谦逊，尊重兄弟，决不会在弟弟面前摆架子，善于听取他人的建议。

《古镜记》中的王度也是对兄弟友爱有加，充满深情。在《古镜记》中记载王绩弃官后，准备去遍游山水，以为长往之策。但王度担心他的安全，又害怕王绩追踵前贤，一去不返，便流泪挽留。但王绩心意已决，认为"匹夫不夺其志"是圣人之意，王度不得已，答应了王绩去漫游的打算。并慷慨的把具有避邪除妖之功能的宝镜送给了王绩。

从这段记载我们可以看出，王度对王绩的尊重与理解，他不是以兄长的身份来把自己的意念强加给他，而是虽然不情愿，但还是答应了王绩的漫游计划。慷慨赠镜则说明对兄弟的友爱和深情，把兄对于弟的保护借助于宝镜延伸到千山万水之外。从中，我们读到了千年之前，那种

---

① 侯仲义：《隋唐五代小说史》，浙江古籍出版社1997年版，第35页。
② 鲁迅校录，王中立译注：《唐宋传奇集》，第1页。
③ （隋）王通著，张沛校注：《中说校注》，第92—93页。

兄弟之间关心友爱,一往情深的手足之情。体现出了兄友弟恭的伦理之爱。

2. 惩妖除邪

在《古镜记》中,古镜的重要功能就是惩处妖邪,这无疑是对道德上"恶"的否定,同时当然也是对"善"的追求。

小说对于作祟害人的芮城令厅前大树中的蛇精;幻化成人形的山洞中的龟、猿二精;水池中作祟害人之鲛;张珂家使其女害病的雄鸡精;李敬慎家正在作祟之黄鼠狼、老鼠、守宫等妖邪,都毫不留情的予以惩处消灭。但对于没有做过坏事的狸女鹦鹉,则表示出了一定的同情,但鹦鹉还是没有逃脱被惩处的命运,最终化狸而死,笔者以为,这可能是在王度的世界观里,异类是不能以人的面貌出现的,因为这样是对人类伦理秩序的破坏。在《古镜记》中,狸女也曾嫁人,但却没有产生缠绵的爱情故事,她的命运虽然值得同情,但完全是作为被惩罚的对象出现的。这完全不像后世的蒲松龄一样,可以容许异类获得美满的爱情甚至家庭。从不允许异类来介入人类的生活,到幻想鬼狐与落魄书生建立起恩爱凄婉的爱情,这其中的转变令人深思。

既然邪恶得到了惩处,那么惩处邪恶的物和人,即宝镜和王度以及曾携带宝镜出游的王绩,就都成为善的化身。只是在这一幕幕惩处妖邪,张扬善道的过程中,宝镜仿佛起到了主角的作用。倘若无此宝物,邪恶何以能够铲除?

上文提到,王度出身于一个儒学传家的世家大族——河汾王氏家族。这一家族世代流传的就是儒家的政治伦理以及治国安邦之术。《中说·魏相篇》云:"芮城府君读《说苑》,子见之曰:'美哉,兄之志也!'"[1] 可见,王度也是一个具有高度政治理想的知识分子,曾认真研读过相关的传统文献。只可惜他生于隋唐之际这样一个战乱频仍的时代,只能在小说中实现自己惩恶扬善的理想。然而最后,王度让这一具有惩处妖邪功能的神奇宝物从人间消失了。如前所述,学者们多以为这是一篇具有政治寓意的小说,宝镜的消失寓意着隋代将亡的历史命运。但是如果从伦理学的视角来分析这一结局,我们就不能不追问:宝镜消

---

[1] (隋)王通著,张沛校注:《中说校注》,第225页。

失后，谁能继续承担起惩恶扬善的重任？或许王度正是带着这样的迷惑和追问来撰写这一小说的吧。其中的伦理学寓意，令人深思。

此后的唐传奇作品，亦具有丰富的伦理内涵。在小说世界中建构伦理秩序，惩恶扬善，成为古典小说的重要主题之一。

（四）弃骈从散的叙述语言

《古镜记》所选择的叙事语言，不是当时盛行的骈文，而是非常优美、流畅的古文，而这正是唐传奇所选择使用的语言。郑振铎以为："唐人传奇文不仅是第一次有意的来写小说的尝试，且也是第一次用古文来细腻有致的抒写人间的物态人情以至琐屑情事的。这种新鲜的尝试，立刻便得到了成功。"[1] 而王度无疑就是这个尝试的开拓者。

《古镜记》的语言可谓简洁而不失华丽，文采斐然，读之令人荡气回肠，正如汪辟疆所说的"后人摹拟，汗流莫及"[2]。如其第一个除去千岁老狸的故事：

> 至其年六月，度归长安，至长乐坡，宿于主人程雄家。雄新受寄一婢，颇甚端丽，名曰鹦鹉。度既税驾，将整冠履，引镜自照。鹦鹉遥见，即便叩首流血，云："不敢住。"度因召主人问其故。雄云："两月前，有一客携此婢从东来。时婢病甚，客便寄留，云：'还日当取。'比不复来，不知其婢之由也。"度疑精魅，引镜逼之。便云："乞命，即变形。"度即掩镜，曰："汝先自叙，然后变形，当舍汝命。"婢再拜自陈云："某是华山府君庙前长松下千岁老狸，大行变惑，罪合至死。遂为府君捕逐，逃于河渭之间，为下邽陈思恭义女，蒙养甚厚。嫁鹦鹉与同乡人柴华。鹦鹉与华意不相惬，逃而东；出韩城县，为行人李无傲所执。无傲，粗暴丈夫也，遂将鹦鹉游行数岁，昨随至此，忽尔见留。不意遭逢天镜，隐形无路。"度又谓曰："汝本老狸，变形为人，岂不害人也？"婢曰："变形事人，非有害也。但逃匿幻惑，神道所恶，自当至死耳。"度又谓曰："欲舍汝，可乎？"鹦鹉曰："辱公厚赐，岂敢忘德。然

---

[1] 郑振铎：《插图本中国文学史》，人民文学出版社1957年版，第379页。
[2] 鲁迅校录，王中立译注：《唐宋传奇集》，第1—2页。

天镜一照，不可逃形。但久为人形，羞复故体。愿缄于匣，许尽醉而终。"度又谓曰："缄镜于匣，汝不逃乎？"鹦鹉笑曰："公适有美言，尚许相舍。缄镜而走，岂不终恩？但天镜一临，窜迹无路，唯希数刻之命，以尽一生之欢耳。"度登时为匣镜；又为致酒，悉召雄家邻里，与宴谑。婢顷大醉，奋衣起舞而歌曰："宝镜宝镜！哀哉予命！自我离形，于今几姓？生虽可乐，死必不伤。何为眷恋，守此一方！"歌讫，再拜，化为老狸而死。一座惊叹。①

这段故事描写简洁而完整，人物的语言和行为生动形象，尤其是对狸女鹦鹉的描写更是情态毕现：其遭遇宝镜照后叩首流血的哀怜；其自述来由的自我谴责；其临终前的尽一生之欢的愿望；其醉酒后奋衣起舞所唱的歌词，都给人留下了深刻的印象。读之如欣赏一幕栩栩如生的短剧，显示了古文极强的表现力。

此后的唐传奇，除了个别作品外，多选择了古文作为叙述语言而很少用骈文。无疑，王度的《古镜记》以优美的叙事语言，为后代传奇小说的语言选择，及语言之美等都产生了良好的影响，使得唐代的传奇熠熠生辉，成为我国古典小说中文言小说的成熟之作。

（五）人物地位的提升

六朝志怪小说基本上是以一件逸闻怪事为中心，人物在其中的作用并不重要，把奇异的事件叙述出来，任务就完成了。《古镜记》虽然以记叙古镜的灵异之事为中心内容，但与六朝志怪不同的是，它以自叙传的手法，使人物在整个故事中也起到了举足轻重的作用。《古镜记》中，王度（后面的几个事件中是王绩）作为古镜的主人，成为每一个故事的当事人，主宰着事件的发展方向。在这些故事中，他们都是积极的参与者而非旁观者。比如上述除掉千年老狸的故事中，一直是王度在操纵着故事的发展趋势。首先是他拿出了古镜而使幻化为人形的鹦鹉遭到宝镜的照射，继而他又从鹦鹉的嘴中得知了她为千岁老狸的真相，随后他又让鹦鹉满足了以"数刻之命"，"尽一生之欢"的愿望。在这过

---

① 鲁迅校录，王中立译注：《唐宋传奇集》，第1—2页。

程中，他还流露出了饶恕鹦鹉一命的想法。在除掉芮城令前大树中的蛇精时，王度还主张"妖由人兴，淫祀宜绝"，流露出了自己的思想，并果断地把镜挂在树上，杀死了作祟多年的大蛇精。在其他的事件中，人物也都有自己不同的表现和思想。所有这些，都使得《古镜记》与六朝志怪小说的以记叙灵异之事为中心不同，而朝着唐传奇以人物为中心的方向转化。

同时，上文提到，《古镜记》有寄托有寓意，这些在很大程度上都得益于第一人称自叙传手法，因为第一人称是作者自我抒情以及抒发感慨的最方便的形式，字里行间都可体会出作者的思想心迹。而这种情感或者感慨的抒发，以及我们从这些情感和感慨的抒发中读出的寄托和寓意，使得《古镜记》不再像六朝志怪小说那样单纯以事件为中心，而是使人物的作用得到了提升。

（六）史传笔法的运用

其自叙传的写作方法，使《古镜记》虽记录了古镜的众多灵异之事，但却让这些灵异之事都发生在现实人物身边，读之亦真亦幻，极具吸引力。这种类似于史传文学的写法，被唐传奇继承和发扬。王度本有"良史"之才，上文提到他曾撰《魏周春秋》及《隋书》等。王度的这种史学才能，在《古镜记》中得到了充分的发挥。而唐传奇的许多成功作品几乎都是类似于史传性的，比如《李娃传》《霍小玉传》等。这些都说明了我国古代的小说与历史有着千丝万缕的联系。甚至可以认为，历史乃是小说的源头，小说从历史中获得了诸如叙述方法、材料等因素，才逐渐发展成熟起来的。因此，游国恩等主编的《中国文学史》中指出："唐传奇则比较全面地采取了史传文学的手法，把一个人前后完整的一段生活，甚至一生的经历都描绘下来，形象地揭露社会矛盾，表现出人物的微妙的思想感情和性格特征。体制简短而有长篇小说的规模，这种具有独特民族风格的小说形式，是由唐传奇开始的。"[①]

王度的这种自传性史传的描写方式，还使得《古镜记》具有了一定的史料价值。比如《古镜记》中关于王度、王绩的仕宦、游历等都可

---

① 游国恩等主编：《中国文学史》修订本（二），人民文学出版社2004年版，第241页。

从史传材料、他们自己的作品、文集的序言中找到相应的记载。同样，唐传奇也多具史学价值。钱卓升的《唐人小说的史学价值》认为，通过唐传奇可识地理，习官制，知信仰，明俗尚，了解唐人小说本身在文学史上之地位，领会逸史笔法等。

从上述分析我们可以看出，前贤所说的《古镜记》为唐传奇的"开山之作"，在小说史上起到了"承上启下"的桥梁作用，皆非夸张之辞。但作为唐传奇初期的作品，它也有不足之处。比如，其首尾关于宝镜亡去的剪裁编排等，应该可以更完善；其故事中关于古镜除去作祟于张珂家女儿的大雄鸡与除去作祟于李敬慎家女儿的黄鼠狼、老鼠、守宫有雷同之感。尽管如此，王度及其《古镜记》对于我国古代小说的贡献是巨大的，其在文学史上的地位是无可替代的。

二 对后世的影响

鲁迅先生在《中国小说史略》中以为："小说亦如诗，至唐代而一变，虽尚不离于搜奇记逸，然叙述宛转，文辞华艳，与六朝之粗陈梗概者较，演进之迹甚明，而尤显者乃在是时则始有意为小说。"[①] 这种说法作为对唐代小说历史地位的定评，也适合于王度的《古镜记》。故而传奇小说《古镜记》可视为王氏家族对于文学，尤其是小说发展的重要贡献之一。

《古镜记》对后世产生了深刻的影响。在唐代，就诞生了诸如《梁四公记》《敬元颖》等神镜题材的小说。宋元明清的白话小说及文言小说中，皆出现了诸多神镜小说，这些小说中的镜子，尽管功能各异，但多不外帮助主人、降妖伏魔等功能，可以说是《古镜记》中古镜功能的延续或加强。比如《二刻拍案惊奇》中的《王渔翁舍镜崇三宝·白水僧盗物丧双生》记载了王甲夫妻偶获一宝镜，财物便纷纷不求而来，可知宝镜能帮助主人获得想要的东西。《西游记》和《封神演义》中的"照妖镜"，《三宝太监西洋记》中的轩辕宝镜，都可以使妖魔神怪现出原形，具有像《古镜记》中古镜能降妖伏魔、收服妖怪的功能。不仅

---

① 鲁迅：《中国小说史略》，第39页。

在志怪神魔小说中出现了诸多神奇的宝镜，在世情小说《红楼梦》中也出现了一枚具有神异功能的镜子："风月宝鉴"。《红楼梦》写贾瑞因贪恋凤姐美色而染疾病卧床，病入膏肓时一跛足道人给贾瑞一面两面均可照人的宝镜，但只能照背面方可治病，切忌照正面。但贾瑞照背面骷髅后，发现照正面是自己心心念念的凤姐，便忘记了道人的劝诫，结果命丧黄泉。治病的宝镜具有两面性，用错了方向就致命。这当然与《古镜记》中古镜治病的功能有异，把被动变成了主动。在《古镜记》中，古镜一照，瘟疾可除，病人是被动的；在《红楼梦》中，宝镜则直接掌握在病人的手中，生死的选择在于自己，无奈，人心中的痴妄贪念，使其丧失了自救的能力，故而，像《红楼梦》中的宝镜，无疑是在古代宝镜能治病的功能中，加入了更深刻的令人警醒的寓意：人命由己不由镜。

当代的小说，尤其是一些网络小说，也常常出现功能神异的古镜。如连载于起点中文网的东方玄幻小说《神镜问天》中就有一面神奇的问天神镜。网络游戏中，也会有神镜的元素，如《仙剑奇侠传三》中有一枚"烟月神镜"，它能借助镜子上附着的神力，把敌人的攻击反射回去，是一件神奇的武器。一些神怪玄幻题材的影视剧作品中，也加入了神镜的戏份，如《三生三世十里桃花》中夜华的铜镜，能够实现远距离通话，并且还能在镜中看到彼此，类似现在手机微信的视频通话，可谓甚是奇异。所有这些，应该也是借鉴了古代小说包括《古镜记》中，宝镜可以鉴万物，神通广大的特点。故而，《古镜记》对后世的影响是深刻的，且能与时俱进，走进了当代的小说、游戏及影视作品中，继续发挥其神异的功能，给读者和观众留下了深刻的印象。

第三章

对诗体发展的贡献

唐朝诗歌诸体备陈，笼罩百代，是我国诗歌发展的黄金时期。生活于隋唐之际的王氏家族，对于诗歌迈向盛唐时代的辉煌，也作出了重要贡献。尤其是在五言律诗的定型和七言歌行的发展上，表现更为突出。

一 对五言律诗定型的贡献

（一）五言律诗的发展定型及诗体特点

五言律诗的发展经过了一个漫长的逐步探索和成熟的过程。自建安以来，诗歌已讲究词藻、对偶和用事等。晋陆机已经注意到了文中声调的协调，其《文赋》有云："暨音声之迭代，若五色之相宣。"[1]《南史·陆厥传》云：（齐永明）"吴兴沈约、陈郡谢朓、琅邪王融以气类相推毂，汝南周颙善识声韵。约等文皆用宫商，将平上去入四声，以此制韵，有平头、上尾、蜂腰、鹤膝。五字之中，音韵悉异，两句之内，角徵不同，不可增减。世呼为'永明体'。"[2]"永明体"把对偶技巧和声韵调配技术结合起来，讲求诗歌语言高低起伏，错综变化的音律美，沈约《宋书·谢灵运传论》云："欲使宫羽相变，低昂互节，若前有浮声，则后须切响。一简之内，音韵尽殊；两句之中，轻重悉异。"[3] 此为一联中声韵的安排。至于两联之间在声韵上的安排，则无明确说明。于是诗人们常用一种律联反复重叠，来组织整首诗。这样做的结果是一

---

[1] （晋）陆机著，杨明校笺：《陆机集校笺》，上海古籍出版社2016年版，第21页。
[2] （唐）李延寿撰：《南史》，中华书局1975年版，第1195页。
[3] （南朝梁）沈约撰：《宋书》，中华书局1974年版，第1779页。

联中，声律上做到了平仄变化，但整首诗的所有律联结构的一致，则导致了诗歌声律的单调。

诗人们为了使由平仄变化形成的节奏能够在全诗中有规律的连续的存在，从而把声律的美感发挥到最大的限度，便探讨出一种新的格律方式：一联之中，出句与对句第二字须平仄相对；联与联之间，上联对句与下联出句第二字须平仄相"粘"，即相同。否则就会犯"失对"和"失粘"的失误。① 如此，就避免了单调重复，使平仄变化呈现出有规律的持续。这就是所谓的"粘式律"。《声调四谱》云："单句为句，句不能成诗；双句为联，联则生对；双联为韵，韵则生粘。"②

阴铿、何逊、庾信、徐陵的诗，虽然仍以一种律联结构成律为主，但已参用粘式律。如庾信的《对宴齐使》：

归轩下宾馆，送盖出河堤。酒正离杯促，歌工别曲凄。
林寒木皮厚，沙迥雁飞低。故人傥相访，知余已执珪。③

已经不再是律联的简单重复，而基本符合粘式律的特点，即下联出句与上联对句第二个字的平仄相粘。沈德潜在《唐诗别裁·凡例》中称赞他们已开唐人五言律体。然而"至唐初，时人特重偶时，未能进一步发展阴、何、庾、徐诗中的粘联趋势。因而贞观以来到四杰前的代表诗人虞世南、唐太宗、上官仪等辈的诗，在用韵，属对上都很见功夫，却往往失粘"④。然而，历经初唐诗人们的努力，到沈佺期、宋之问，唐人所称的近体格律诗已经成熟并定型了。《新唐书·宋之问传》称："魏建安后迄江左，诗律屡变，至沈约、庾信，以音韵相婉附，属对精密。及之问、沈佺期，又加靡丽，回忌声病，约句准篇，如锦绣成文。学者宗之，号为'沈、宋'。"⑤ 王世贞在《艺苑卮言》中甚至说："五

---

① 参见王力《汉语诗律学》，上海教育出版社2002年版，第116—117页。
② 王力：《汉语诗律学》，第35—36页。
③ （北周）庾信撰，（清）倪璠注，许逸民校点《庾子山集注》，中华书局1980年版，第318页。
④ 董天策：《当时风骚 唐音始肇——初唐四杰诗歌创作综论》，载《中国文学研究》1990年第3期。
⑤ （宋）欧阳修、宋祁撰：《新唐书》，第5751页。

言至沈、宋始可称律。"① 后人多沿袭此说。

人们总结和归纳出了定型后格律诗的基本规则：(1) 一句之中平仄要有特定的规则；一联之中出句和对句的平仄要相对（尤其是第二字）；两联之中下一联的出句和上一联的对句的平仄要相同（尤其是第二字）。(2) 每首八句为基本形式（排律和律绝是它的变体）。(3) 平声押韵，除有时首句入韵外，都是单句仄脚不入韵，双句平脚入韵。(4) 每首诗中间两联必须对仗。当然，这只是律诗定型之后的标准样式，在实际中也还有各种各样的例外。

成熟的五律有四种基本的平仄格式。

其一，仄起式首句不入韵：

仄仄平平仄，平平仄仄平。
平平平仄仄，仄仄仄平平。
仄仄平平仄，平平仄仄平。
平平平仄仄，仄仄仄平平。
(着重号表示可平可仄，下同)

其二，仄起式首句入韵：

仄仄仄平平，平平仄仄平。
平平平仄仄，仄仄仄平平。
仄仄平平仄，平平仄仄平。
平平平仄仄，仄仄仄平平。

其三，平起式首句不入韵：

平平平仄仄，仄仄仄平平，
仄仄平平仄，平平仄仄平。

---

① （明）王世贞著，陆洁栋、周明初批注：《艺苑卮言》，凤凰出版社2009年版，第52页。

平平平仄仄，仄仄仄平平。
仄仄平平仄，平平仄仄平。

其四，平起式首句入韵：

平平仄仄平，仄仄仄平平。
仄仄平平仄，平平仄仄平。
平平平仄仄，仄仄仄平平。
仄仄平平仄，平平仄仄平。①

（二）王氏家族作家在五言律诗定型过程中所作的贡献

虽然律诗到沈、宋才被认为是完全成熟，定型了，前人常把律诗的成熟、定型之功归于"沈宋"。但事实上，初唐时期的很多诗人，在律诗的发展上都尽了自己的努力。王氏家族的王绩和王勃也为律诗的发展定型做出了重要的贡献。

前人对王绩在律诗发展中的贡献作出了高度的评价，如《周氏涉笔》就认为王绩剪裁锻炼，开迹唐诗。杨慎在《升庵诗话》中认为其诗为王杨卢骆之滥觞，陈杜沈宋之先鞭。《四库提要》也认为其诗歌气格遒健，与盛唐开元、天宝年间的诗歌相仿佛。

近现代的研究者对王绩在律诗发展中的贡献也多所肯定。如闻一多先生以为《野望》是"唐初的第一首好诗"，"此诗得陶诗之神，而摆脱了它们的古风形式，应该说是唐代五律的开新之作，自然处渊明亦当让步"②。王志华在《五言律奠基者旧说应予推翻——重评王绩在诗歌史上的地位》中以为："我们完全可以说王绩是隋唐之际全力以赴写作近体诗歌的诗人，也是隋唐之际近体诗歌写作成就最高的诗人"，所以历来五言律成于沈宋的旧说应予推翻，"奠基之功，应归于王绩"③。杜

---

① 参见王力《汉语诗律学》，第74页。叶君远著《诗》，人民文学出版社1994年版，第126—128页。
② 郑临川述评：《闻一多论古典文学》，重庆出版社1984年版，第89页。
③ 王志华：《五言律奠基者旧说应予推翻——重评王绩在诗歌史上的地位》，载《晋阳学刊》1990年第3期。

晓勤在其《从永明体到沈宋体》一文中也以为王绩完全可以称得上是唐初律化意识最强烈的诗人。

以上诸家对王绩的赞誉，正说明了王绩在律诗的定型过程中确实起到了非常重要的作用。王绩精通音乐，如前所述，吕才《王无功文集序》载王绩雅善鼓琴，曾加减旧弄作《山水操》，为知音所赏。音乐的节奏旋律与诗歌的声律有相通之处，他定会悉心揣摩，将自己在音乐方面的特长与体会运用在诗歌创作之中，从而使其诗歌能在格律、音韵方面，取得重大的成就。事实上也正是如此，王绩的律诗讲求音律、对偶，平仄和谐，说其"开迹唐诗"并非虚谈。其"《田家二首》、《赠程处士》、《独坐》、《策杖寻隐士》、《赠学仙者》、《春日山庄言志》、《春庄走笔》、《春庄酒后》等篇已基本谐律外、《九月九日赠崔使君善为》、《野望》二诗更是完全合格的五言律诗"①。

其为人所激赏的五言诗《野望》：

> 薄暮东皋望，徙倚将何依？树树皆秋色，山山唯落晖。
> 牧人驱犊返，猎马带禽归。相顾无相识，长歌怀采薇。②

平仄为：

> 平平平仄仄，仄仄仄平平。仄仄平平仄，平平平仄平。
> 仄平平仄仄，仄仄仄平平。平仄平平平，平平平仄平。

这首诗在格律上已臻于成熟，押平声韵，中间两联对仗，属于平起式首句不入韵的平仄格式，一联之中，出句的第二个字与对句的第二字平仄相对，联与联之间，下联出句的第二字与上联对句中的第二个字平仄相同，符合粘式律的规则；字数、句数都与五言律诗的要求相同。此诗早于沈、宋六十余年，不唯其格式符合五律的规则，就连其写法，首尾两联抒情言事，中间两联写景，这种"情—景—情"模式，也正是律诗常用的章法。沈德潜《唐诗别裁集》卷九云："五言律前此失严者

---

① 许总：《王绩诗歌的时代类型特征新议》，载《齐鲁学刊》1994年第3期。
② （唐）王绩著，韩理洲校点：《王无功文集》（五卷本会校），第77页。

多，应以此章为首。"① 认为此诗是真正的五言律诗的开始。

再如其《九月九日赠催使君善为》：

> 野人迷节候，端坐隔尘埃。忽见黄花吐，方知素序回。
> 映岩千段发，临浦万株开。香气徒盈把，无人送酒来。②

此诗亦符合"粘对"规则。据统计，王绩的诗有合格五律14首。③ 占五言八句创作总数36首的39%。明显高于同时代人。④ 因为一般说来，"粘对"规则的确定和自觉运用，是律诗定型的主要标志。因而，我们虽然无意为王绩争功，但认为王绩在隋唐之际五言诗歌的创作，对于五言律诗的发展定型起了非常重要的作用当是没有疑义的。

而到了王勃，更是自觉地发展了律诗的声律特点。其《山亭思友人序》云："至若开辟翰苑，扫荡文场，得宫商之正律，受山川之杰气，虽陆平原、曹子建，足可以车载斗量；谢灵运、潘安仁，足可以膝行肘步。"⑤ 在"开辟翰苑，扫荡文场"的同时，王勃也要求"得宫商之正律"，可见他对诗歌的声律美有一种自觉地追求。在他与其他"四杰"的努力下，五言律诗更是朝着定型的方向阔步前进。陆侃如、冯沅君编著的《中国诗史》以为："在四杰集中，五律多者占二分之一，少者亦在四分之一以上。格律之严与篇数之多，都可奠定五律的基础。"⑥ 闻一多更是对于王勃和杨炯在律诗定型进程中的贡献给予了充分的肯定："前乎王、杨，尤其应制的作品，五言长律用的还相当多。这是应该注意的！五言八句的五律，到王、杨才正式成为定型，同时完整的真正唐

---

① （清）沈德潜选注：《唐诗别裁集》，上海古籍出版社2013年版，第288页。
② （唐）王绩著，韩理洲校点：《王无功文集》（五卷本会校），第80页。
③ 参阅王志华的《五言律奠基者旧说应予推翻——重评王绩在诗歌史上的地位》（《晋阳学刊》，1990年第3期），此文指出王绩的143首诗中，有合格五律14首，合格的五绝13首，合格的排律5首，准近体五言诗1首，虽然偶有失粘失对和平仄格律未臻完美之例。王文中所统计的王绩诗歌的总数，包括第五卷杂著中的19首四言的"赞语"。
④ 根据王运熙在《汉魏六朝唐代文学论丛》（增补本，复旦大学出版社2002年版）第198页中的统计，唐太宗合格的五律占20%，虞世南无，许敬宗占14%，上官仪无，李百药占18%。
⑤ （唐）王勃著，（清）蒋清翊注，汪贤度校点：《王子安集注》，第274页。
⑥ 陆侃如、冯沅君：《中国诗史》，百花文艺出版社1999年版，第347页。

音的抒情诗也是这时才出现的。"①并指出了沈宋与王杨一脉相承的关系:"王、杨与沈、宋也是一脉相承……以沈、宋与王、杨并举,实在是最自然、最合理的看法。'律'之'变'本来在王、杨手里已经完成了,而沈、宋也是'落笔得良朋'的妙手。……老实说,就奠定五律基础的观点看,王、杨与沈、宋未尝不可视为一个集团。"②在闻一多看来,王勃与杨炯实际上已经完成了五言律诗的定型工作,他们起着与沈宋一样的历史作用。李商隐《漫成章》也是沈宋与王杨并称,可见在晚唐作家眼里,在律诗的定型过程中,沈宋、王杨在初唐都是一样的"宗师"级人物。

其实,王勃他们对律诗定型化进程中的具体贡献除了闻一多先生指出的确定了五言八句的结构外,"四杰"对五言律诗的贡献,还在于"进一步发扬光大了前人诗作中的粘联趋势,使粘联构律成为一种主导方式。……使声律、韵律、对仗为核心的格律规范趋向完善,从而完成了五言律诗的基本定型"③。王运熙在《汉魏六朝唐代文学论丛·寒山子诗歌的创作年代》中统计了"四杰"合乎粘对的五律,占其平声韵五言八句诗创作总数王勃为31首,合于粘对的诗8首,合格比例为26%;杨炯诗14首,合于粘对的诗14首,合格比例为100%,卢照邻诗33首,合于粘对的诗6首,合格比例为18%,骆宾王诗70首,合于粘对的诗24首,合格比例为34%。④像王勃的《圣泉宴》《别薛华》《重别薛华》《游梵宇三觉寺》《秋日别王长史》《易阳早发》《杜少府之任蜀州》等都是粘式五律。⑤如其《重别薛华》:

  明月沈珠浦,秋风濯锦川。楼台临绝岸,洲渚亘长天。
  旅泊成千里,栖遑共百年。穷途惟有泪,还望独潸然。⑥

---

① 闻一多:《唐诗杂论》,上海古籍出版社1998年版,第25页。
② 闻一多:《唐诗杂论》,第25页。
③ 董天策:《当时风骚 唐音始肇——初唐四杰诗歌创作综论》,载《中国文学研究》1990年第3期。
④ 王运熙:《汉魏六朝唐代文学论丛》(增补本),第200页。
⑤ 参阅徐青《初唐诗律概要》,载《湖州师专学报》(人文科学版)1987年第2期。
⑥ (唐)王勃著,(清)蒋清翊注,汪贤度校点《王子安集注》,第81页。

平仄格式为首句不入韵的仄起式，是一首完全和律的五言诗。

邝健行在《初唐五言律体律调完成过程之考察及相关问题之讨论》中认为，就律调的发展过程看，初唐一百年间大致可分为三个阶段。第一个阶段以上官仪的卒年，即公元664年左右结束；第二个阶段以骆宾王的卒年，即公元687年左右结束；第三个阶段迄初唐之末，即公元712年。第一阶段的代表作家包括虞世南、李百药、王绩、许敬宗、杨师道、上官仪等，五言律诗仍旧沿袭陈隋，不见有所进展。王绩合律程度虽然较高，但影响不大。第二阶段，以骆宾王、卢照邻、王勃为代表，骆、卢、王三家单句合律程度更高，可看成作者对单句律调的彻底掌握，而且，此时全合律调的作品已渐次出现，占作者全部受检查作品两成到三成。第三阶段的代表作家有李峤、苏味道、杜审言、杨炯、崔融、宋之问、沈佺期、陈子昂等，诸家声调失误程度有大有小，但多数比第二阶段的作家减轻；这便可看作基本的趋势。单句平仄的安排在此时已基本解决，本阶段诸家进一步解决了联语的对粘方式，于是整体律调便告成立。律调的渐次完成，大抵是作家顺应文体本身的发展，从事探索的结果①。

笔者以为，作这样动态宏观的考察对于确定作家在律诗定型化过程中所起到的具体作用是必要的，否则，仅就单个作家进行探讨，不容易看到动态的发展过程，因而容易得出较为偏颇的结论。事实上，律诗的定型是经过漫长的时间，以及众多诗人的共同努力，共同探索和实践才完成的，这是一种发展的合力，而非某个人的个体力量能够独立完成的。到沈宋之时，不唯五言律诗，七言律诗也基本定型了，所以，古人以为律诗到沈宋，形式体制完全成熟，是有道理的。只是在律诗成熟定型的进程中，王氏家族的作家，如王绩、王勃做出了突出的贡献，留下了像《野望》《送杜少府之任蜀州》等千古传颂的五律名篇。

同样，王氏家族的作家对于近体绝句的成熟定型也作出了重要的贡献。绝句源于古代的联句。据传《柏梁诗》，就是汉武帝和群臣每人各作一句连接而成。"到晋代，联句渐渐发展为每人各做五言四句。及至南北朝，每人各做五言四句已成联句定型。……有时会发生这种情况：

---

① 参见邝健行《初唐五言律体律调完成过程之考察及相关问题之讨论》，载《唐代文学研究》第3辑，广西师范大学出版社1992年版，第507—521页。

一人做了四句诗,其他人续作不成,只剩下单独的四句,好像一条长链被截断。于是这单独的四句就被称作'断句',或者'绝句'了。绝,就是断开的意思。"① 齐永明以后,随着诗歌的律化趋势的发展,绝句也随着律化。"近体五言绝句的最后定型,仍然是到沈佺期、宋之问才真正完成的。"② 但唐以前,就曾产生过暗合唐律的绝句。而王绩、王勃的一些绝句,在艺术上已相当成熟。如王勃的《江亭月夜送别二首》之一:

江送巴南水,山横塞北云。津亭秋月夜,谁见泣离群。③

其平仄为:

平仄平平仄,平平仄仄平。
平平平仄仄,平仄仄平平。
(带着重号者表示在此诗中平仄可变化)

完全符合律绝的规则。

(三) 王氏家族与五律题材的拓展

初唐时期,多数诗人都是宫廷诗人,诗歌律化进程基本上也是在宫廷范围内进行的。"对偶工切、声律谐协的作品多为采摘事对、堆砌词藻、声调倚靡的程式化、类书化的宫廷诗,表现为'古意锤烬,而律体骤开'(胡应麟《诗薮》)、'声多入律,语多倚靡'(许学夷《诗源辩体》)的时代风气。"④ 而王绩与王勃不唯在律诗的形式定型过程中作出了重要贡献,更拓展了律诗的题材,扩大了律诗的表现范围。

诗歌题材总是与诗人的生活有密切的关系。王绩的一生,很长时间都是在田园隐逸状态中度过的,因而其律诗就多有田园隐逸题材的作

---

① 叶君远:《诗》,第138页。
② 叶君远:《诗》,第139页。
③ (唐)王勃著,(清)蒋清翊注,汪贤度校点《王子安集注》,第99页。
④ 许总:《王绩诗歌的时代类型特征新议》,载《齐鲁学刊》1994年第3期。

品。像《野望》《九月九日赠崔使君善为》等诗，似以渊明古体而入律，却又浑然天成，不露痕迹，为唐宋诸家所不能，究其原因，应是长期的山水田园生活的陶冶，使其得之于自然。故得之于自然，而不像宫廷诗人那样得之于雕琢和类书，正是王绩诗歌的律化现象几乎全部出现于充满古朴风味与脱俗意趣的田园隐逸诗中的重要原因，"这种摆脱宫廷程式与题材的律化诗，正是其在唐初诗歌律化进程中的独特之处"①。

而田园隐逸题材的律诗，是在盛唐孟浩然、王维等作家登上诗坛后才大量出现的。《四库提要》称其诗与开元、天宝间的诗歌没有区别，则说明王绩的诗歌创作超越了他的时代，直追盛唐之音。

闻一多先生关于王勃、杨炯在律诗题材拓展方面的论述更是得到了广泛的认同："正如宫体诗在卢、骆手里是由宫廷走到市井，五律到王、杨的时代是从台阁移至江山与塞漠。……到了江山与塞漠，才有低徊与怅惘，严肃与激昂，例如王的《别薛升华》、《送杜少府之任蜀州》和杨的《从军行》、《紫骝马》一类的抒情诗。"②

王勃被逐出沛王府后，就离开了宫廷，离开了"台阁"，在蜀地游历和在其他地方漫游的过程中，写下了大量纪游、送别以及边塞题材的诗歌，感情真挚，体验深刻，富有意境，直启盛唐。

总之，在五言律诗的发展成熟进程中，王绩、王勃在律诗的形式特征和题材的开拓上都做出了重要贡献。

二　对七言歌行发展的贡献

对七言歌行进行定义是比较困难的，正如葛晓音所说的那样："古典诗歌的各种体裁中，歌行又是最难界定的。明清诗话对于歌行的缘起和艺术规范虽然多有论列，但始终是一笔糊涂账，今人论及歌行的内容和风格，也主要是凭大概的感觉，而缺乏诗体界定的科学依据。"③ 然而，根据歌行的一些基本特征，袁行霈主编的《中国文学史》第二卷

---

① 许总：《王绩诗歌的时代类型特征新议》，载《齐鲁学刊》1994年第3期。
② 闻一多：《神话与诗》，华东师范大学出版社1997年版，第227页。
③ 葛晓音：《初盛唐七言歌行的发展——兼论歌行的形成及其与七古的分野》，载《文学遗产》1997年第5期。

以为:"七言歌行是七言古诗与骈赋相互渗透和融合而产生的一种诗体,在发展过程中又吸收了南朝乐府和近体诗的一些影响。"① 可见,七言歌行与七言古诗有着密切的关系,只是在七古的基础上,增加了一些骈赋的诸如藻绘、对偶等特征,所以有时学者甚至将二者混称,在表述的时候,有时称"七古",有时称"歌行"。学者们在研究初唐七言古诗或者七言歌行的时候,总喜欢以王杨卢骆"四杰"为单位,研究他们的总体贡献。如陆侃如、冯沅君编著的《中国诗史》以为:"七古的正式成立之功,应该归之四杰。……而四杰的杰作却大半是七言的……这些虽不能算是第一流的诗,却可代表七言诗的成熟期。"② 赵昌平《从初、盛唐七古的演进看唐诗发展的内在规律》以为,初、盛唐七言古诗的演进,具有一种历史的趋势,经历了三个先后相生、不可分割的发展阶段。这三个阶段的划分是:"从唐初到高宗、武后时期为第一阶段。这一阶段,以初唐'四杰'为代表。……'四杰'之后至玄宗开元初为第二阶段。……开元初至天宝末为第三阶段。"③ 他还说:"'四杰'长篇歌行所表现的宏大气魄,倜傥风神,是唐人七古的基本素质。尽管后人欲斥之于正格之外,但是历史的事实是,若无'四杰'的开创,就决无更为成熟的、所谓'正格'的盛唐歌行。"④

那么,作为"四杰"之一的王勃,当然也对唐代七言歌行的发展作出了自己的贡献。笔者以为,其贡献主要表现在以下几个方面。

(一) 援赋入诗,拓展七言歌行

初唐之前,汉、魏六朝虽然也有人写过七古,但篇制一般都不会太长。根据赵昌平的统计,萧齐之前,七古的主要作家是鲍照,他人仅偶一为之,而鲍照七古超过二十句的,仅《行路难》(春禽啾啾旦暮鸣)一首,梁、陈后,作者渐多,篇制渐宽,……而这一时期,七古超

---

① 袁行霈主编:《中国文学史》第二卷,第 224 页。
② 陆侃如,冯沅君:《中国诗史》,第 346 页。
③ 赵昌平:《从初、盛唐七古的演进看唐诗发展的内在规律》,载《中国社会科学》1986 年第 6 期。
④ 赵昌平:《从初、盛唐七古的演进看唐诗发展的内在规律》,载《中国社会科学》1986 年第 6 期。

过三十句者,只有萧刚的《伤离新体诗》和江总的《宛转歌》。① 而到了初唐,情况就大为改观,王勃、卢照邻、骆宾王等所作的歌行,不仅数量多,而且篇幅长,如王勃的《采莲曲》36 句,《临高台》41 句②,卢照邻的《长安古意》68 句,另有 40 句左右的数首,骆宾王的《艳情代郭氏答卢照邻》《代女道士王灵妃赠道士李荣》在百句左右,而其《帝京篇》《畴昔篇》竟长达 200 句左右。将篇制短小的七古,发展成洋洋洒洒的七言歌行。

为什么一时之间,七言歌行获得如此迅猛的发展,我们以为,这是与以初唐王勃为主的诗文革新运动分不开的。杨炯在《王子安集原序》中云:"尝以龙朔初载,文场变体,争构纤微,竞为雕刻。……骨气都尽,刚健不闻。思革其弊,用光志业。"③ 这次诗文革新运动的主要对象当是五言诗歌与骈文,但一种革新思想,不可能只影响一种或两种文体的写作,他可能会影响到参与其中的作家的所有文体的写作。七言歌行甚至辞赋等应该也会受其影响。

试看这次改革后的诗文写作方式:"鼓舞其心,发泄其用,八纮驰骋于思绪,万代出没于毫端。契将往而必融,防未来而先制。动摇文律,宫商有奔命之劳;沃荡词源,河海无息肩之地。"④ 此正与司马相如"作赋"的方式极为相似。据《西京杂记》卷二载,司马相如友人尝问以作赋,"相如曰:'合綦组以成文,列锦绣而为质,一经一纬,一宫一商,此赋之迹也。赋家之心,苞括宇宙,总览人物,斯乃得之于内,不可得而传'"。⑤ 王勃所云的"八纮"意思为极远之地,《淮南子·地形》认为八殥之外而有八纮,而八殥在九州之外,可知八纮可引申为遥远广阔的空间;"万代"则可理解为漫长的时间。而司马相如的"宇宙",也不唯指广大的空间,《淮南子·齐俗》就认为宙乃往古来今

---

① 参见赵昌平《从初、盛唐七古的演进看唐诗发展的内在规律》,载《中国社会科学》1986 年第 6 期。
② 此诗有的版本开头为:"临高台,临高台,迢递绝浮埃。"则此诗共 41 句;而有的版本(如《文苑英华》)则为:"临高台,高台迢递绝浮埃。"则此诗共 40 句。
③ (唐)王勃著,(清)蒋清翊注,汪贤度校点:《王子安集注》,王子安集注卷首,第 69 页。
④ (唐)王勃著,(清)蒋清翊注,汪贤度校点:《王子安集注》,王子安集注卷首,第 69—70 页。
⑤ (晋)葛洪著,周天游校注:《西京杂记》,三秦出版社 2006 年版,第 93 页。

之意。因而，古人所谓的宇宙，乃是指无边无际的空间和无始无终的时间。可见宇宙即为"天地四方，古往今来"。因而王勃的"鼓舞其心，发泄其用。八纮驰骤于思绪，万代出没于毫端"。与司马相如的"赋家之心，苞括宇宙"，实际上是一回事。而在文字表现上，王勃所说的"动摇文律，宫商有奔命之劳；沃荡词源，河海无息肩之地"。与司马相如所说的"合綦组以成文，列锦绣而为质。一经一纬，一宫一商"。实质上也是相通的，就是在写作的过程中，要讲究文采音韵。

所以，可以说，王勃他们所进行的诗文革新，有向"赋"这种文体寻求借鉴的做法当是不错的。要想改变当时争构纤微、竞为雕刻、骨气都尽、刚健不闻的文坛现状，他们想到和利用"赋"这种具有铺张扬厉、气势恢宏的体裁，应该是他们追求壮大气象的一种方式。故而他们便援赋入诗，鉴于五言律诗在当时形式基本上已经固定下来了，于是他们便更多的把这种赋法用到形式体制尚未固定的七言诗歌上，以此来拓展七言歌行，使之与原先的短小篇章相比，成为皇皇巨制。赵昌平以为："七古长篇在梁、陈时开始出现，至'初唐四杰'时迅猛发展，并以流派的面貌出现，这是与当时最盛行的骈赋体的发展变化紧密相关的。"[①] 笔者以为，这种说法是有道理的。王勃他们援赋入诗，但"赋"在初唐"四杰"那里，事实上已是讲究声律对偶的"骈赋"了，因而七言歌行就在这种骈赋的影响下，在初唐的文坛上盛行起来。

当然，七古与赋的这种影响关系事实上是相互的，不只是七古从赋中吸收了养料而发展成长篇歌行，赋也从七古中借鉴了大量的七言句式。"七古与赋的这种相互影响的关系，在梁、陈、隋三朝愈益密切，其中最引人注目的，是当时骈赋中七言句的大量出现。……这种情况在唐代进一步发展。如王绩的《游北山赋》、《正元赋》、《三月三日赋》、《燕赋》……等，都在不同程度上参用七言。这在'四杰'赋中发展得尤其充分。如王勃《春思赋》长达二百多句，中用歌行句式者占80%左右。"[②]《艺苑卮言》卷四有云："子安诸赋，皆歌行也，为歌行则佳，

[①] 赵昌平：《从初、盛唐七古的演进看唐诗发展的内在规律》，载《中国社会科学》1986年第6期。

[②] 赵昌平：《从初、盛唐七古的演进看唐诗发展的内在规律》，载《中国社会科学》1986年第6期。

为赋则丑。"① 可见，"历史的事实当是，骈赋吸取歌行的七言句式，产生了七言化的骈赋，又反过来以其骈偶、藻绘、韵法、结构诸特点影响于七古，于是产生了骈赋化的七古。这一过程起于齐、梁，大于隋、陈，而在'四杰'手中发展到完美的地步"②。

（二）形成了七言歌行基本的体制规范

周裕锴在《王杨卢骆当时体——试论初唐七言歌行的群体风格及其嬗递轨迹》一文中，认为明清时期，杜甫所提出的"王杨卢骆体"成为初唐歌行的代称。③ 后世用"王杨卢骆体"来代称初唐歌行，可见"四杰"对于七言歌行的贡献之大，同时也说明，他们的歌行，已经形成了自己的体制规范。足以让后世称之为"体"。在此，主要以王勃的作品，来看看这种歌行的特征。

在主题内容上，王勃的歌行多表达"离别相思"以及"盛衰之感"。如《采莲曲》表达的就是"吴姬越女"对于塞外征夫的相思之情；《临高台》则在"高台四望同，佳气郁葱葱""赤城映朝日，绿树摇春风"④ 的盛世繁华中，忽然慨叹道："君看旧日高台处，柏梁铜雀生黄尘。"⑤ 从而揭示了其盛衰之感。初唐其他作家的歌行也以类似的主题为主，如骆宾王的《艳情代郭氏答卢照邻》《代女道士王灵妃赠道士李荣》等表达的就是离别相思，而卢照邻的《长安古意》表达的则是沧海桑田，世事变幻的盛衰之感。

在结构上，王勃等的七言歌行则表现出了"一篇之中，三致意焉"的回环往复的特征。如其《采莲曲》中，就有"江讴越吹相思苦""塞外征夫犹未还""佳人不在兹""还羞北海雁书迟""共问寒江千里外，征客关山路几重"⑥ 等语句，一遍又一遍的来表达相思的主题。这种特

---

① （明）王世贞著，陆洁栋、周明初批注：《艺苑卮言》，凤凰出版社2009年版，第52页。
② 赵昌平：《从初、盛唐七古的演进看唐诗发展的内在规律》，载《中国社会科学》1986年第6期。
③ 杜甫《戏为六绝句》其二云："王杨卢骆当时体，轻薄为文哂未休。尔曹身与名俱灭，不废江河万古流。"
④ （唐）王勃著，（清）蒋清翊注，汪贤度校点：《王子安集注》，第74—75页。
⑤ （唐）王勃著，（清）蒋清翊注，汪贤度校点：《王子安集注》，第76页。
⑥ （唐）王勃著，（清）蒋清翊注，汪贤度校点：《王子安集注》，第73—74页。

征在歌行以后的发展中基本持续着。如葛晓音就曾指出，盛唐歌行"仍保持着'一篇之中，三致意焉'的基本特征"①。

在句型上，主要以七言为主，夹杂五言和三言。句式较为灵活、自由，流畅感强。有些作家的歌行则通篇都是七言句式。但这种七言与杂言相结合的歌行，在盛唐诗人李白那里得到了很好的继承和发展，如其《蜀道难》等歌行，从三言、四言，甚至到十数言等，随意变化，显示出了歌行语言流畅自由的无穷魅力。

在韵律上，王勃的歌行已经显示出了初唐长篇歌行押韵灵活，婉转优美的特点。如其《采莲曲》（押韵首字笔者已用着重号标出）：

采莲归，绿水芙蓉衣。秋风起浪凫雁飞。桂棹兰桡下长浦，罗裙玉腕轻摇橹。叶屿花潭极望平，江讴越吹相思苦。相思苦，佳期不可驻。塞外征夫犹未还，江南采莲今已暮。今已暮，采莲花。渠今那必尽倡家。官道城南把桑叶，何如江上采莲花。莲花复莲花，花叶何稠叠。叶翠本羞眉，花红强似颊。佳人不在兹，怅望别离时。牵花怜共蒂，折藕爱连丝。故情无处所，新物徒华滋。不惜西津交佩解，还羞北海雁书迟。采莲歌有节，采莲夜未歇。正逢浩荡江上风，又值徘徊江上月。徘徊莲浦夜相逢，吴姬越女何丰茸。共问寒江千里外，征客关山路几重。②

此诗35句，共押了六个韵，其中两句、三句、六句一换韵的各一个，八句换韵的三个。虽然没有形成《春江花月夜》那样四句一换韵的固定格式，但已不是通篇押一韵的简单呆板模式，而是随着行文和情感表达的需要灵活自由的去处理押韵问题。

在修辞上，王勃运用了诸如对偶，顶针，重复等。讲究对仗的骈偶结构在王勃的歌行中占有一定的比例，比如在《采莲曲》中有："叶翠本羞眉，花红强似颊"，"牵花怜共蒂，折藕爱连丝"，"不惜西津交佩

---

① 葛晓音：《初盛唐七言歌行的发展——兼论歌行的形成及其与七古的分野》，载《文学遗产》1997年第5期。
② （唐）王勃著，（清）蒋清翊注，汪贤度校点：《王子安集注》，第73—74页。

解，还羞北海雁书迟"，"正逢浩荡江上风，又值徘徊江上月"① 等。在《临高台》中有"东迷长乐观，西指未央宫。赤城映朝日，绿树摇春风。旗亭百队开新市，甲第千甍分戚里。朱轮翠盖不胜春，迭榭层楹相对起"，"锦衣昼不襞，罗帏夕未空。歌屏朝掩翠，妆镜晚窥红"，"鸳鸯池上两两飞，凤凰楼下双双度"② 等。这些骈偶结构，尤其是像《临高台》这样在形式上数句相连，在内容上描述宫殿苑囿的骈偶结构，正是援赋入诗的体现，给全诗增入了刚健的气势。顶针也是歌行常用的修辞手法，王勃的歌行中也不乏顶针的运用。如《采莲曲》中的"江讴越吹相思苦。相思苦，佳期不可驻"等。这种顶针手法的运用，当是受乐府诗歌影响的结果。歌行中也常常运用词语的重复来增强表达效果。王勃的《采莲曲》中，像"采莲""莲花""花"等词语皆重复数次。盛唐诗人李白也喜欢在歌行中运用重复的手法来表情达意，增强语势，如《胡无人行》中，就多次重复"胡无人""敌可摧"等；《悲歌行》中多次重复"悲来乎悲来乎"等。

以上诸特点，使得歌行这种诗体，真正具有了婉转流畅的音乐美。此外，王勃的歌行在语言的运用上，也较为华丽，如《临高台》中，就有"紫阁""丹楼""璧房""锦殿""赤城""朱轮""翠盖""绣户""文窗""银鞍""绣毂"等。

与卢照邻、骆宾王、刘希夷、张若虚等初唐歌行作者相比，可以说歌行的写作不是王勃的强项，成绩也不如他们突出，没有创作出"诗中的诗，顶峰上的顶峰"③，但毕竟他立足于时代，在诗文革新的旗帜下，与上述作者一样，也创作出了思想上和艺术上都凝结着时代特点的作品，何景明在《明月篇序》中甚至以为："而四子者虽工富丽，去古远甚，至其音节，往往可歌。乃知子美辞固沉着，而调失流转；虽成一家语，实则诗歌之变体也。"④ 可见在有些学者那里，王勃他们在初唐所创作的歌行，因其具有"音节可歌"的音乐性，被认为是歌行的"正

---

① （唐）王勃著，（清）蒋清翊注，汪贤度校点：《王子安集注》，第73—74页。
② （唐）王勃著，（清）蒋清翊注，汪贤度校点：《王子安集注》，第75—76页。
③ 闻一多：《宫体诗的自赎》，载《神话与诗》，第242页。
④ （明）何景明著，李淑毅等校点：《何大复集》，中州古籍出版社1989年版，第210页。

体"。这样的评价虽然有"过誉"之嫌①,但现代依旧有学者认为:"我们有理由相信,七言歌行比其他诗体更能展示'唐音始肇'时期的时代审美风貌。……标志着中国古典诗歌审美类型的重要转化。"② 葛晓音也曾指出:"初唐七言乐府歌行虽以其骈俪浮靡被明清诗话视为承袭梁陈的'初制',但确立了七言歌行基本的体制规范,而且以后世难以企及的声情宏畅流转之美,成为七言乐府歌行史上不可复返的一个阶段。"③ 无疑,王勃也为此作出了自己的贡献。

---

① 如王士禛《论诗绝句》认为:"接迹风人明月篇,何郎妙悟本从天。王杨卢骆当时体,莫逐刀圭误后贤。"颇不以何景明之论为然。《四库全书总目提要·大复集》对此评价颇为公正:"其实七言肇自汉氏,率乏长篇。魏文帝《燕歌行》以后,始自为音节。鲍照《行路难》始别成变调,继而作者实不多逢。至永明以还,蝉联换韵宛转抑扬规模始就。故初唐以至长庆,多从其格。即杜甫诸歌行,鱼龙百变不可端倪。而《洗兵马》《高都护》《骢马行》等篇亦不废此一体。士禛所论以防浮艳涂饰之弊则可,必以景明之论足误后人,则不免于惩羹而吹齑矣。"

② 周裕锴:《王杨卢骆当时体——试论初唐七言歌行的群体风格及其嬗变轨迹》,载《天府新论》1988年第4期。

③ 葛晓音:《初盛唐七言歌行的发展——兼论歌行的形成及其与七古的分野》,载《文学遗产》1997年第5期。

第四章

引领辞赋发展方向

　　赋是我国古典文学最重要的文体之一。初唐时期，赋的创作也非常活跃。王氏家族的主要作家，对于赋这种传统而又处于不断发展变化中的文体，其创作也颇有创获。王绩少年时代所创作的赋就获得了极高的评价。吕才《王无功文集序》云："年十五，游于长安，……河东薛道衡曾见其《登龙门忆禹赋》，曰：'今之庾信也！'"① 可见其赋作水平之高，惜此赋已佚。王绩现存赋四篇，分别为《游北山赋》《元正赋》《三月三日赋》《燕赋》。王勃在《上吏部裴侍郎启》中曾对赋这种文体提出批判："屈宋导浇源于前，枚马张淫风于后。"② 认为其浮华不实，但王勃现存赋12篇，分别为：《春思赋》《七夕赋》《九成宫东台山池赋》《游庙山赋》《寒梧栖凤赋》《曲江孤凫赋》《驯鸢赋》《采莲赋》《涧底寒松赋》《慈竹赋》《青苔赋》以及《释迦佛赋》。白承锡根据《全唐文》的统计认为："初唐存赋大略有一百多篇，而其中王勃存赋最多，约占十分之一，可称为代表性的赋家。"③

　　王氏家族的作家注重赋的艺术表现，文辞优美，如《旧唐书·王勃传》就认为《采莲赋》辞彩甚美。王勃的赋多讲究骈俪对偶，属于骈赋的范畴。"这些赋作不论在题材的开拓和语言形式的创新等方面，都引领了初唐赋发展的方向。"④ 取得了较高的艺术成就，为赋这种文体的发展创新作出了贡献。

---

　　① （唐）王绩著，韩理洲校点：《王无功文集》（五卷本会校），《王无功文集序》，第1—2页。
　　② （唐）王勃著，（清）蒋清翊注，汪贤度校点：《王子安集注》，王子安集注卷首，第130页。
　　③ ［韩］白承锡：《王勃赋之探讨》，载《江苏社会科学》1995年第2期。
　　④ ［韩］白承锡：《王勃赋之探讨》，载《江苏社会科学》1995年第2期。

王氏家族的作家在赋体文学的发展创新方面主要取得了以下成就。

一　形式的拓展

赋的文体形式在文学史上一直处于不断的发展变化之中。至本书所探讨的王氏家族生活的时代，赋已历经了屈宋以及贾谊、东方朔等为代表作家的骚体赋，[①] 以司马相如、班固等为代表作家的汉大赋，以王粲、陆机、潘岳等为代表作家的抒情小赋，以鲍照、江淹、庾信为代表作家的骈赋等形式的流变。可见赋的形式体制极不固定。为此，日本学者前野直彬以为："与其说赋的韵文形式极不固定，还不如说没有固定的形式。只要适宜于朗诵就行。因此为适宜朗诵，自然而然的产生了一定的形式，是理所当然的。"[②]《汉书·艺文志》也早就注意到了赋不歌而诵的特点。因为适宜朗诵的形式不是单一的，所以赋的形式也随着时代的变化，演绎出丰富多彩的形式。

唐朝是诗歌大发展的黄金时代，诗歌在发展的过程中，不仅善于借鉴其他文体的因素来发展自己（如上文提到的援赋入诗），而且作为一种具有强大的生命力的文体，还为其他文体提供借鉴。而在诸种文体中，赋与诗歌的距离应该是最近的，汉人以为诗赋同源，因而在赋的创作中，借鉴诗歌创作的某些因素应该是可行的。故而王氏家族的作家们就借鉴了诗歌的某些因素，援诗入赋，拓展了赋的表现形式。王氏家族在赋体文学形式上的发展主要表现在两个方面。

（一）援诗入赋，形成歌行体赋

赋作为一种创作手法，是《诗经》六义之一。刘勰《文心雕龙·诠赋》云："诗有六义，其二曰赋。赋者，铺也；铺采摛文，体物写志也。"[③] 作为文体之赋，其形式介于诗、文之间，如班固《两都赋序》就认为赋乃古诗之流。这种说法得到了广泛的认可，如李白《大猎赋》

---

① 马积高《赋史》以为，赋的形成有三种途径：其一，由楚歌演化而来，即所谓的骚赋，骚体赋。参见马积高《赋史》，上海古籍出版社1987年版，第4—5页。
② 前野直彬：《中国文学序说》，转引自佐藤一郎著《中国文章论》，上海古籍出版社1996年版，第10页。
③ （南朝梁）刘勰著，杨明照校注拾遗：《增订文心雕龙校注》，第98页。

亦云："白以为赋者，古诗之流，辞欲壮丽，义归博远。"① 可见诗赋之间具有亲密的渊源关系。所以魏晋以来，在诗赋的发展过程中，赋不断地汲取诗歌的抒情因素，抒情小赋从而得以蓬勃发展。南朝作家的一些赋作中，已经出现了诗化的句子。在此基础上，王氏家族的作家更是前进了一步，在创作上形成了歌行体赋。

王绩现存的四篇赋中，有两篇具有诗化倾向。如《三月三日赋》共186句，其中显示骈赋特征的四、六言134句（包括带之、而、则、诸等起结构句子作用的词语的七言和五言句），五、七言诗句52句（其中五言24句，七言28句）。诗歌句子占到了1/4以上。其《元正赋》共73句，四、六言31句，五、七言诗句42句（其中五言20句，七言22句），诗歌句式的数量已经超过了骈体的四六句。像"椒花颂逐回文写，柏叶樽宜长命歌。遥忆二京风光好，玉成正殿年光早"② 等句子，俨然七言歌行。这种援诗入赋的写作方式在王勃那儿得到了更加充分的发展。其《春思赋》中，更是出现了大量像"霜前柳叶衔霜翠，雪里梅花犯雪妍"③ 这样的七言对句。有学者已经注意到："《春思赋》最引人注目的特色，是赋中大量运用诗歌的句式，显示了赋的诗化倾向。全赋共202句，作为骈赋基本句式的四、六言只有39句（四言12句，六言27句），而作为诗歌基本句式的五、七言却有163句（五言53句，七言110句），占有全赋的八成以上；而且大多四句或八句一转，用韵的方法（或句句押韵，或隔句押韵）亦与歌行体诗歌没有多少差别。"④ 其《采莲赋》等也具有这种歌行化的特征。"《春思赋》、《采莲赋》都颇华艳；以七言诗句为主体，与萧绎、庾信等人的某些小赋相似，而铺张过之。"⑤ 正是这种五、七言诗句在赋中的大量运用，其赋被诸多论者作为歌行来看待，如王世贞《艺苑卮言》卷四有云："子安诸赋，皆歌行也。"⑥

---

① （唐）李白著，王琦注：《李太白全集》，中华书局2011年版，第50页。
② （唐）王绩著，韩理洲校点：《王无功文集》（五卷本会校），第29—30页。
③ （唐）王勃著，（清）蒋清翊注，汪贤度校点：《王子安集注》，第3页。
④ ［韩］白承锡：《王勃赋之探讨》，载《江苏社会科学》1995年第2期。
⑤ 马积高：《赋史》，第264页。
⑥ （明）王世贞著，陆洁栋、周明初批注：《艺苑卮言》，凤凰出版社2009年版，第52页。

上文曾提到，王勃的歌行也援用了赋法，可见，他善于把这两种文体互相借鉴，从而使之表现出新的特色。有学者指出："《采莲赋》是诗化的赋，《采莲曲》是赋化的诗。"① 这种在创作中借鉴其他文体的方式，在文学史上时时可见，代不乏人。"像萧纲的骈文被称为'赋手诗心'，来肯定他的融汇之功。'四杰'之后，有古文大家韩愈的'以文为诗'自成一家，有诗歌大家苏东坡'以诗为词'开一代词风。"②

此外，形成这种歌行体赋的一个重要的原因还在于，赋的形式体制因为没有固化，所以也为它吸收其他文体的因素来丰富自己的表现方式提供了契机。有研究者认识到："赋作为一种文体，虽然已经保留了自己的基本要素，但它'向外开放'，糅合了诗歌、散文等多种文学形式中的积极因素，得以不断进化。"③

林庚先生在讨论王绩的《野望》时，曾提出了如下观点："从汉的统一到唐的统一，在文学史上正是反映为从赋的时代走向了诗的时代。而初唐则是这一演变的加速过程。赋原带着有浓厚的宫廷习气，这首诗完全摆脱了赋体，正标志着诗赋消长这一鲜明的历史转变。"④ 这种说法也为王氏家族的作家在赋的创作上借鉴诗歌的写作方式，大量运用诗歌语句来撰写赋提供了一种解释思路。在初唐，除了王绩、王勃这些王氏家族的作家外，像骆宾王等人也善于借鉴诗歌的句式，来进行赋的创作。如其《荡子从军赋》就大量运用七言句，明人胡应麟认为其中赋语不过1/3，李梦阳甚至把它列为七言歌行。⑤ 可见其赋向诗歌靠拢的痕迹也非常明显。因此在当时，赋的诗化不是单一的现象。只是王勃与他人相比，赋的诗化现象更明显而已。以至于王世贞会认为"子安诸赋，皆歌行"。而赋的诗化发展下去的趋势就是赋的自我否定。好在，此后赋这种文体一直存在于古典文学的创作领域内，有学者甚至认为：

---

① ［韩］白承锡：《王勃赋之探讨》，载《江苏社会科学》1995年第2期。
② 胡朝雯：《初唐四杰的辞赋、骈文对诗歌革新的影响》，载《衡阳师范学院学报》（社会科学版）2001年第4期。
③ 康学伟：《简论中国赋体文学的发展》，载《松辽学刊》1988年第3期。
④ 林庚：《中国文学简史》，北京大学出版社1995年版，第199—200页。
⑤ 参见杨柳、骆祥发《骆宾王评传》，北京出版社1987年版，第351页。

"诗莫盛于唐，赋亦莫盛于唐。"① 为此，我们不必担心王氏家族的作家对歌行体赋的创作，会导致赋这种文体的消亡。为此，本书以为，在赋体文学的发展史上，因王氏家族作家和同时代人的创作实践，丰富了赋的表现形式。

（二）援诗入赋，创作了律赋

王勃的《寒梧栖凤赋》被认为是现存最早的一篇律赋。姜书阁在《骈文史论》中谓："我认为在今所能见到的唐人文集中最早一个存有律赋的是王勃，其赋题为《寒梧栖凤赋》，……也可能是他在麟德初（按：高宗李治年号，麟德初为公元664年）以刘祥道之表荐，对策高第时所作。"②

《文苑英华》卷一三五在此赋中注明"以孤清夜月为韵"，兹录此赋如下：

> 凤兮凤兮，来何所图？出应明主，言栖高梧。梧则峰阳之珍木，凤则丹穴之灵雏。理符有契，谁言则孤。游必有方，哂南飞之惊鹊；音能中吕，嗟入夜之啼乌。况其灵光萧散，节物凄清。疏叶半殒，高歌和鸣。之鸟也，将托其宿；之人也，焉知此情。月照孤影，风传暮声。将振耀其五色，似箫韶之九成。九成则那，率舞而下。怀彼众会，固知淳化。虽璧沼可饮，更能适于醴泉；虽琼林可栖，复忆巡于竹榭。念是欲往，敢忘昼夜。苟安安而能迁，我则思其不暇。故当披拂寒梧，翻然一发。自此西序，言投北阙。若用之衔诏，冀宣命于轩阶；若使之游池，庶承恩于岁月。可谓择木而俟处，卜居而后歌，岂徒比迹于四灵，常栖栖而没没。③

此赋的特点就是限韵，而这正是律赋的特点。律赋仍然属于骈赋，

---

① 清王芑孙《读赋序言》："诗莫盛于唐，赋亦莫盛于唐。"载何沛雄编《赋话六种》，生活·读书·新知三联书店1982年香港第一版，第5页。
② 马积高：《赋史》，第361页。
③ （唐）王勃著，（清）蒋清翊注，汪贤度校点：《王子安集注》，第30—32页。韵脚着重号根据姜书阁《骈文史论》，人民文学出版社1986年版，第450页所加。从整篇赋来看，其用韵不只限于《文苑英华》所注的"孤清夜月"四韵。

"律赋之异于骈赋者，严格说来，只有限韵一事"。①

作赋而要限韵，可见律赋是比骈赋难度更大的一种赋。一般认为律赋的产生是唐代科举制度的产物。现存唐代律赋多是应试和准备应试之作。宋吴曾《能改斋漫录》"试赋八字韵脚"条云："赋家者流，由汉晋历隋。唐之初，专以取士。止命以题，初无定韵。至开元二年，王邱员外知贡举，试《旗赋》，始有八字韵脚，所谓'风日云浮，军国清肃'。见伪蜀冯鉴所记《文体指要》。"② 所以一般认为，律赋是开元之后才产生的。但王勃此篇，无疑是由骈赋而限韵的律赋。"由此可知。唐代律赋在高宗时代就形成了，而非通常所说玄宗开元之后才有律赋，这是王勃对赋体文学发展的又一贡献。"③

因为作律赋要限韵，所以很多论者以为这对于创作是不利的。如姜书阁以为："这一点就增加了作赋的麻烦，拘牵遂多，赋的艺术性乃愈少。"④ 从一般意义上讲这是有道理的。但王勃的这篇《寒梧栖凤赋》无疑具有很高的艺术性。虽然是限韵之作，但对于王勃来说，看不出有什么滞障之处。其语言高华而不刻意词藻的雕琢，其言风"冀宣命于轩阶""庶承恩于岁月""择木而俟处"，希望能够为朝廷效力的用意也是知识分子常用的主题。正可看出年轻的王勃期望建功立业的抱负。因而这种限韵对于才华横溢的王勃而言，正如戴着镣铐跳舞，而其舞姿依然优美动人。虽然现存的律赋很少佳作，但作为一种考试的文体，应该能够考察出作者驾驭语言的能力和才华。

王勃现存的其他赋都是骈赋。律赋只此一篇。律赋的创作，无疑是借鉴了诗歌讲求声律音韵的艺术特点。明徐师曾《文体明辨序说》云："至于律赋，其变愈下。始于沈约'四声八病'之拘，中于徐、庾'隔句作对'之陋，终于隋唐宋取士限韵之制。但以音律谐协，对偶精切为工，而情与辞皆置弗论。"⑤ 此说虽然旨在贬低律赋，但却指出了律赋受音韵声律、对偶等的限制，同时也可看出律赋是随着诗歌律化的发

---

① 姜书阁：《骈文史论》，第450页。
② 转引自姜书阁《骈文史论》，第451页。
③ ［韩］白承锡：《王勃赋之探讨》，载《江苏社会科学》1995年第2期。
④ 姜书阁：《骈文史论》，第450页
⑤ 转引自姜书阁《骈文史论》，第449页。

展,借鉴了其对音韵声律的要求而形成的。

上文已经论述了王勃在律诗的定型过程中,做出了重要贡献。因为他对于诗律深有研究,不难把这种律诗创作的经验借鉴到赋的创作中来。因为王勃的此篇律赋是现存最早的律赋,所以我们不妨把这份援诗歌音韵声律入赋的开创之功算在王勃身上。

二 题材的开拓

王氏家族的作家们不唯在赋的形式上有所发展,在赋的题材和思想内容方面亦有所开拓。主要表现在山林隐逸赋、游览赋和边塞题材的赋的创作上。

王绩的《游北山赋》创作于晚年的隐居时期,是一篇隐逸题材的赋。其赋有云:"忽焉四散,于今二纪。"① 此处主要描述了回忆王通当年在北山讲学的情况。点明距离王通的去世时已经"二纪",即二十四年。王通去世时为大业十三年(617),因而此赋写于贞观十五年(641),即王绩去世前三年。

这篇赋全文共489句,2471字。为初唐长赋之一。其内容主要由三部分组成。第一部分内容主要阐明自己选择归隐的原因,分布在赋的开头部分。其赋云:

> 天道悠悠,人生若浮。古来贤圣,皆成去留。八眉四乳,龙颜凤头。殷忧一代,零落千秋。暂时南面,相将北游。玉殿金舆之大业,郊天祭地之洪休。荣深情厚,乐不供愁。何况数十年之宰相,五百里之公侯?兢兢业业,长思长忧。昔怪燕昭与汉武,今识图仙之有由。人谁不愿?直是难求。……已矣哉!世事自此而可见,何为而惘惘?弃卜筮而不占,余将纵心而长往。任物孤遗,情之直上。……庄周三月而不朝,瞿昙六年而遐想。有是夫,况吾之不如先达矣!请交息而自逸,聊习静而为娱。②

---

① (唐)王绩著,韩理洲校点:《王无功文集》(五卷本会校),第5页。
② (唐)王绩著,韩理洲校点:《王无功文集》(五卷本会校),第2页。

在看破了"古来贤圣,皆成去留","殷忧一代,零落千秋",即使暂时南面称王,最终也难免"北游"(死亡)的命运,王绩决定"任物孤遗,情之直上","请交息而自逸,聊习静而为娱"。于是选择了归隐。王绩选择归隐当然更有怀才不遇的原因。

第二部分内容主要描述山光之美与隐居之乐,分布于赋的中间部分及后半部分,如:

> 蒋元诩之三径,陶渊明之五柳。君平坐卜于市门,子真躬耕于谷口。或托闾闬,或潜山薮,咸遂性而同乐,岂违方而别守?余亦无求,斯焉独游。
>
> 属天下之多事,遇山中之可留。聊将度日,忽已经秋。菊花两岸,松声一丘。不能役心而守道,故将委运而乘流。伊林涧之虚受,固樵隐之俱托。逢故客于中流,遇还童于绝壑。云峰龟甲而重聚,霞壁龙鳞而结络。水出浦而浅浅,雾舍川而漠漠。是欣是赏,爱游爱豫。结萝幌而迎宵,敞茅轩而待曙。……
>
> 戒非佞佛,斋非媚道。言誉无功,形骸自空。坐成老圃,居焉下农。身与世而相弃,赏随山而不穷。披衣灶北,逐食墙东。①

这些关于山光景物的描写以及隐居的乐趣,与陶渊明的《归去来兮辞》有异曲同工之妙。二者委运乘流,以欣喜的心情陶醉于自然山水,丘壑田园,乐天知命的心态非常相似。陶渊明的"富贵非吾愿,帝乡不可期"②一句,最为王绩所激赏,二者在隐居山水田园的过程中,获得了较为相似的体验和感受。

第三部分内容主要是回忆其兄王通在北山隐居讲学时的情形,分布在赋的中部:

> 白牛溪里,岗峦四峙。信兹山之奥域,昔吾兄之所止。
>
> 许由避地,张超成市。察俗删《诗》,依经正史。康成负笈而相继,安国抠衣而未已。组带青衿,锵锵儗儗。阶庭礼乐,生徒杞

---

① (唐)王绩著,韩理洲校点:《王无功文集》(五卷本会校),第4—8页。
② (晋)陶渊明著,袁行霈笺注:《陶渊明笺注》,中华书局2011年版,第318页。

梓。山似尼丘，泉疑泗浨。……触石横肱，逢流洗耳。取乐经籍，忘怀忧喜。时挟策而驱羊，或投竿而钓鲤。何图一旦，邈成千纪。木坏山颓，舟移谷徙。北岗之上，东岩之前，讲堂犹在，碑书宛然。想闻道于中室，忆横经于下筵。坛场草树，苑宇风烟。昔文中之僻处，谅遭时之丧乱。守逸步而须时，蓄奇声而待旦。旅人小吉，明夷大难。建功则鸣凤不闻，修书则获麟为断。①

这部分内容以满怀深情的笔触回忆了其兄王通在此处聚徒讲学，取乐经籍，守道著书的情形。王绩晚年虽然受道家思想影响颇深，但王通一直是他崇拜的对象，对王通的怀念一方面说明他们之间的手足情深，同时也表明他对于青少年时代勤学经籍，"明经思待诏"生活的缅怀。

王绩的《游北山赋》"洗净了六朝的脂粉，而别有一种淡雅的风韵，不仅在骈赋中属上乘之作，在当时且有一新时人耳目的作用"②。其"价值在于它不用华丽的词藻却把田园山水的美描绘得真切自然，对其兄王通当年隐居教授的情况和他本人隐居的情趣也描绘得形象生动"③。从题材上来看，它是一篇继陶渊明《归去来兮辞》之后的山林隐逸题材的赋。开初唐山林隐逸题材赋之先河。"《游北山赋》所复活和开拓的山林隐逸题材，无疑丰富和发展了初唐赋的内容，其质朴自然的风格，对雕琢浮靡风气尚盛行的初唐文坛，也是一个重大的冲击。"④

王氏家族对赋体题材的另一开拓为赋中出现了边塞题材。正如王勃等四杰之诗由宫廷走向了关山与塞漠，他们的赋也由台阁转向了边塞等更为广阔的空间。如王勃的《春思赋》中，就有大段描写边塞的内容：

自狂夫之荡子，成贱妾之倡家。狂夫去去无穷已，贱妾春眠春未起。自有兰闺数十重，安知榆塞三千里。榆塞连延玉关侧，云间沉沉不可识。葱山隐隐金河北，雾里苍苍几重色。忽有驿骑出幽

---

① （唐）王绩著，韩理洲校点：《王无功文集》（五卷本会校），第5页。
② 马积高：《赋史》，第262页。
③ 马积高：《赋史》，第261页。
④ ［韩］白承锡：《初唐山林隐逸赋之研究》，载《滁州师专学报》2002年第4期。

并，传道春衣万里程。龙沙春草遍，瀚海春云生。疏勒井泉寒尚竭，燕山峰火夜应明。语道河源路远远，谁教夫婿苦行行。君行塞外多霜露，为想春园起烟雾。游丝生罥合欢枝，落花自绕相思树。春望年年绝，幽闺离绪切。春色朝朝异，边庭羽书至。都护新封万里侯，将军稍定三边地。长旆犹衔扫云色，宝刀尚拥干星气。昨夜祁连驿使还，征夫犹在雁门关。君度山川成白首，应知岁序歇红颜。红颜一别同胡越，夫婿连延限城阙。羌笛唯横陇路风，戎衣直照关山月。春色徒盈望，春悲殊未歇。复闻天子幸关东，驰道烟尘万里红。析羽摇初日，繁笳思晓风。后骑犹分长乐馆，前旌已映洛阳宫。①

此段虽然主要以思妇的口吻来描述征夫和边塞生活，但依旧形象生动，且因添一份思妇的牵挂而更显此赋所蕴含的深情。赋中的边塞生活主要是通过思妇的想象和耳闻来展开的，如"疏勒井泉寒尚竭，燕山峰火夜应明"是思妇想象中的边塞；而"语道河源路远远，谁教夫婿苦行行"。"昨夜祁连驿使还，征夫犹在雁门关"等则与思妇的耳闻有关。赋中边塞生活正是通过思妇的想象和耳闻而展现出了绵绵无尽的春思。

其《采莲赋》中也有关于征夫、思妇的边塞题材的内容，如：

忽君子兮有行，复良人兮远征。南讨九真百越，北戍鸡田雁城。念去魂骇，相视骨惊。临枉渚之一送，见秋潭兮四平。与子之别，烟波望绝。念子之寒，江山路难。②

其表达出的思妇、征夫一旦别离，即"烟波望绝"与《春思赋》中的"红颜一别成胡越"的情形是一致的。而其"念子之寒，江山路难"也与《春思妇》中的"君行塞外多霜露，为想春台起烟雾"的关怀与牵挂的感情基调相同。

"四杰"之一的骆宾王也写有边塞题材的《荡子从军赋》等，所有

---

① （唐）王勃著，（清）蒋清翊注，汪贤度校点：《王子安集注》，第7—10页。
② （唐）王勃著，（清）蒋清翊注，汪贤度校点：《王子安集注》，第51页。

这些，都与王勃一起，共同开拓了初唐赋的题材。

三　鲜明的抒情特色

王氏家族的赋作在抒情上也表现出了鲜明的特色。现概括如下。

（一）注重人物情绪感受的多元化

王勃《采莲赋》中有："赏由物召，兴以情迁。故其游泳一致，悲欣万绪。"① 表现出来的是虽然面对的景物相同，但因"兴以情迁"，故而思绪非一，情态各异。《春思赋》云："风物虽同候，悲欢各异伦。"② 描述的也是同一景观下人们的不同感受。这种同一物象下的多元感受，应是王勃对自己和他人的情感体验进行了深刻的体会和观察之后得出的。在日常生活中，人们面对同样的景象，但因为心情不同，就会产生不同的感受。不同的人面对同样的情形，也会生发出不同的感觉和情感。

此前，赋作家们也曾注意描述人们的情感体验，如对后世产生重大影响的江淹的《恨赋》《别赋》等。但"江淹侧重于系列事项之下人们的共同感受，因此《恨赋》《别赋》铺陈的系列事象虽然纷繁复杂，但所传达的情感在类别上却是单一的。王勃则不同，他的《采莲赋》既描写了众多的采莲事象，又传达了悲欢相异的多种情感。也就是说，在情感的抒发方面，《恨赋》《别赋》与《采莲赋》《春思赋》之间有着明显的单一和多元之别。对比之下，王勃的视野胸怀更为开阔，作品内涵外延更加丰富多彩"③。无疑，这种纷繁复杂的感受，更加接近生活的真实和情感的真实，同时也表明人们的思维方式正朝着立体多元的方向转变。

（二）侧重于主观抒情

汉代的京都大赋等以再现客观为主，六朝的抒情小赋开始注重主观

---

① （唐）王勃著，（清）蒋清翊注，汪贤度校点：《王子安集注》，第45页。
② （唐）王勃著，（清）蒋清翊注，汪贤度校点：《王子安集注》，第13页。
③ 史实：《江淹二赋对初唐文坛的影响》，载《东北师大学报》（哲学社会科学版）1994年第4期。

情感的抒发，如王粲的《登楼赋》等。隋唐之际的王氏家族的作家，在赋的创作中，更是注重主观感情的抒发。如王绩的《游北山赋》就抒发了洞察世态的达观之情，怀才不遇的惆怅之情，隐居山野的悠闲之情，怀念兄长的手足之情等纷繁复杂的情感。王勃的《春思赋》等同样也具有很强的抒情性。其序云："屈平有言，目极千里伤春心。因作《春思赋》，庶几乎以极春之所至，析心之去就云尔。"① 感物抒情的创作动机非常明显。"《春思赋》和《采莲赋》在体物中强化了诗的抒情特质，把内容的中心放在个人心情的抒发，真实反映了初唐才华横溢的年轻文人心中的苦闷和追求。"② 而"极春之所至，析心之去就"，往往使其作品能够达到情景交融的艺术境界。

（三）豪迈之气与超越情怀

王绩《三月三日》赋有云："校书芸阁之上，射策兰台之前。"③ 表达了建功立业的豪迈之气。王勃《春思赋序》曰："此仆所以抚穷贱而惜光阴，怀功名而悲岁月也。岂徒幽宫狭路，陌上桑间而已哉。"④ 其赋云："会当一举绝风尘，翠盖朱轩临上春。朝升玉署调天纪，夕憩金闺奉帝纶。长卿未达终希达，曲逆长贫岂剩贫。年年送春应未尽，一旦逢春自有人。"⑤ 表达了希望趁着春光建立功名的强烈愿望。故而马积高在《赋史》中指出："《春思赋》于艳丽之中，寓豪迈之气，与梁时宫体作者之一味描写春色骀荡者不同。"⑥

建功立业的豪情没有实现之后，他们的赋中便体现出一种超越的情怀。如王绩在《游北山赋》中云："天网宽宽，人生岂难？饮河知足，巢林必安。亦何荣而拾紫，亦何羡于还丹？红藜促节之杖，绿箨斑文之冠。野餐二簋，园蔬一盘。送阮籍而长啸，得刘伶而甚欢。"⑦ 表现出了一种不再追慕功名的自足于山野的境界。王勃《青苔赋》亦云："惟

---

① （唐）王勃著，（清）蒋清翊注，汪贤度校点：《王子安集注》，第2页。
② ［韩］白承锡：《王勃赋之探讨》，载《江苏社会科学》1995年第2期。
③ （唐）王绩著，韩理洲校点：《王无功文集》（五卷本会校），第34—35页。
④ （唐）王勃著，（清）蒋清翊注，汪贤度校点：《王子安集注》，第2页。
⑤ （唐）王勃著，（清）蒋清翊注，汪贤度校点：《王子安集注》，第14—15页。
⑥ 马积高：《赋史》，第264页。
⑦ （唐）王绩著，韩理洲校点：《王无功文集》（五卷本会校），第7页。

爱憎之未染，何悲欢之诡赴。宜其背阳就阴，违喧处静。不根不蒂，无迹无影。耻桃李之暂芳，笑兰桂之非永。故顺时而不竞，每乘幽而自整。"[1] 王勃从青苔那一抹处微而永恒的生命之绿中，悟出了委运顺时的超脱情怀。

总之，王氏家族的作家对于赋这种传统的文体在隋唐之际的发展，以其创作实践作出了重要贡献。

---

[1] （唐）王勃著，（清）蒋清翊注，汪贤度校点：《王子安集注》，第41—42页。

第五章

骈文史上的巅峰之作

骈文亦称骈俪、四六文等，是我国文学史上一种特有的文体。其文体特征主要表现在：讲究对偶、喜用事典、注重词采声律、句型以四字句和六字句为主等。骈文经过漫长的发展历程，成熟于南北朝。而隋唐之际王氏家族作家的骈文，尤其是王勃的作品，堪称骈文史上的巅峰之作。

一 发展及背景

骈文作为文体的一种，从酝酿到成熟，经历了一个较为漫长的过程。学者一般以为，秦汉是骈文的酝酿期。《四库全书总目·四六法海》条认为李斯的《谏逐客书》开始点缀华词，邹阳的《狱中上梁王书》开始叠陈故事，骈文开始萌芽。《西京杂记》卷二记载了司马相如作赋的经验："合綦组以成文，列锦绣而为质，一经一纬，一宫一商。"[1] 显示了大赋作家对词采、声偶的自觉追求。刘勰在《文心雕龙·丽辞》中描述了汉赋作家讲求俪偶、词采的状况："自扬马张蔡，崇盛丽辞，如宋画吴冶，刻形镂法，丽句与深采并流，偶意共逸韵俱发。"[2] 经过赋作家对于声偶、词采的积累，至建安时，骈文已基本形成。如曹植的《与杨德祖书》：

昔仲宣独步于汉南；孔璋鹰扬于河朔；伟长擅名于青土；公干振藻于海隅；德琏发迹于［北］魏；足下高视于上京。当此之时，

---

[1] （晋）葛洪：《西京杂记》，三秦出版社2006年版，第93页。
[2] （南朝梁）刘勰著，杨明照校注拾遗：《增订文心雕龙校注》第451页。

人人自谓握灵蛇之珠，家家自谓抱荆山之玉。吾王于是设天网以该之，顿八纮以掩之，今悉集兹国矣。①

《求自试表》：

臣闻士之生世，入则事父，出则事君；事父尚于荣亲，事君贵于兴国。故慈父不能爱无益之子，仁君不能畜无用之臣。夫论德而授官者，成功之君也；量能而受爵者，毕命之臣也。故君无虚授，臣无虚受。虚授谓之谬举，虚受谓之尸禄，《诗》之素餐，所由作也。昔二虢不辞两国之任，其德厚也；旦奭不让燕鲁之封，其功大也。②

及其《求通亲亲表》《与吴季仲书》等，已多为讲究偶对的骈文。然王志坚《四六法海序》认为，魏晋的四六之文，体犹未纯。直至渡江后，骈文方日趋讲究藻丽，经沈约、萧氏兄弟、徐庾父子等人的努力，骈文才开始繁盛。《南史·庾肩吾传》云："齐永明中，王融、谢朓、沈约文章始用四声，以为新变。至是转拘声韵，弥为丽靡，复踰往时。"③ 这时的骈文，不唯讲究对偶，而且非常注重词藻和声律之美。如，在声律上，骈文也像律诗一样讲究平仄。一联之中，节奏点上的字平仄要相对，两联之间，下联出句与上联对句的最后一个字平仄要相粘。如徐陵《玉台新咏序》：

周王璧台之上，
汉帝金屋之中，
玉树以珊瑚作枝，
珠帘以玳瑁为押。④

---

① （三国魏）曹植著，赵幼文校注：《曹植集校注》，中华书局2016年版，第226页。
② （三国魏）曹植著，赵幼文校注：《曹植集校注》，第550页。
③ （唐）李延寿撰：《南史》，中华书局1975年版，第1247页。
④ （陈）徐陵撰，许逸民校笺：《徐陵集校笺》，中华书局2008年版，第226页。

其平仄为：

平平·仄平平仄，
仄仄·平平平平，
仄仄·仄平平·仄平，（与上句粘）
平平·仄仄仄·平仄。

这样不仅每一联对偶句内部注意了平仄的对应关系，具有了相对的独立性，而且联与联之间的粘接使得上一联与下一联在句末上的平仄相同，这就造成了音律上的贯通、融合。骈文的粘接关系是平仄交替进行的，文章由此避免了分离感而具有了整体感。从而使得整篇文章都像律诗一样抑扬顿挫，生发出无限的声情之美。

骈文作为一种美文，以四、六字句交替使用而避免了篇章结构的单一，用对偶使句子和句意对称和谐，以用典使其增添含蓄蕴藉和历史文化意蕴，以藻饰添其华美，以声律助其气势，可以说是达到了汉语言美的极致，是秦汉以来历代文人努力探索实践的结果。不仅可以用来写景抒情，写出像吴均的《与宋元思书》这样的短小篇制；也可以用来议论说理，创作出如刘勰的《文心雕龙》这样的皇皇巨著。在我国的文学史上，无论在内容和形式上都曾产生过积极的影响，甚至达到了后人难以企及的高度。

南朝骈文大盛，成为一代文章的代表，应用范围也十分广泛，帝王诏令、赠答笺启、碑颂序跋等等，几乎都用骈文撰写。像徐陵、庾信等都是当时的代表作家，徐陵的《玉台新咏序》、庾信的《哀江南赋序》等，成为骈文史上的名篇。然而，历代研究者多认为："梁陈时期虽然有不少骈体文写得很好，但表现的风格是阴柔之美，发展到后来就有些柔靡了。"[①] 后世所谓的"齐梁遗风""江左余习"等，都含有雕琢、柔靡、浮艳的意思。姜书阁在其《骈文史论》中，就对梁萧氏父子及其宫体诗赋与骈文写作的关系作了探讨，认为如萧纲宫体诗赋的雕琢绮靡的作风影响了其文章的风格，"张溥《梁简文题辞》说得很对：'盖朱

---

① 尹恭弘：《骈文》，人民文学出版社1994年版，第110页。

邸日久，会逢清晏，兼以昭明为兄，湘东为弟，（按：昭明指其兄萧统昭明太子，湘东指其弟萧绎，当时封湘东王，后继纲即帝位，是为元帝。）文辞竞美，增荣棠棣。储极既正，宫体盛行，但务绮博，不避轻华。人挟曹丕之资，而风非黄初之旧，亦时世使然乎？' 是的，这个时代只能造成他所倡导的靡丽的宫体，不但至湘东王继位于江陵以后，此风未息，后更传之于陈，播之于北，延及于隋，又将百年而未已"①。

　　隋唐之际，文章风格主要沿袭南朝。骈文依旧广泛应用于"公私文翰"。隋文帝对于浮艳的文风深恶痛绝，《隋书·李谔传》载："开皇四年，普诏天下，公私文翰，并宜实录。其年九月，泗州刺史司马幼之文表华艳，付所司治罪。"② 因为在隋初统治者看来，浮靡的文风是导致政治混乱甚至亡国的根源。李谔《上隋文帝革文华书》以为："魏之三祖，更尚文词，忽君人之大道，好雕虫之小艺。下之从上，有同影响，竞骋文华，遂成风俗。江左齐梁，其弊弥甚，……竞一韵之奇，争一字之巧。连篇累牍，不出月露之形，积案盈箱，唯是风云之状。……文笔日繁，其政日乱。"③ 但因这种文风积习甚深，非政治手段所能短期消除，故而效果不大。隋炀帝杨坚即位后，宫体文风复归，并延续至唐初。

二　巅峰之作

　　王氏家族的作家就是在这样的文风背景下从事其文学创作的。然而从现存的作品来看，王绩仿佛超越了隋唐之际这样一个时代。他的诗歌外的存世作品，除了两篇赋序，一篇书信，一篇自作墓志序，另有五篇祭文可以算得上为骈文外，其他的九篇都是非常流畅的古文。并且这些骈文都非常短小，只有百字左右，多的也不超过250字。且王绩以诗闻名，其骈文在文学史上的影响不大，少见论及。但与六朝骈文相比，王绩的几篇文章，却基本上已脱落了"六朝锦色"，叙事、议论、抒情都颇为自然，简练。如其《游北山赋序》云：

---

① 姜书阁：《骈文史论》，第 399—400 页。
② （唐）魏征等撰：《隋书》，中华书局 1973 年版，第 1545 页。
③ （唐）魏征等撰：《隋书》，第 1544—1545 页。

余周人也，本家于祁。永嘉之际，扈迁江左。地实儒素，人多高烈。穆公衔建元之耻，归于洛阳；同州悲永安之事，退居河曲。始则晋阳之开国，终乃安康之受田。坟垄寓居，倏焉五叶；桑榆成荫，俄将百年。①

在此，王绩以极为简练的语言叙述了王氏家族的历史风貌，其中包括籍贯，三次迁居的时间和原因，家族的文化素养和品性等。在平易的叙述中，蕴含着作者的价值观和对家族及家乡的热爱之情。字里行间，不见藻绘雕琢的痕迹，读来却如行云流水一样顺畅自然，从中可以看出作者驾驭语言的能力和审美追求。因此，王绩的骈文虽然在文学史上不显，但其骈文的写作能力却是非常高超的。

与王绩不同的是，王勃的骈文却在文学史上占有重要的地位，可视为骈文史上的巅峰之作。王勃现存作品20卷中有17卷是骈文，包括表、启、书、疏、序、记、论、张、颂、碑等，占其现存作品的绝大多数。其中文学色彩最浓厚的序多达64篇②，约占其现存骈文的一半。可谓量多而质优。《新唐书·文艺传》称："唐有天下三百年，文章无虑三变。高祖、太宗，大难始夷，沿江左余风，缔句绘章，揣合低卬，故王、杨为之伯。"③ 王、杨即王勃、杨炯。在宋代史官看来，他们的文章沿习江左余风，并达到了时代的最高峰。说他们的文章达到了时代的最高峰，这无疑是正确的，但"沿江左余风"，则需要辩证的分析。在讲究藻饰等方面，即在艺术技巧上，他们对前代文人都有所继承，但在文章的风格、题材、内容等方面，他们则进行了诸多的革新和创造。并且对于南朝的浮靡文风有清醒的认识，还提出了尖锐的批评。在《上吏部裴侍郎启》中，王勃以为："虽沈谢争骛，适先兆齐梁之危；徐庾并驰，不能止周陈之祸。"④

---

① （唐）王绩著，韩理洲校点：《王无功文集》（五卷本会校），第1页。
② 包括罗振玉所辑的20篇佚文。见《王子安集注》附录1。
③ （宋）欧阳修、（宋）宋祁撰：《新唐书》，第5725页。
④ （唐）王勃著，（清）蒋清翊注，汪贤度校点：《王子安集注》，王子安集注卷首，第130页。

王勃站在时代的高度，与其他"四杰"一道①，共同创造了初唐骈文的辉煌，留下了《滕王阁序》等几乎家喻户晓的骈文名篇。他们的骈文，代表了这个时期的最高成就。不唯在形式上达到了骈文这种文体美的最高要求，其对刚健风骨和壮大感情的追求更是对六朝的超越而具有鲜明的时代气息。

在形式上，除了注意藻饰和用典外，王勃的骈文对仗工整，不仅注意上下联相对，他还善于运用当句对，如《滕王阁序》中的"襟三江""带五湖"，"控蛮荆""引瓯越"，"物华""天宝"，"龙光""牛斗"，"人杰""地灵"，"徐孺""陈蕃"等。这些对仗在当句对的同时，也与同联中的下句相对，使得对仗更加工整、严密。

在声律上，王勃也非常注意"对"和"粘"，如《滕王阁序》中的：

潦水尽而寒潭清，
　　仄　平
烟光凝而暮山紫。
　　平　仄
俨骖騑于上路，
　平　仄（与上句粘）
访风景于崇阿。
　仄　平
临帝子之长洲，
　仄　平（与上句粘）
得仙人之旧馆。
　平　仄

一联之中，上下句中节奏点上的字平仄相对；两联之间，下联出句与上联对句的最后一个字相粘。严格继承了前代总结出的骈文格律特

---

① 闻一多先生在《四杰》中指出："王、杨、卢、骆都是文章家，'四杰'这个徽号，如果不是专为评文而设的，至少它的主要意义是指他们的赋和四六文。"见《神话与诗》，第221页。

点。做到了抑扬顿挫，使得整篇文章声律和谐，具有极强的音乐美。

如果说对形式美的追求主要是继承了六朝作家的对骈文形式美的探索和要求，那么，对于刚健风骨和昂扬感情的追求则是王勃等初唐作家对六朝绮靡文风的超越。

首先，王勃等"四杰"在文章的创作上，能自觉地对六朝遗习进行革新。杨炯《王子安集原序》云："龙朔初载，文场变体，争构纤微，竞为雕刻。糅之金玉龙凤，乱之朱紫青黄。影带以徇其功，假对以称其美。骨气都尽，刚健不闻。"① 龙朔初载的"文场变体"，是以上官仪等为代表的宫廷文人，在诗文创作上对于词藻、对偶等形式美方面的极端追求，其结果就是因只注重辞彩等形式方面的因素，而丧失了文章的刚健和风骨。可见，这次所谓的"文场变体"，乃是六朝宫廷文学的遗习所致。针对这种情况，王勃团结领导了一批志同道合之士对这种绮靡文风进行革新："薛令公朝右文宗，托末契而推一变；卢照邻人间才杰，览清规而辍九攻。知音与之矣，知已从之矣。"② 其改革的指导方针就是既注重对诗文词采声律的追求，更要讲求诗文的刚健和风骨。即所谓的"动摇文律，宫商有奔命之劳；沃荡辞源，河海无息肩之地。以兹伟鉴，取其雄伯。壮而不虚，刚而能润。雕而不碎，按而弥坚"③ 这种对于诗文"取其雄伯"的审美要求，正是对六朝的绮靡文风和龙朔"文场变体"的"争构纤微，竞为雕刻"和"骨气都尽，刚健不闻"的革新。并最终达到了既讲求刚健骨气又不失词采声律之美的审美要求和境界。

王勃的创作大致上是达到了这一要求的。其很多文章显示了一种阳刚壮大之美，感情激越慷慨，极富气势，境界也非常开阔。如其《滕王阁序》中的名句："落霞与孤鹜齐飞，秋水共长天一色。"④《山亭兴

---

① （唐）王勃著，（清）蒋清翊注，汪贤度校点：《王子安集注》，王子安集注卷首，第69页。
② （唐）王勃著，（清）蒋清翊注，汪贤度校点：《王子安集注》，王子安集注卷首，第69页。
③ （唐）王勃著，（清）蒋清翊注，汪贤度校点：《王子安集注》，王子安集注卷首，第69—70页。
④ （唐）王勃著，（清）蒋清翊注，汪贤度校点：《王子安集注》，王子安集注卷首，第231页。

序》中的"风尘洒落,直上天池九万里;丘墟雄壮,傍吞少华五千仞"[1]以及《山亭思友人序》中的"大丈夫荷帝王之雨露,对清平之日月。文章可以经纬天地,器局可以蓄洩江河"[2]等等,无一不具昂扬壮大的气势和激越的感情、开阔的境界,读之让人生发出无限的豪迈之情。

六朝的骈文虽然也不乏优秀的作品,像前面提到的徐陵的《玉台新咏序》和庾信的《哀江南赋序》等。但《玉台新咏序》颇为华艳,充满了脂粉气息,显得绵软柔靡;《哀江南赋序》的情感则偏于伤痛,过于凄婉惆怅。六朝文学的基调正如梁简文帝萧纲在《与湘东王书》中所云:"京师文体,懦钝殊常,竞学浮疏,争事阐缓。"[3]与之相反,王勃则提出了文章当"气陵云汉,字挟风霜"[4],指出文章应该具有昂扬激越的感情。王勃的骈文虽也常常抒发一些怀才不遇的悲愤之情,如《滕王阁序》中的"冯唐易老,李广难封。屈贾谊于长沙,非无圣主;窜梁鸿于海曲,岂乏明时"[5]。《上绛州上官司马书》中的"有时无主,贾生献流涕之书;有志无时,孟轲养浩然之气"[6]等等,但却也充满了唐人洒脱豪迈的气概,如《滕王阁序》中的:"所赖君子见机,达人知命。老当益壮,宁移白首之心;穷且益坚,不坠青云之志。酌贪泉而觉爽,处涸辙而犹欢。北海虽赊,扶摇可接;东隅已逝,桑榆非晚。"[7]从中我们可以感觉到一种生生不息、慷慨豪迈的大唐气象。崔融曾评价王勃的文章:"王勃文章宏逸,有绝尘之迹,固非常流所及。"[8]笔者深以为然。

但王勃的骈文也与六朝以来其他骈文一样有着共同的弊病,即堆砌典故和学识,这虽然是骈文这种文体的特殊需要,然而这种做法毕竟给其作品带来了艰深晦涩的弊端。段成式《酉阳杂俎》有如下记载:"燕

---

[1] (唐)王勃著,(清)蒋清翊注,汪贤度校点:《王子安集注》,王子安集注卷首,第272页。
[2] (唐)王勃著,(清)蒋清翊注,汪贤度校点:《王子安集注》,第273—274页。
[3] (唐)李延寿撰:《南史》,中华书局1975年版,第1247页。
[4] (唐)王勃著,(清)蒋清翊注,汪贤度校点:《王子安集注》,第428页。
[5] (唐)王勃著,(清)蒋清翊注,汪贤度校点:《王子安集注》,第233页。
[6] (唐)王勃著,(清)蒋清翊注,汪贤度校点:《王子安集注》,第165页。
[7] (唐)王勃著,(清)蒋清翊注,汪贤度校点:《王子安集注》,第233—234页。
[8] (后晋)刘昫等撰:《旧唐书》,第5003页。

公常读其《夫子学堂碑颂》,头自帝车至太甲四句,悉不解。访之一公,一公言:'北斗建午,七曜在南方,有是之祥,无位圣人当出。'华盖已下,卒不可悉。"① 燕公乃宰相燕国公张说,一公乃唐代著名天文学家僧一行,以此二人之博洽,都不能明王勃所指,何况一般的读者呢?当然,王勃自己乃是一个博学多识的学者,其写作时,对于一些典故、学识性的东西可能只是信手拈来,并无刻意炫耀之意,然而其无意中造成的句意的艰深,却颇让读者费思量。好在王勃的作品,像上述那些让人困惑的地方毕竟还在少数,所以我们认为这是瑕不掩瑜的。

然而王勃等四杰的文章曾遭"轻薄为文"②之非议,对此,洪迈《容斋随笔》"王勃文章"条以为:"王勃等四子之文,皆精切有本原。其用骈俪作记序碑碣,盖一时体格如此,而后来颇议之。杜诗云:'王、杨、卢、骆当时体,轻薄为文哂未休。尔曹身与名俱灭,不废江河万古流。'正谓此耳。身名俱灭,以责轻薄子。江河万古流,指四子也。韩公《滕王阁记》云:'江南多游观之美,而滕王阁独为第一。及得三王所为序、赋、记等,壮其文辞。'注谓:'王勃作游阁序。'又云:'中丞命为记,窃喜载名其上,词列三王之次,有荣耀焉。'则韩之所以推勃,亦为不浅矣。"③

杜甫与韩愈,都是王勃之后唐代最为著名的作家,杜甫尚且毋论,韩愈曾领导了著名的古文运动,而古文运动的一项重要任务就是想推翻骈文在当时的垄断地位,其尚能对王勃的骈文如此推崇,可见王勃的骈文创作确实达到了极高的境界。

总之,王勃的骈文在六朝基调成熟的基础上,又以高华的文词,刚健的气魄在感情的激越、境界的开阔等方面,超越了前人,巍然屹立于

---

① (唐)段成式撰,曹中孚校点:《酉阳杂俎》,第 68 页。王勃《益州夫子庙碑》云:"述夫帝车南指,遴七曜于中阶;华盖西临,藏五云于太甲。"

② 杜甫《戏为六绝句》其二云:"杨王卢骆当时体,轻薄为文哂未休。尔曹身与名俱灭,不废江河万古流。"

③ (宋)洪迈:《容斋随笔》,上海古籍出版社 1996 年版,第 671—672 页。韩愈《新修滕王阁记》云:"愈少时则闻江南多登临之美,而滕王阁独为第一。有瑰伟绝特之称。及得三王所为序、赋、记等,壮其文词,益欲往一观而读之,以忘吾忧。……工既讫功,公以众饮而赏,以书命愈曰:'子其为我记之。'愈既以未得造观为叹,窃喜载名其上,词列三王之次,有荣耀焉。乃不辞而承公命,其江山之好,登望之乐,虽老矣,如获从公游,尚能为公赋之。元和十五年十月某日袁州刺史韩愈记。"

骈文发展史上的最高峰。其后的骈文创作虽然也有张说、陆贽、李商隐等人的承继，但毕竟文学史上的骈文时代已经渐去渐远了。而王勃撰写《滕王阁序》的传说①，却成为文学史上最为激动人心的故事和骈文史上永远的荣耀而继续流传。

---

① 五代王定保《唐摭言》卷五载："王勃著《滕王阁序》，时年十四。都督阎公不之信，勃虽在座，而阎公意属子婿孟学士者为之，已宿构矣。及以纸笔延让宾客，勃不辞让。公大怒，拂衣而起，专令人伺其下笔。第一报云：'南昌故郡，洪都新府。'公曰：'亦是老生常谈！'又报云：'星分翼轸，地接衡庐。'公闻之，沈吟不言。又云：'落霞与孤鹜齐飞，秋水共长天一色。'公矍然而起曰：'此真天才，当垂不朽矣！'遂亟请宴所，极欢而罢。"《唐才子传》则记道："勃欣然对客操觚，顷刻而就，文不加点，满座大惊。"

第六章

魏晋风度的时代演变

自从鲁迅先生于1927年7月在广州作了《魏晋风度及文章与药及酒之关系》的著名演讲后，宗白华、冯友兰、汤用彤、王瑶等前辈学者，都对"魏晋风度"作过深刻而精到的论述，当代学者也对其多有阐发。简而言之，我们以为："作为一个美学名词，魏晋风度是魏晋名士的行为方式、个性特征、价值取向、人格追求、审美理想的集中体现和象征。"① "是指魏晋文人有一种放荡不羁，潇洒飘逸，旷达超远的气质及在这种气质背后所蕴含的文化意蕴。"② 我们可从《世说新语》等志人小说以及一些史传资料、文学作品中，窥见其具体表现和精神实质。魏晋风度是在历史转折时期的动乱时代的产物，是一群愤世嫉俗的名士所做出的怪诞放纵的行为举动，带有强烈的叛逆和个性化色彩。然而它却作为一种社会时尚和人格理想，在当时和后世都曾被人们所仰慕模仿，对中国人文精神产生了极大的影响。魏晋风度的哲学基础是魏晋玄学。对此，学者多有论述。本章中，笔者拟对照王氏家族作家对魏晋风度的追慕与扬弃，分析其创作心态，及由此形成的其对宫廷文学的游离等。

一 王绩的"自适"与"会意"

对自然与自由的追求，乃是魏晋风度的核心精神。魏晋名士先后提出了"名教出于自然""越名教而任自然""名教即自然"等主张，都

---

① 熊国华：《从〈世说新语〉看魏晋风度及文化意蕴》，《广州教育学院学报》2002年第4期。

② 陈方力、焦树民：《陶渊明与魏晋风度》，《江西社会科学》1999年第12期。

反映出了他们对自然的注重和对自由精神的探索。而其中以竹林名士提出的"越名教而任自然"口号，以及他们在精神上和行为上的惊世骇俗的表现，都使得"魏晋风度"大放异彩，成为后世特立独行之士追摹的榜样。

自东汉末年的黄巾起义之后，军阀混战，天下大乱。生活在这样一个动乱恐怖时代的人们对"名教之治"和谶纬神学表示出了深刻的怀疑。东汉名教鼓励读书人求名，并以名目获取相应官位，以此来推行教化。致使弄虚作假，欺世盗名现象不断出现。① 司马氏集团篡魏自立，故而不敢言忠，就主张以"孝"治天下。常借"不孝"罪名杀戮异己。从而使所谓的名教更是充满虚伪性。为此，嵇康在《养生论》中提出"越名教而任自然"的口号，来对抗统治者名教的虚伪和对人格个性的严重束缚。他在《与山巨源绝交书》中"非汤武而薄周孔"，坚决不与统治者合作，表现出了对于自然、自由、独立人格的坚决捍卫和追求。阮籍也对这种虚伪的名教不屑一顾，大胆宣称："礼岂为我设耶！"② 纵酒佯狂，不乐仕宦，长醉六十日来拒绝晋文帝为武帝求婚之事。③ 刘伶则笃于酒德，曾作《酒德颂》，以酒德高标自己特立独行的人格。阮咸也不拘礼法，甚至与猪共饮而坦然自得。他们任诞放达，以一种反常的行为与虚伪的名教和礼法之士相对抗，在风雨如晦、鸡鸣不已的年代高扬自己对自然、自由的追求，以及独立的人格理想。

在王氏家族的内部，对魏晋名士的追摹表现得最突出的要算王绩了。他生活的时代，与魏晋虽不尽相同，但在隋唐之际，依旧充满了血腥和暴力。当然，王绩的大部分时光是在隋及唐比较安定的时代度过的。因此，王绩的模仿魏晋风度，并非像魏晋名士那样与统治阶级的虚伪礼教对抗，更多是对自然、自由的向往和对个人价值的追求。"王绩是隋唐之际一位复杂而奇特的诗人。他一生三仕三隐，显示了社会事功

---

① 例如，史载赵宣葬父母，就在墓道中居住行丧礼，前后凡二十余年，乡人都称他是孝子。州郡官屡次请他做官，他都不出来。孝名愈来愈大，后来郡太守陈蕃查出赵宣在墓道中生了五个儿子。见《后汉书·陈蕃传》："民有赵宣，葬亲而不闭埏隧，因居其中，行服二十余年。乡邑称孝，州郡数礼请之，郡内以荐蕃，蕃与相见，问及妻子，而宣五子皆服中所生。"

② 《晋书·阮籍传》：籍嫂尝归宁，籍相见与别。或讥之，籍曰："礼岂为我设耶！"

③ 参见房玄龄、褚遂良、许敬宗著《晋书》（第五册），中华书局1974年版，第1136页。

与个体人格的深刻矛盾,这一矛盾最后解决于模仿魏晋风度、实现个人价值。而他的诗歌创作,正是这一矛盾的产物。"① 可见对于魏晋风度的追摹,正影响了王绩的创作心态及创作实践。

在行为上,王绩放旷不羁,以"自适"作为自己行为准则。这种自适就是"足下欲使吾适人之适,而吾欲自适其适"②的"自适"。是一种对自由的追寻,对自然境界的体认,对自己独立人格的捍卫和表现。

在这一准则的指导下,据吕才《王无功文集序》的记载可知,他可以因为"端簪理笏,非其所好"为由而"乞署外职"③;在扬州六和县丞任上,他因为觉得太不自由,便叹息着"网罗高悬",弃官而去。虽然我们曾分析过他这种弃官而去也是与官职卑微,无法实现他的济世抱负以及当时天下将乱,故去官以求自全有关,但封建时代的知识分子,像王绩这样,把出仕视为儿戏,任意弃官的"自适"之人毕竟并不多见。他最后一次出仕也具有这样的"自适"性:因太乐府史焦革"家善酿酒,冠绝当时"而"苦求为太乐丞",因焦革及革妻去世无人送美酒而"挂冠归",真不愧为"自适其适"。在日常生活中,王绩也时时表现出其"自适"之道,溺于酒德,以刘伶、阮籍为同调。其在《田家》之三中自谓:"平生唯酒乐,作性不能无。朝朝访乡里,夜夜遣人酤。……恒闻饮不足,何见有残壶?"④ 他不仅"饮酒至数斗不醉",而且"恨不逢刘伶,与闭户轰饮"⑤。其自由散漫的个性致使"兄弟以俗外相期,乡间以狂生见待"⑥。

在创作上,他作《醉乡记》以比刘伶《酒德颂》;作《游仙》四首以仿魏晋玄风。其在《答刺史杜之松书》中说:"走意疏体放,性有由然;弃俗遗名,与日已久。渊明对酒,非复礼仪能拘;叔夜携琴,惟以

---

① 贾晋华:《王绩与魏晋风度》,载《唐代文学研究》,广西师范大学出版社1990年版,第1页。
② (唐)王绩著,韩理洲校点:《王无功文集》(五卷本会校),第157页。
③ (唐)王绩著,韩理洲校点:《王无功文集》(五卷本会校),《王无功文集序》,第2页。
④ (唐)王绩著,韩理洲校点:《王无功文集》(五卷本会校),第66页。
⑤ (唐)王绩著,韩理洲校点:《王无功文集》(五卷本会校),《王无功文集序》,第2页。
⑥ (唐)王绩著,韩理洲校点:《王无功文集》(五卷本会校),第134页。

烟霞自适。登山临水，邈矣忘归；谈虚语玄，忽焉终夜。"① 并对生活、社交场合的礼教表示了鄙夷之情："欲令复整理簪屦，修束精神，揖让邦君之门，低昂刺史之坐，远谈糟粕，近弃醇醪，必不能矣。亦将恐刍狗贻梦，社栎见嘲。" 在《答处士冯子华书》中谓："烟霞山水，性之所适。琴歌酒赋，不绝于时。"②《游北山赋》中更是宣称："不能役心而守道，故将委运而乘流。"③《答程道士书》则云："吾受性潦倒，不经世务。屏居独处，则萧然自得；接对宾客，则茶然思寝。加性又嗜酒，形骸所资。"④ 礼教作为封建社会的秩序、原则和行为方式，既起到了规范人们言行的作用，却也禁锢了人们的思想，与自然天性相违。其《独酌》诗云："不如多酿酒，时向竹林倾。"⑤ 则已融进魏晋名士睥睨世俗的叛逆精神。

故而王绩在诗文中屡以魏晋名士自况，其《春园兴后》《田家》《春日还庄》《醉后口号》等诗多次提到阮籍、嵇康、陶潜等，可见其精神层面上与魏晋风度相通之深。"圣人者非他也，顺适无阂之名，即分皆通之谓。即分皆通，故能立不易方；顺适无阂，故能游不择地。"⑥ 阮籍《通老论》云："圣人明于天人之理，达于自然之分。"⑦ 王绩心目中的"圣人"是顺应自己天生本性，并拒绝外物的异化，使其保持天然的生存状态。而这种状态，对于王绩来说，就是他的自适之道。可见这种自适，并非狭隘的适应自己的内心，而是要上升到与自然相适的状态，唯其如此，方能达到"立不易方""游不择地"的境界。

王绩在行为上和创作上，对礼教等束缚人性，违背自然之道的社会存在予以批评和鞭挞，以自己的自适之道追求生命存在的意义和价值，无疑是对魏晋风度的追摹，但王绩的"魏晋风度"却与原汁原味的"魏晋风度"大不相同。王绩虽然对礼教、对历史上统治者的昏聩也多

---

① （唐）王绩著，韩理洲校点：《王无功文集》（五卷本会校），第134页。
② （唐）王绩著，韩理洲校点：《王无功文集》（五卷本会校），第150页。
③ （唐）王绩著，韩理洲校点：《王无功文集》（五卷本会校），第4页。
④ （唐）王绩著，韩理洲校点：《王无功文集》（五卷本会校），第158页。
⑤ （唐）王绩著，韩理洲校点：《王无功文集》（五卷本会校），第62页。
⑥ （唐）王绩著，韩理洲校点：《王无功文集》（五卷本会校），第158页。
⑦ （三国魏）阮籍著，陈伯君校注：《阮籍集校注》，中华书局1987年版，第159页。

有批判，如在《端坐咏思》中谓："三王无定策，五帝有残书。咄嗟建城市，倏忽观丘墟。明治若不足，昏暴常有余。"① 他勘破了人间万象的虚伪丑恶并予以无情的揭露和鞭挞："吾尝读书，观览数千年事久矣！有以见天下之通趣，识人情之大方：语默纷杂，是非淆乱。夸者死权，烈士殉名。贪夫溺财，品庶每生。各是其所同，非其所异，焉可胜校哉！"② 但却不像魏晋名士那样彻底地反叛社会，甚至与统治阶级不合作。王绩对魏晋风度虽有追摹，但却是以历史的批判精神，扬弃了魏晋风度中那些充满负面效果的对社会的彻底否定和破坏成分。③ 这是由王绩所处的时代背景决定的。王绩的一生，除了隋炀帝大业末年以及唐高祖武德初年社会比较动荡之外，其他大部分时间则是较为安定的，且统治者励精图治，在政治上多有作为，尤其是唐建国伊始，统治阶层也表现出思贤若渴，重用人才的倾向。实是一展雄才，建功立业的大好时机，唐太宗的"贞观之治"，更是开辟了历史上少有的清明昌盛的太平盛世局面，与产生魏晋风度的魏晋时期有天堂地狱之别，熟读历史，知识广博的王绩对此当然有深刻的认识和体会，因此在批判之余，赞赏之词也常常溢于言表，在《答处士冯子华书》中谓："乱极治至，王途渐亨。天灾不行，年谷丰熟。贤人充其朝，农夫满于野。……又知房、李诸贤，肆力廊庙，吾家魏学士，亦申其才。公卿勤勤，有志礼乐；元首明哲，股肱惟良：何庆如之也！"④ 王绩的诗歌中，多次有意地强调他的归隐是治世的归隐，如其《赠李征士大寿》有云："管宁存祭礼，王霸列朝章。去去相随去，披裘骄盛唐！"⑤《食后》有云："葛花消酒毒，萸蒂发羹香。鼓腹聊乘兴，宁知逢世昌！"⑥ 这样一会儿批判，一会儿又赞赏，看起来有些矛盾，事实上正是王绩对历史和社会现实从不同层面和角度认识的结果。

---

① （唐）王绩著，韩理洲校点：《王无功文集》（五卷本会校），第75—76页。
② （唐）王绩著，韩理洲校点：《王无功文集》（五卷本会校），第157页。
③ 应该说魏晋风度是一种反常的风度。它是在历史转折期的动乱年代，一群愤世嫉俗的名士所做出的怪诞出格的行为举动，带有强烈的叛逆性，甚至是破坏性。很难想象这样一种风度如果原封不动的传承下去而不对其扬弃和改造，保留其合理内核，剔除其不合时宜的成分，社会会变成什么样子。
④ （唐）王绩著，韩理洲校点：《王无功文集》（五卷本会校），第149—150页。
⑤ （唐）王绩著，韩理洲校点：《王无功文集》（五卷本会校），第107页。
⑥ （唐）王绩著，韩理洲校点：《王无功文集》（五卷本会校），第102页。

可见，王绩的自适是在政治清明的时代背景下，建立在对魏晋风度扬弃的基础上的。无疑，这种自适之道，也正是他追求自由、自然的创作心态。在此基础上，王绩还提出了"题歌赋诗，以会意为功"① 的创作主张。

会意也正是魏晋风度的最具代表性的心态之一。"所谓'会意'，即文学艺术的创作，重在创作主体主观意兴的表达，即使描写客观事物，也重在把握对象与主体心境相符的整体特征。以这种创作思想为主导，作者一般不会对客体事物作外形上的细致描绘，而是将自己的感兴融汇到客观事物中，从而创造出浑然的意境。王绩在初唐时期所选择的生活道路，并非是主流文人的选择，而王绩在初唐时期所提出的创作主张及其创作实践也与主流文人迥异。但王绩的作品，却标志着文学史上一个新的时期的开始，它是唐代诗歌对意境追求的先行者。"② 笔者以为，这种会意，实际上正是创作上的一种逍遥自适的境界：随感而发，不事雕琢而自达内心感受的自由之境。读一下王绩的小诗，我们就能体会出这种"会意"所产生的美感效果。如其《夜还东溪中口号》：

石苔应可践，丛枝幸易攀。青溪归路直，乘月夜歌还。③

似这种朴野却不失灵秀，单纯明快却余音袅袅的"会意"之作，岂是深藏宫廷的"主流文人"所能创作出的？

王绩这种"会意"的文学主张的提出，当还与其深受陶渊明的影响有关。

自中唐陆淳以来，人们就认为王绩行为举止颇具魏晋风度，陆淳《删东皋子后序》云其"有陶公之去职，言不怨时；有阮氏之放情，行不忤物"④。魏晋风度的哲学基础乃魏晋玄学，而魏晋玄学则是建立在对"老、庄、易"所谓的"三玄"的诠释、清谈以及体认的基础之上的。玄学高扬主体存在本身的价值，明《黄汝亨刻东皋子集序》云：

---

① （唐）王绩著，韩理洲校点：《王无功文集》（五卷本会校），第148页。
② 张海沙：《题歌赋诗以会意为功——试论王绩的佛学思想及其文学实践》，载《学术研究》1997年第10期。
③ （唐）王绩著，韩理洲校点：《王无功文集》（五卷本会校），第46页。
④ （唐）王绩著，韩理洲校点：《王无功文集》（五卷本会校），第222页。

"东皋子放逸物表，游息道内。师老、庄，友刘、阮。其酒德诗妙，魏、晋以来，罕有俦匹。行藏生死之际，澹远真素，绝类陶征君。"①

如前文所述，可以说王绩对陶渊明倾慕备至，甚至于把他作为自己的人格偶像加以模仿。诗文中也多次提及渊明，如在《薛记室收过庄见寻率题古意以赠》中自谓："尝爱陶渊明，酌醴焚枯鱼。"②《答处士冯子华书》有云："陶生云：'富贵非吾愿，帝乡不可期。'又云：'盛夏五月，跣脚东窗下，有凉风暂至，自谓是羲皇上人。'嗟乎！适意为乐，雅会吾意。"③人生之乐唯在适意，王绩从陶渊明那里，领会并继承了这种"适意"之乐，并在自己的创作中也注意营造出一方精神逍遥的"会意"天地。甚至屡屡化用其诗文，如《田家》诗中的："不知今有汉，唯言昔避秦。"④《食后》诗中的："鼓腹聊乘兴，宁知逢世昌！"⑤等等。

为什么这位此前不被关注的诗人得到了王绩如此的厚爱？这当与陶渊明是继竹林名士后又一类型的魏晋风度的杰出代表有关。李泽厚先生曾说："陶潜和阮籍在魏晋时代分别创造了两种迥然不同的艺术境界，一超然事外，平淡冲和；一忧愤无端，慷慨任气。它们以深刻的形态表现了魏晋风度。应该说不是建安七子，不是何晏、王弼，不是刘琨、郭璞，不是二王、颜、谢，而是他们两个人，才真正是魏晋风度的最高最优秀代表。"⑥其"超然事外"，故能超越文艺的功利性，真正做到魏晋以来名士们对自由的孜孜追求，"在我国古代文艺发展史上，陶渊明是第一个真正从思想和实践的结合上，摆脱了文艺的功利性，显示了文艺的审美特点，找到了文艺作用于人的一种新的方式"⑦。其"平淡冲和"，不仅显示出他已经实践了魏晋名士对自由和自然的追求，更体现出他达到了此前的名士们所根本不能企及的"和谐"状态。这种状态

---

① （唐）王绩著，韩理洲点校：《王无功文集》（五卷本会校），第225页。
② （唐）王绩著，韩理洲点校：《王无功文集》（五卷本会校），第55页。
③ （唐）王绩著，韩理洲点校：《王无功文集》（五卷本会校），第147页。
④ （唐）王绩著，韩理洲点校：《王无功文集》（五卷本会校），第66页。
⑤ （唐）王绩著，韩理洲点校：《王无功文集》（五卷本会校），第102页。
⑥ 李泽厚：《美的历程》，中国社会科学出版社1989年版，第101页。
⑦ 张可礼：《陶渊明的文艺思想》，见《东晋文艺综合研究》，山东大学出版社2001年版，第391页。

使他舒卷自如，达到了真正的自由。"陶渊明身心的自由，使他能把文艺外在的功用转化为内在的需要，使他不再像一些文人那样，把文艺作为外在的装饰，而是用它来舒展自己的心性和充实自己的生命。"① 如其《饮酒》之五："结庐在人境，而无车马喧。问君何能尔，心远地自偏。采菊东篱下，悠然见南山。山气日夕嘉，飞鸟相与还。此还有真意，欲辨已忘言。"② 正传达出一种自由、自然与和谐的境界。陶诗中的"此中有真意，欲辨已忘言"，正是把"真意"融会于身心的写照，是一种高度的"会意"，此种创作境界当会对王绩产生深刻的影响，故而他在创作上高高举起"会意"的旗帜。

　　正是这种追求自由和自然的"自适之道"，这种"题歌赋诗，以会意为功"的文学主张，使王绩的创作游离于宫廷文学。因为宫廷文学的创作往往拘泥于一些应制、奉和等题目及场合的约束，并且还要迎合君王的品位，最缺乏的就是自由和自然的精神，更不能像王绩那样张扬"自适之道"，因而"会意"的创作之境离他们就相当遥远。杨慎在《升庵集》中曾指出："唐自贞观至景龙，诗人之作尽是应制。命题既同，体制复一。其绮绘有余而微乏韵度。"③ 此说虽过于绝对，但绝大部分诗歌为应制之作却是实情。"清编《全唐诗》共录许敬宗诗二十七首，其中奉和应制诗二十首；录李适诗十七首，其中奉和应制诗十二首；录武平一诗十五首，其中奉和应制诗十二首；录李乂诗四十三首，其中奉和应制诗二十九首；而刘宪存诗二十六首，二十四首为奉和应制诗。还有一大批文馆学士存诗各在十首以下，而所存全都是应制诗就更突出了。"④ 本是言志、抒情的诗歌在一派奉和应制之中，其结果就是"戴着学士桂冠的诗人们争构纤微，竞为雕刻，自觉不自觉地回归齐梁，在用似乎精致而生动的声光色彩把一时承平的宫廷生活描绘得淑景宏赡，祥瑞佳美的同时，流失了真诗，也流失了诗人的本性和风采。"⑤

　　而王绩的追摹魏晋风度形成的"自适"的创作心态以及"会意"的创作主张，在盛唐演化为一种出处同归的"适意"之道。"无论是在

---

① 张可礼：《陶渊明的文艺思想》，见《东晋文艺综合研究》，第390页。
② （晋）陶渊明著，袁行霈笺注：《陶渊明笺注》，中华书局2011年版，第173页。
③ 丁福保：《历代诗话续编》，中华书局1983年版，第787页。
④ 罗实进：《唐诗演进论》，江苏古籍出版社2001年版，第12页。
⑤ 罗实进：《唐诗演进论》，江苏古籍出版社2001年版，第13页。

庙堂而望江湖，还是在江湖而思庙堂，他们的最高准则是'适意'，岑参《观钓翁》所谓'世人那得解深意，此翁取适非取鱼。'"① 的确，较之竹林名士和王绩等，盛唐文人以其盛大壮阔的气象，超越了仕隐矛盾，因而能够在更高的境界中追求"自适"。比如，盛唐文人最具代表性的李白"集中地体现了盛唐文人高扬自我、超越世俗的追求和突破出与处、方内与方外、有为与无为等矛盾而表现出来的心灵需求的多样性，以及自然适意的人生准则。范传正称赞李白'作诗非事于文律，取其吟以自适。''偶乘扁舟，一日千里；或遇胜境，终年不移。长江远山，一泉一石，无往而不自得也。''但贵乎适其所适，不知夫所以然而然。'这个'适'字，既是李白心态的最高境界，也是出处同归与玄儒合流的文化理想作用于盛唐文人所能达到的最高最美的心灵境界"②。较之大气磅礴的盛唐文人，王绩的"自适"或许显得有些局促，带有刻意追求甚至过于模拟魏晋名士的痕迹，因此他难以摆脱内心的痛苦，其《晚年叙志示翟处士正师》云："自有居常乐，谁知我世忧？"③ 可知其一生都在矛盾和痛苦中挣扎。但其对"自适之道"的追求，对"会意"文学主张的实践，为开启盛唐之音铺路搭桥，做出了自己的贡献。

二　王勃的个性张扬

生活于初唐时代的王勃，自幼博览群书，并有着超常的领悟力④，对于魏晋时期的文人掌故、文史知识颇为熟识⑤，其诗文中对魏晋风度的代表人物及其活动也时有提及。如在《山亭兴序》《宇文德阳宅秋夜山亭宴序》《秋日宴季处士宅序》《仲氏宅宴序》《与员四等宴序》《越州永兴李明府宅送萧三还齐州序》《饯宇文明序》等文章中，就数次提到阮籍、嵇康、王羲之、石崇、王献之、王夷甫等，以及他们的竹林之游、兰亭雅集

---

①　刘怀荣：《从魏晋风度到盛唐精神——以文人个性和玄儒关系的演变为核心》，载《文史哲》2002 年第 6 期。

②　刘怀荣：《从魏晋风度到盛唐精神——以文人个性和玄儒关系的演变为核心》，载《文史哲》2002 年第 6 期。

③　（唐）王绩著，韩理洲校点：《王无功文集》（五卷本会校），第 111 页。

④　参见前文王勃生平部分。

⑤　王勃在《山亭兴序》自云："文史足用，不读非道之书。"

等等。而以"彭泽"为代表的陶渊明在其现存诗文中就出现九次之多。可见魏晋风度对王勃不可能不产生深刻的影响。

笔者以为，年轻而才华横溢的王勃，对魏晋风度的继承，更多的是体现在魏晋风度中对自我的肯定以及个性的张扬这一方面。魏晋时期，儒学衰微，文士们摒弃了两汉烦琐经学、虚伪名教和谶纬迷信的桎梏，并从儒家文化重群体轻个体、重礼轻情的模式中解脱出来，在人格个性长期受到压抑束缚的封建时代获得了空前的自由，自我得以被发现和肯定，个性得以张扬。个人的价值，包括：独特的个性、超群的容貌、智慧、才情和风度等成为赏誉的对象。如《世说新语》就记载了诸多对高度自我肯定话语的称赏、高度个性化的人物被肯定和任用的例子。这种注重个性和自我张扬的风度，是魏晋风度又一重要表现和价值观念，对后世也产生了深远的影响。

王勃对自我的肯定与个性的张扬，是建立在高超的学识与绝世的才华基础之上的。其在《秋夜于绵州群官席别薛升华序》中云："夫神明所贵者道也，天地所宝者才也。"[①] 在《感兴奉送王少府序》中云："孔夫子何须频删其《诗》《书》，焉知来者不如今；郑康成何须浪注其经史，岂觉今之不如古。"[②] 可见其既对"才"的地位有充分的认识，又对自己和朋友的当世之才抱有充分的信心。故而能够在为文时当仁不让，且时时在文中标榜自我、指点时政、上书干进，显示出了强烈的个性张扬精神。其主要表现如下。

（一）当仁不让的潇洒气度

当仁不让是对自我的充分肯定。王勃的这种精神，在写作《滕王阁序》时得到了淋漓尽致的发挥。《唐摭言》卷五对此记载颇详：

> 王勃著《滕王阁序》，时年十四。都督阎公不之信，勃虽在座，而阎公意属子婿孟学士者为之，已宿构矣。及以纸笔巡让宾客，勃不辞让。公大怒，拂衣而起，专令人伺其下笔。第一报云："南昌故郡，洪都新府。"公曰："亦是老生常谈！"又报云："星分翼轸，

[①] （唐）王勃著，（清）蒋清翊注，汪贤度校点：《王子安集注》，第263页。
[②] （唐）王勃著，（清）蒋清翊注，汪贤度校点：《王子安集注》，第245—246页。

地接衡庐。"公闻之,沈吟不言。又云:"落霞与孤鹜齐飞,秋水共长天一色。"公矍然而起曰:"此真天才,当垂不朽矣!"遂亟请宴所,极欢而罢。①

《新唐书·王勃传》的记载大致类似,当是本于《唐摭言》。面对满堂才子,王勃毫不辞让,欣然执笔,旁若无人。充分显示了放纵任性的才子性格、当仁不让的潇洒气度、自信洒脱的豪迈情怀。因《滕王阁序》写作上的极大成功,使王勃写作此文的经过传为文坛佳话,千载之下,我辈读之,仍不免为之心潮澎湃、振奋不已。

然王勃这种张扬个性,当仁不让的气度,却对其仕途产生了负面影响,他被同僚认为"恃才傲物""倚才陵藉",故而"为僚吏共嫉"。② 杨炯《王子安集原序》以为:"先鸣楚馆,孤峙齐宫,乘忌侧目,应刘失步。临秀不容,寻反初服。"③ 正是因为其才华卓越,又不惮于表露,故而被一些平庸的官吏所嫉妒、不容。其两次官场的失利,恐怕都与此有关。

(二) 对自我的标榜及个性的体认

魏晋是人的觉醒时期,王勃文中时时流露出的自我及个性特征,正是继承了魏晋风度中体认自我、标榜自我的张扬个性的精神。④ 王勃常在一些序文中,提及自己,抒发感慨,从中我们认识了一个耿介傲岸的士人形象。

王勃的这一自我形象乃是"一代丈夫,四海男子"⑤。在《山亭思友人序》中自云:"大丈夫荷帝王之雨露,对清平之日月。文章可以经纬天地,器局可以蓄泄江河。七星可以气冲,八风可以调合。独行万里,觉天地之崆峒;高枕百年,见生灵之龌龊。虽俗人不识,下士徒

---

① (五代)王定保撰,阳羡生校点:《唐摭言》,上海古籍出版社2012年版,第40页。其中关于王勃作序之年龄,此为一说。本书以为王勃作《滕王阁序》是在上元二年王勃省亲途中,此时王勃为二十六岁。
② 《旧唐书·王勃传》:"勃恃才傲物,为同僚所嫉。"《新唐书·王勃传》亦云其:"倚才陵藉,为僚吏共嫉。"
③ (唐)王勃著,(清)蒋清翊注,汪贤度校点:《王子安集注》,王子安集注卷首,第67页。
④ 此外,王勃这种标榜自我,体认自我的精神,当还受屈原的影响,详见下文。
⑤ (唐)王勃著,(清)蒋清翊注,汪贤度校点:《王子安集注》,第244页。

轻，顾视天下，亦可以蔽寰中之一半矣。"① 视野襟怀何其壮阔，自信心何其强烈，唯我独尊的感觉何其高亢！读之令人振奋，真乃一顶天立地的"大丈夫"也！正是有了这样高度昂扬的自我定位，所以在命运多舛的世俗中能够做到："虽弱植一介，穷途千里，未尝下情于公侯，屈色于流俗，凛然金石自匹。"② 绝不屈节于名利。而其经纬天地，青史留名的志向总是那么执着而强烈，即使遭遇挫折，也依然高喊着自己不屈的壮志："无路请缨，等终军之弱冠；有怀投笔，爱宗悫之长风。"③ 同时，王勃也不乏笑傲王侯的气度，其在《秋晚入洛于毕公宅别道王宴序》中云："进非干物，自疏朝市之机；退不邀荣，谁识王侯之贵。"④

可以看出，王勃写作的序文多是一些集体宴游的诗序。这些诗序如果按照程式化的写作方式，则基本上点名宴游的时间、地点、人物、诗歌写作的要求就可以了，序文作者自我身世和感慨等本可以不必出现，但王勃则往往喜欢借题发挥，不肯放过任何一个可以抒发自己情怀的机会，显示出了其对自我的重视，以及对自己个性的体认。

王勃的这种喜欢自我抒发的个性特征，除了受魏晋名士勇于标榜自我、张扬个性的影响之外，应该还受到屈原《离骚》"发愤抒情"的写作风格的影响。⑤ 虽然王勃在《上吏部裴侍郎启》中云："屈宋导浇源于前，枚马张淫风于后。"⑥ 批评屈宋开了浇薄文风的源头。但事实上王勃诗文受屈宋影响甚深，其在《春日孙学宅宴序》《感兴奉送王少府序》等文中多次提及屈原。屈原的不幸遭遇，使处于逆境中的王勃引为同调，屈原那种强烈的自我抒情的特征，也必然会对王勃产生深刻的影响。尤其是王勃仕途遭遇挫折之后，对其"发愤抒情"的作风更是有所继承和发扬。如在《春思赋序》中，称自己为"耿介之士"。《夏日诸公见寻访诗序》云："天地不仁，造化无力，授仆以幽忧孤愤之性，

---

① （唐）王勃著，（清）蒋清翊注，汪贤度校点：《王子安集注》，第273—274页。
② （唐）王勃著，（清）蒋清翊注，汪贤度校点：《王子安集注》，第2页。
③ （唐）王勃著，（清）蒋清翊注，汪贤度校点：《王子安集注》，第234页。
④ （唐）王勃著，（清）蒋清翊注，汪贤度校点：《王子安集注》，第255页。
⑤ 参见姚圣良《王勃和楚辞》，载《淮北煤师院学报》（哲学社会科学版）2002年第4期。
⑥ （唐）王勃著，（清）蒋清翊注，汪贤度校点：《王子安集注》，王子安集注卷首，第130页。

禀仆以耿介不平之气。"① 《绵州北亭群公宴序》云："下官人间独傲，海内少徒。志不屈于王侯，身不绝于尘俗。孤吟五岳，长啸三山。昔往东吴，已有梁鸿之志；今来西蜀，非无张载之怀。"② 等等。读之，皆可感觉到王勃在仕途坎坷，怀才不遇之时所流露出的孤愤不平之气。

班固在《离骚序》中批评屈原说："今若屈原，露才扬己，竞乎危国群小之间，以离谗贼。然责数怀王，怨恶椒兰，愁神苦思，非其人，忿怼不容，沉江而死，亦贬洁狂狷景行之士。"③ 《旧唐书·王勃传》云："吏部侍郎裴行俭典选，有知人之鉴，……行俭曰：'士之致远，先器识而后文艺。勃等虽有文才，而浮躁浅露，岂享爵禄之器耶！杨子沉静，应至令长，余得令终为幸。'果如其言。"④ 不管是班固批评屈原"露才扬己"，还是裴行俭指责四杰"浮躁浅露"⑤，都指出了他们个性过强，喜欢张扬的一面。从而使得包括王勃在内的"初唐四杰"长期遭受"浮躁浅露"之讥。

盛唐诗人李白也喜欢在诗文中高标自我，其昂扬激烈的气派较之王勃可谓尤过之而无不及。但其都受魏晋风度的影响，肯定自我，高度自信，激扬个性的精神实质则是相通的。

（三）上书干进，指摘时政

王勃 15 岁即开始上书刘祥道⑥，指摘时政。其在《上刘右相书》中云："借如勃者，眇小之一书生耳，曾无钟鸣鼎食之荣，非有南陬北阁之援。山野悖其心迹，烟露养其神爽。未尝降身摧气，逡巡于列相之门；窃誉干时，匍匐于群公之室。所以慷慨于君侯者，有气存乎心耳。……虽国有大命，不资童子之言；而恭此小心，敢进狂夫之说。"⑦ 可见其慷慨任气，无所畏惧的少年情怀。接着就对朝廷出兵高

---

① （唐）王勃著，（清）蒋清翊注，汪贤度校点：《王子安集注》，第 225 页。
② （唐）王勃著，（清）蒋清翊注，汪贤度校点：《王子安集注》，第 218 页。
③ （清）严可均辑：《全上古三代秦汉三国六朝文》，中华书局 1958 年版，第 611 页。
④ （后晋）刘昫等撰：《旧唐书》，第 5006 页。
⑤ 此说未必属实，然而，"四杰"长期遭受"浮躁浅露"之讥却是事实。
⑥ 《新唐书·王勃传》："麟德初，刘祥道巡行关内，勃上书自陈，祥道表于朝，对策高第。年未及冠，授朝散郎。"参见前文王勃生平著述部分。
⑦ （唐）王勃著，（清）蒋清翊注，汪贤度校点：《王子安集注》，第 150—152 页。

丽提出了尖锐的批评，以为此举是"图得而不图失，知利而不知害。移手足之病，成腹心之疾"①的愚蠢行为。并向刘祥道提出了一系列治国安邦的主张，包括清明政治、扶植农桑以及举用贤才等，以表明自己的政治才能。连用数个"此君侯之所未谕也"，对这位刘右相进行诘责。可谓痛快淋漓，无所顾忌，全然一副平视王侯的傲岸姿态。最后，向刘祥道提议：

> 君侯足下，出纳王命，升降天衢。激扬凤扆之前，趋步麟台之上，亦复知天下有遗俊乎？夫心之精微，口不能言也；言之微妙，书不能文也。伏愿辟东阁，开北堂，待之以上宾，期之以国士。使得披肝胆，布腹心，大论古今之利害，高谈帝王之纲纪。然后鹰扬豹变，出蓬户而拜青墀；附景抟风，舍苔衣而见绛阙。②

慨然为"天下遗俊"请命，表达自己"大论古今之利害，高谈帝王之纲纪"的济世抱负。"此后他几乎是不间断地向王公大臣以及皇帝本人上书献颂，总想引起朝廷对他的更大重视，以遂鹏飞龙腾之志。"③确实，他此后又向皇甫常伯、李长伯、明员外等干谒，写了《上皇甫常伯启》《上李常伯启》《上明员外启》等。其《上李常伯启》云："当仁不让，下走无惭于自媒；闻善若惊，明公岂难于知我。"④以如此激进的方式显示自己，以期引起对方的重视，其气度个性可见一斑。《上绛州上官司马书》中则直陈："拾青紫于俯仰，取公卿于朝夕。"⑤其张扬个性，自命不凡的气度在这些干进的书启中表露无余。事实上，若不看他上书的内容，只看他一个十几岁的少年，就这样一再向当朝官员上书，就足见其非凡的胆识和勇气！

实际上，王勃这种自命不凡的气派早在童年时期就形成了。杨炯《王子安集原序》载其九岁读颜氏《汉书》，撰《指瑕》十卷。《新唐书·王勃传》也载王勃九岁得颜师古注《汉书》，读之作《指瑕》，以

---

① （唐）王勃著，（清）蒋清翊注，汪贤度校点：《王子安集注》，第154页。
② （唐）王勃著，（清）蒋清翊注，汪贤度校点：《王子安集注》，第163—164页。
③ 骆祥发：《初唐四杰研究》，东方出版社1993年版，第86页。
④ （唐）王勃著，（清）蒋清翊注，汪贤度校点：《王子安集注》，第125页。
⑤ （唐）王勃著，（清）蒋清翊注，汪贤度校点：《王子安集注》，第165页。

摘其失。对于当代的大学问家，王勃以幼小的年龄，就敢于对其"指瑕"，这需要的恐怕不只是学识而已。

王勃这种向权臣上书言政的做法，也是与当时的科举制度密切相关的一种行为。唐代科举取士，若能受到重臣的举荐，则往往比较容易登第。为了能够被举荐，举子们往往要向当权者行卷，以示其才。王勃上书刘祥道，结果受到了其赏识，以为"神童"，故而《新唐书·王勃传》载其对策高第，年未及冠授朝散郎之职。徐松《登科记考》卷二载麟德三年，制举幽素科凡十三人，王勃为其中之一。可见王勃的登第，与刘祥道的表荐是很有关系的。王勃生活于初唐，行卷之风当尚在萌芽中，但若想获得赏识，步入官场，向当权者上书干谒也是一种重要的方式。这种方式到了盛唐之后，演化为一种较为普遍的行为。很多文人都写过类似的文章，如王昌龄的《上李侍郎书》，李白的《与韩荆州书》等，都体现了盛唐文人在干进时表现出求人而不屈己的豪迈作风。这种强烈的自我意识当是与屈原、王勃一脉相承的。

王勃的这种个性张扬，对自我的肯定，以及笑傲王侯的气度，事实上早在王绩那里就初露端倪了。如前所述，据吕才《王无功文集序》所记录的王绩十五岁谒见杨素的气派，其言谈举止，简直是魏晋风度的再现，因其"瞻对闲雅，辩论精新"，致使"一座愕然，目为'神仙童子'"。可见其惊世骇俗的程度。王绩与杜之松、陈叔达等的书信交往中，表现出的也是傲岸不羁的情怀。

作为一种前代的文化形态，王氏家族的主要作家，继承了魏晋风度的合理内核，比如对自由、自然的追求和对自我价值、个性特点的肯定等；扬弃了与当时社会不合拍的成分，比如将魏晋风度中表现出的那种强烈的叛逆精神，演变为对社会历史的批判，但并不就此放弃社会责任，对社会事功依然有执着的追求。其主旨直指盛唐精神，王氏家族在魏晋风度与盛唐精神[1]的演变中，乃是一重要的过渡。

---

[1] 关于魏晋风度与盛唐精神的关系，可参见刘怀荣《从魏晋风度到盛唐精神——以文人个性和玄儒关系的演变为核心》，见《文史哲》2002年第6期。此文以为："盛唐精神"是在对"魏晋风度"进行完善、修正的基础上形成的一种新的民族文化理想和精神范式。从文人个性和玄儒关系的演变来看，自然适意、脱俗求奇以及心灵需求的多样化构成了它最重要的三大特征。在盛唐文人身上，魏晋文人普遍具有的内在紧张和焦虑已经消除，仕与隐、玄与儒均得到了较为完满的统一。因而，他们的人格更健全，审美心理更加恬静平和，审美眼光更加精细入微。

王氏家族的主要作家在对自由、自然的追求和对自我价值、个性特点的肯定等对魏晋风度的追摹中，其创作心态更加自由洒脱，饱满充盈。使他们不再像宫廷文人那样，只把目光和焦点瞄准宫廷苑囿的狭小空间，而是把笔触伸向了更加深远辽阔的大自然，伸向了优美的田园山水、壮丽的关山塞漠，[①] 从而促成了田园与山水文学的融合。

[①] 这种创作心态与创作主题的形成和选择，当然也与他们的生活经历有关，前文已提及，为了表述的方便，此处不再赘述。

第七章

山水田园的自在旋律

王氏家族的主要作家追求自由与自然，体认自我价值，在远离宫廷的自然怀抱中，把目光和笔触伸向了山水田园，在宫廷文学的主旋律外，唱出了自由自在的天籁之音。

一般认为，体现自然风貌的山水诗与田园诗是在魏晋玄学、隐逸之风的影响下形成的。曹道衡先生曾指出："后来的山水诗是从玄言诗演化而来，似更近事实。"[1] 此前的文学中，当然也有关于自然、山水的描写，但"《诗经》的诗中的自然，大体上不得不说仍然是比兴式的"[2]。"在《楚辞》中，也同样看不到关于自然和自然之美的叙述。确实，《楚辞》歌咏了楚地特有的名山、大川、奇花、异草，酿出了不同于《诗经》的抒情氛围；但是，其目的不是为了歌咏自然之美，而是为了抒发作者的情志。"[3] "在许多场合，汉代赋家只是利用自然描写来表达其他内容。而且汉赋中所描写的自然，范围也仅限于游猎场所、宫苑和都邑等周围的山河，后代文学中所表现的山水等，在汉赋中是完全看不到的。因而可以认为，汉代人对于自然还没有什么特别明确的意识。"[4] 即使是淮南小山的《招隐士》中所描写的山景，也显得十分恐怖，"所以他的结论是：'山中兮不可以久留'。这说明直到西汉初年为止，在文人心目中的山林，并非什么可爱的地方。这和后来所谓山水文

---

[1] 曹道衡：《山林隐逸与山水诗的兴起》，载《中国古典文学论丛》第5辑，人民文学出版社1987年版，第71页。

[2] ［日］小尾郊一著《中国文学中所表现的自然与自然观》，邵毅平译，上海古籍出版社1989年版，第7页。

[3] ［日］小尾郊一著《中国文学中所表现的自然与自然观》，邵毅平译，第9页。

[4] ［日］小尾郊一著《中国文学中所表现的自然与自然观》，邵毅平译，第23页。

学的情况，正好截然相反，不能等同看待"①。汉末的天下大乱，隐逸之风大盛。魏晋风度讲求保持人的自然性，以隐逸为高。名士们崇尚老庄，热爱自然，纵情山水，啸傲林泉，在与自然的密切接触中，获得了对山水之美的审美能力，并达到了相当的境界。到东晋时，山水田园成了士大夫生活与心灵不可或缺的组成部分。正是在隐逸之风与对自然之美的审美背景下，产生了以谢灵运为代表的山水诗与以陶渊明为代表的田园诗。

钱锺书先生曾经指出："田园诗发展到了唐代转化为山水诗，王维、储光羲等人诗歌内容从劳动过渡到隐逸，实现了创作重心的转移。"② 而王氏家族的主要作家们的独特贡献和价值，就在于在这一转化环节中，起到了承上启下的过渡作用。

一 王绩：山水诗与田园诗的初步融合③

王绩虽然受儒家影响，有出仕的追求。但其生性却对自然满怀向往之情，据《古镜记》记载，王绩自六合县丞弃官后，"又将遍游山水，以为长往之策"④。从大业十年到大业十三年六月，漫游了吴越的广大地区，包括当地的名山胜水。其第三次去官后，玄学影响占了上风，"床头素书三帙，《庄》、《老》及《易》而已。过此以往，罕尝或披。忽忆兄弟，则渡河归家。维舟岸侧，兴尽便返"⑤。隐于故乡的山水田

---

① 曹道衡：《山林隐逸与山水诗的兴起》，载《中国古典文学论丛》第5辑，第69—70页。
② 钱锺书：《宋诗选注》，人民文学出版社1982年版，第217页。
③ 关于王绩对山水田园诗的贡献，可参见以下论著：游国恩等人主编的《中国文学史》认为无论从思想或艺术上来说，王绩都是唐代山水田园诗派的先驱人物。张明非的《论王绩的田园诗》指出，王绩的田园诗，不仅上承陶渊明，下启孟浩然、王维、储光羲等，有着继往开来的意义，也比他的山水诗数量更多，成就更高，更富有特色。题材上使山水与田园融合。葛晓音在其专著《山水田园诗派研究》一书中认为王绩为初盛唐山水田园诗指出了提炼典型意境的发展方向。罗宗强、郝世峰主编的《隋唐五代文学史》认为，王绩的诗可以说是陶渊明诗风的一脉延续，而且又与盛唐的王维、孟浩然诗派有接续关系。
④ 鲁迅校录，王中立译注：《唐宋传奇集》，第4页。
⑤ （唐）王绩著，韩理洲校点：《王无功文集》（五卷本会校），第148页。

园中，成为一名"自足的农夫"①，"吾河渚间，元有先人故田十五六顷。河水四绕，东西趣岸，各数百步"。"独坐河渚，结构茅屋，并厨厩，总十余间。奴婢数人，足以应役。用天之道，分地之利。耕耘蓺蓻，黍秋而已。"② 在这种自足的隐居生活中，王绩受陶渊明影响，写下了大量的田园诗。如其《九月九日赠崔使君善为》：

> 野人迷节候，端坐隔尘埃。忽见黄花吐，方知素序回。
> 映岩千段发，临浦万株开。香气徒盈把，无人送酒来。③

此诗中的"黄花""酒"等用的正是陶渊明式的意象；其写重阳菊芳时节对友人的怀念，朴素平易又饱蕴着深情，意蕴颇似陶渊明的《和郭主簿二首》。再如《秋园夜坐》：

> 秋来木叶黄，半夜坐林塘。浅溜含新冻，轻云护早霜。
> 落萤飞未起，惊鸟乱无行。寂寞知何事？东篱菊稍芳。④

此诗亦用了渊明"菊花"的意象。而其写晚秋景色，自然幽静，洗尽铅华。正得陶诗精蕴。再如《春庄走笔》：

> 野客元图静，田家本恶喧。枕山通箘阁，临涧创茅轩。
> 约略栽新柳，随宜作小园。草依三径合，花接四邻繁。
> 野妇调中馈，山朋促上樽。晓羹犹未糁，春酒不须温。
> 卖药开东铺，租田向北村。梦中逢栎社，醉里觅桃源。
> 猪肝时入馔，犊鼻即裁裈。自觉勋名薄，方知道义尊。
> 所嗟同志少，无处可忘言。⑤

---

① [美] 宇文所安：《初唐诗》，贾晋华译，生活·读书·新知三联书店 2004 年版，第48 页。
② （唐）王绩著，韩理洲校点：《王无功文集》（五卷本会校），第 148 页。
③ （唐）王绩著，韩理洲校点：《王无功文集》（五卷本会校），第 80 页。
④ （唐）王绩著，韩理洲校点：《王无功文集》（五卷本会校），第 133 页。
⑤ （唐）王绩著，韩理洲校点：《王无功文集》（五卷本会校），第 53—54 页。

此诗虽然没有达到陶渊明"心远地自偏"的境界,但其用朴实无华、通俗明快的语言,刻画出一幅宁静和谐、优美闲适的春野田庄特有的美丽和素雅,令人不胜向往。

以上诗歌所流露的情趣,自然是当时身居宫廷的诗人们"不屑"表达的。而像《初春》:

> 前旦出园游,林花都未有。今朝下堂望,池冰开已久。
> 雪避南轩梅,风催北庭柳。遥呼灶前妾,却报机中妇。
> 年光恰恰来,满瓮营春酒。①

这样洋溢着对春来的欣喜和生活的乐趣的诗篇,更是与大多数凭经验写春景、游宴应酬之诗的宫廷诗人完全不同。其清新、质朴、自然的诗风与当时的宫廷诗大相异趣。

王绩田园诗的写作,事实上在出仕时就着笔了,并非是隐居之后才开始的。如其《在京思故园见乡人遂以为问》,大约就写在待诏门下时期:

> 旅泊多年岁,忘去不知回。忽逢门外客,道发故乡来。
> 敛眉俱握手,破涕共衔杯。殷勤访朋旧,屈曲问童孩。
> 衰宗多弟侄,若个赏池台?旧园今在否?新树也应栽?
> 柳行疏密布?茅斋宽窄裁?经移何处竹?别种几株梅?
> 渠当无绝水?石计总生苔?院果谁先熟?林花那后开?
> 羁心只欲问,为报不须猜。行当驱下泽,去剪故田莱。②

全诗连作十一问,感情真挚而自然,全无斧凿之痕。其关心的重点是那些池台茅斋、竹梅渠苔等田园风物,像渠中水、石上苔这样细小的景物都让他魂牵梦萦。最后直云:"行当驱下泽,去剪故园莱。"读之让我们不由得想起陶渊明《归去来兮辞》。可见其对田园的确有着非常深厚的感情。而这种感情是未历田园生活或者对田园生活不感兴趣的宫

---

① (唐)王绩著,韩理洲校点:《王无功文集》(五卷本会校),第93页。
② (唐)王绩著,韩理洲校点:《王无功文集》(五卷本会校),第127—128页。

廷诗人们体会不到或者不屑体会的。

王绩的田园诗仿陶，但其生活状态却有着陶渊明难得拥有的安逸。在这些诗句中："小池聊养鹤，闲田且牧猪。……倚杖看妇织，登垄课儿锄。"① "琴伴前庭月，酒劝后园春。自得中林士，何忝上皇人。"② 我们丝毫听不到陶潜诗中流露出来的劳苦之音和饥饿之叹。陶诗因生活困苦所体现出的辛酸之情，在王绩却因"黍田广于彭泽"而化为充满闲情逸致的吟唱，化为"度日以为娱"的自我消遣。在《答处士冯子华书》中，王绩自云："烟霞山水，性之所适。琴歌酒赋，不绝于时。时游人间，出入郊郭。暮春三月，登于北山，松柏群吟，藤萝翳景，意甚乐之。箕踞散发，同群鸟兽。醒不乱行，醉不干物。赏洽兴穷，还归河渚。蓬室瓮牖，弹琴诵书。优哉游哉，聊以卒岁。"③ 在这样自适的生活中，王绩也陶醉在前代山水诗的氛围中："遇天地晴朗，则于舟中诵大谢'乱流趋孤屿'之诗，眇然尽山林陂泽之思。觉瀛洲方丈森然在目前。或时与舟人渔子分潭并钓。俯仰极乐，戴星而归。"④ 不仅如此，他还以"会意"为宗旨，写下了大量的山水诗歌。如《题黄颊山壁》：

别有青溪道，斜亘碧岩隈。崩榛横古蔓，荒石拥寒苔。
野心长寂寞，山径本幽回。步步攀藤上，朝朝负药来。
几看松叶秀，频值菊花开。无人堪作伴，岁晚独悠哉！⑤

诗中的崩榛古蔓，青溪岩隈，寒石荒苔，在"几看松叶秀，频值菊花开"的悠然岁月中，被赋予了亘古的意蕴。而王绩的很多诗歌，事实上是无法单纯区分为是山水诗还是田园诗的，我们只能说其更接近山水诗或者更接近田园诗，表现出了山水诗与田园诗的融合。如其代表作《野望》就是在山水境界中加上了田园牧歌的意蕴，既有对山水的审美观照，又蕴含着田园的意趣。实际上就是一首山水田园诗。而其《解六合丞还》：

---

① （唐）王绩著，韩理洲校点：《王无功文集》（五卷本会校），第65页。
② （唐）王绩著，韩理洲校点：《王无功文集》（五卷本会校），第66页。
③ （唐）王绩著，韩理洲校点：《王无功文集》（五卷本会校），第150页。
④ （唐）王绩著，韩理洲校点：《王无功文集》（五卷本会校），第148页。
⑤ （唐）王绩著，韩理洲校点：《王无功文集》（五卷本会校），第48页。

  我家沧海白云边，还将别业对林泉。
  不用功名喧一世，直取烟霞送百年。
  彭泽有田惟种黍，步兵从宦岂论钱？
  但使百年相续醉，何辞夜夜瓮间眠？①

《春日山庄言志》：

  平子试归田，风光溢眼前。野楼全跨迥，山阁半临烟。
  入屋欹生树，当阶逆涌泉。剪茅通洞底，移柳向河边。
  崩沙犹有处，卧石不知年。入谷开斜道，横溪渡小船。
  郑玄唯解义，王列镇寻仙。去去人间远，谁知心自然！②

  这些诗也是在山水与田园的自然境界中，体味他的林泉与归田的乐趣。但不管是山水还是田园，他笔下的一切都是自然的、随意的、绝少人工的雕饰。这正是王绩所着力追求的生活。

  《山中夏日九首》也是王绩山水田园诗中的力作。表现了山中动人的自然风光，展示了大自然幽寂却饱含着生机之美。这种美不是孤立存在的，而是与诗人的生活统一在一起的："池光连壁动，日影对窗斜。"（其一）"药供无限食，石起自然坛。"（其三）"青松生户侧，奔泉涌砌间。"（其四）"野竹栏阶种，岩花入户飞。"（其五）"涧泉通院井，山气杂厨烟。"（其七）"树阴连户静，泉影度窗寒。"（其八）"槿花碍前浦，荷香栏上风。"（其九）③ 这种自然之美不仅仅进入了人的审美视野，成为审美的对象而被观照，而且与人的生活相联系，从而使这种美显得质朴而真实。故而他笔下的山水田园诗才能写得自然细腻，真挚感人，从而获得了无限的生机和独特的价值。

  张明非《论王绩的田园诗》指出，从晋宋到隋唐一百多年的时间里，田园诗的发展与山水诗极不相称。这种寥落的局面，是由于王绩的出现才被打破的。王绩的田园诗，"不仅上承陶渊明，下启孟浩然、王

---

① （唐）王绩著，韩理洲校点：《王无功文集》（五卷本会校），第61—62页。
② （唐）王绩著，韩理洲校点：《王无功文集》（五卷本会校），第46页。
③ （唐）王绩著，韩理洲校点：《王无功文集》（五卷本会校），第84—87页。

维、储光羲等,有着继往开来的意义,也比他的山水诗数量更多,成就更高,更富有特色"①。在王绩以前,田园诗与山水诗是分道而行的。陶渊明弃官后,躬耕垄亩,把田家的艰辛与快乐化为众多清淡隽永的诗篇,讴歌着他所热爱的田园生活,成为"田园诗之祖"。山水诗的代表作家大小谢(谢灵运、谢朓)则写山摹水,或者用多彩的笔触描绘出一幅幅山水全景图;或者用清新的构思勾勒出一幢幢空灵简淡的山水秀貌谱。他们的视点只在山水风光,而很少涉及田园景物,成为与陶渊明同时的山水诗的代表作家。

王绩则凭借祖上传下来的田产,隐居在风景秀丽的龙门家乡,生活富裕、悠闲,在自适的心态中过着自在的生活,偶尔"躬耕东皋",也只为适意而已。而"烟霞山水"才是他的"性之所适",故而能够"在学陶中另辟蹊径,用大小谢对山情水趣的审美方式来观照田园生活,开唐代山水田园诗的先河"②。

我们说王绩的诗歌游离于宫廷之外,在很大程度上就是因为其山水田园诗的写作。王绩生活的时代,无论是隋末还是唐初,诗歌的主旋律无疑是宫廷诗。③ 诗坛除了少部分儒家说教诗外④,仍为轻艳浮华的"梁陈宫掖之风"所笼罩。即使是"一代英主"李世民,也被认为诗语殊无丈夫气。宫廷文人的诗作多是应制颂圣、艳情酬唱,未出宫廷贵族生活的狭窄范围。《新唐书·文艺传》曰:"唐有天下三百年,文章无虑三变。高祖、太宗,大难始夷,沿江左余风,绮句绘章,揣合低卬。"⑤ 这

---

① 见《文学遗产》1990年第1期。
② 曹丽芳:《王绩与山水田园诗派》,载《山西大学学报》(哲学社会科学版)1997年第3期。
③ 尚永亮在《初唐宫廷诗风流变考论·序》中以为:"所谓宫廷诗,主要指长期以文学侍从或朝廷重臣身份密集于君主周围的诗人在宫廷范围内的诗歌活动,旁及他们在宫廷以外但明显带有宫廷趣味与风格的诗作,以及虽不属于宫廷诗人,但受时代风气浸染而带有宫廷趣味的作品。"参见聂永华《初唐宫廷诗风流变考论》序言,中国社会科学出版社2002年版。对清编《全唐诗》所收初唐诗进行的统计表明,宫廷诗在初唐诗坛占压倒优势。不但宫廷诗人在初唐作家中占绝对多数,他们的作品数量也同样呈现覆盖之势,因而可以说初唐实际上是一个宫廷诗的时代。文馆学士的创作活动和特色体现了初唐诗坛诗基本走向和基本特征。参见罗时进《唐诗演进论》,江苏古籍出版社2001年版,第4页。
④ 参见聂永华《初唐宫廷诗风流变考论》,中国社会科学出版社2002年版,第64—75页。
⑤ (宋)欧阳修、(宋)宋祁撰:《新唐书》,第5725页。

显然是个承袭陈隋浮靡文风的时代。无疑,王绩与这种时代的主旋律是不合拍的。翁方纲以为:"王无功以真率疏浅之格,入初唐诸家中,如鸾凤群飞,忽逢野鹿,正是不可多得也。"① 故而"尽管历代文学史家对王绩的诗歌活动给予了高度的评价,但却因与时代主旋律的不谐和,……在'举桌皆欢的'宫廷诗坛之外,王绩'向隅独一人',其诗歌活动与时代风格既疏离又沟通,在审美内涵与美感特色上既'落伍'又'超前',显然是属于另外一个时代,像陶诗的价值数百年后才被发现于诗史的遭际一样,王绩诗'开迹唐诗'的功用也是在一个世纪后才产生了肆响"②。"宫廷诗在五世纪后期兴起后,立即激起了反对。但是这种反对仅有诗论,缺乏诗歌实践,缺乏具有美学吸引力的替换品。"③ 应该说只有到了王绩,这种"替换品"才开始出现。

总之,王绩以"自适"之心态,以"会意"为宗旨,进行着他特立独行的文学创作。笔者以为,他的价值正在于他对宫廷文学的游离,如果他也加入了宫廷文学的大合唱,则当时的文坛该会是多么单调!为此,我们要感谢王绩和他那孤独而自在的吟唱!

二 王勃的山水之音

如果说王绩的诗作体现出了田园山水诗的初步融合,王勃则把自己的目光更是投向了大自然的山山水水,为山水诗的进一步发展做出了贡献。王勃的山水诗,根据表现内容的不同,可分为三类:纪行诗、游览诗、赠别诗。

(一) 纪行诗

王勃的纪行诗主要是其入蜀纪行诗。与王绩不同的是,王勃曾有过宫廷生活的经历。从进士及第到被赶出沛王府的这段时间,王勃基本上也扮演了一个宫廷文人的角色。前文曾提到过,善于自我张扬的王勃,

---

① (唐) 王绩著,韩理洲校点:《王无功文集》(五卷本会校),第 274 页。
② 聂永华:《初唐宫廷诗风流变考论》,第 112—113 页。
③ [美] 宇文所安:《初唐诗》,贾晋华译,第 12 页。

在此前或此期间，不断向朝廷重臣上书，且向皇帝连上了《宸游东岳颂》①《乾元殿颂》《拜南郊颂》《九成宫颂》等来歌功颂德，希望得到皇帝的重视。如其《拜南郊颂》云："若夫应运而生，继天而作，鼓动千载之下，超腾百王之上，遂能发轩庭之景曜，蹑隋运之颓风，揖让而取文明，指麾而清函夏，则我皇唐得之矣。高祖以黄旗夜立，静云火之横氛；太宗以赤羽登期，补星辰之绝缕。授瑶图于新邑，付璇历于钧台。人更三圣，道昭千古。于是俯临睿极，趋四荒于凤阙之前；端委庙堂，调万国于龙轩之下。八鸾徐动，顿汤文于后尘；九骏长驱，仁尧舜於中路。邦家之具得矣，易简之业存矣。"②极尽歌功颂德之能事。在《乾元殿颂序》中则希望能尽力于王室。这些体现以"雅颂为正声"的作品，正是王勃早年参与宫廷生活的产物。虽然在文辞上华丽铺张，与王勃的其他作品相比，却不能同日而语。

王勃被逐出沛王府，宫廷生活也随之结束。对于心高气盛的王勃来说，这次仕途失意，当然是一个非常沉重的打击。然而对于文学创作来说，却是一件幸事。走出宫廷的王勃，决定到蜀地漫游。并沿途写下了三十首纪行诗。其《入蜀纪行诗序》云：

> 总章二年，五月癸卯，余自常安观景物于蜀。遂出褒斜之隘道，抵岷峨之绝径。超玄溪，历翠阜，迫弥月而臻焉。若乃采江山之俊势，观天地之奇作，丹壑争流，青峰杂起，陵涛鼓怒以伏注，天壁嵯峨而横立，亦宇宙之绝观者也。虽庄周诧吕梁之险，韩侯怯孟门之峻，曾何足云。盖登培塿者起衡霍之心，游涓浍者发江湖之思。况乎躬览胜事，足践灵区，烟霞为朝夕之资，风月得林泉之助。嗟乎！山川之感召多矣，余能无情哉？爰成文律，用宣行唱，编为三十首，投诸好事焉。③

王勃的"入蜀纪行诗"三十首，今多已散佚。笔者细读王勃存诗，

---

① 王勃《上李常伯启》云："辄呈《宸游东岳颂》一首，当仁不让，下走无惭于自媒；闻善若惊，明公岂难于知我。"乃是通过李常伯向皇帝献文。
② （唐）王勃著，（清）蒋清翊注，汪贤度校点：《王子安集注》，第325—327页。
③ （唐）王勃著，（清）蒋清翊注，汪贤度校点：《王子安集注》，第226—227页。

得诗五首,应为入蜀纪行之作:

其一为《始平晚息》:

> 观阙长安近,江山蜀路赊。客行朝复夕,无处是乡家。①

据《元和郡县图志》卷二,始平属关内道京兆府②,此诗或是王勃离开长安不久写下的,由于出长安未远,旅途的景物还未进入他的视野,但已流露出羁旅行役之感。

其二为《扶风昼届离京浸远》:

> 帝里金茎去,扶风石柱来。山川殊未已,行路方悠哉。③

据《元和郡县图志》卷二,扶风属关内道凤翔府。扶风离长安约二百一十里。此时王勃才深刻的感觉到离京已远,留恋魏阙之心开始为山川景物渐渐替代。

其三为《散关晨度》:

> 关山凌旦开,石路无尘埃。白马高谭去,青牛真气来。
> 重门临巨壑,连栋起崇隈。即今扬策度,非是弃繻回。④

散关乃历史上的著名关隘,位于凤翔府宝鸡县,属凤州,也是入蜀南下的必经之路。⑤ 此时的王勃,才开始真正进入了"观景物"的角色中,为散关周围的壮丽景色,诸如"巨壑"和"崇隈"所震撼。最后两句:"即今扬策度,非是弃繻回",说明王勃受壮美景色的鼓舞,心

---

① (唐)王勃著,(清)蒋清翊注,汪贤度校点:《王子安集注》,第102页。
② 《元和郡县图志》卷二云:"本汉平陵县,属右扶风。魏文帝改为始平。晋武置始平郡,领槐里县,历晋至西魏数有移易。景龙二年,金城公主出降吐蕃,中宗送至此县,改始平县为金城县。至德二年改名兴平。始平原,在县北十二里。东西五十里,南北八里,东入咸阳界,西入武功界。"
③ (唐)王勃著,(清)蒋清翊注,汪贤度校点:《王子安集注》,第102—103页。
④ (唐)王勃著,(清)蒋清翊注,汪贤度校点:《王子安集注》,第80页。
⑤ 据清人朱鹤龄《禹贡长笺》卷八,唐玄宗幸蜀,自马嵬由武功入大散关、河池、剑阁,以达成都。可知,散关应为入蜀南下的首选通道。

情也开始明朗昂扬起来。

其四为《晚届凤州》：

> 宝鸡辞旧役，仙凤历遗墟。去此近城阙，青山明月初。①

离开散关不久，王勃来到了凤州治所，此时，虽是"近城阙"，但其眼中却依旧留有"青山明月"，可见王勃在离长安渐行渐远的旅途中，心态也离自然越来越近。

其五为《长柳》：

> 晨征犯烟磴，夕憩在云关。晚风清近壑，新月照澄湾。
> 郊童樵唱返，津叟钓歌还。客行无与晤，赖此释愁颜。②

自凤州继续南行，王勃来到了陕西南郑县之长柳。并写下了这首相当出色的纪行诗。其诗中间四句的景物描写，清新、自然，明快，"郊童樵唱返，津叟钓歌还"二句，更带有田园牧歌式的情调。如此优美动人的暮景，令人陶醉着迷，更是抚慰了王勃那颗寂寞的游子心："客行无与晤，赖此释愁颜。"此时的王勃，已经能够在山情水韵中获得心灵的慰藉。

根据上面的序言可知，入蜀纪行诗乃是受"山川之感召"而萌发的"抒情"之作。虽然我们只看到了其诗作的一少部分，但其结构基本上是前两句记叙行程兼或写景，最后两句借景抒情，中间的诗句（如果有的话）基本上都是景物描写。可以说"眼前景""游子情"就是王勃入蜀纪行诗的内容，应该说都属于山水诗的范畴。另外王勃的存诗中，另有两首纪行之作，或者也属于入蜀纪行诗，其一为《深湾夜宿》：

> 津途临巨壑，村宇架危岑。堰绝滩声隐，峰交树影深。
> 江童暮理楫，山女夜调砧。此时故乡远，宁知游子心。③

---

① （唐）王勃著，（清）蒋清翊注，汪贤度校点：《王子安集注》，第96页。
② （唐）王勃著，（清）蒋清翊注，汪贤度校点：《王子安集注》，第89页。
③ （唐）王勃著，（清）蒋清翊注，汪贤度校点：《王子安集注》，第92页。

这首诗不知做于何处，但根据其中的景物描写与最后两句表达的游子行役，远离故乡的情感，似乎可以把它视为入蜀纪行之作。王勃写作此诗时，不唯有"津途巨壑""村宇危岑"等景物，且有"滩声隐""夜调砧"之声音；更为引人注目的是，像"江童""山女"这样的山野人物，也进入了王勃的视野，从而在山行水役的行程中，对于当地人民的生活状态也进行了观察和体认。"堰绝滩声隐，峰交树影深"两句，描摹细腻，感受独特。

其二为《易阳早发》：

> 饬装侵晓月，奔策候残星。危阁寻丹嶂，回梁属翠屏。
> 云间迷树影，雾里失峰形。复此凉飚至，空山飞夜萤。①

据《元和郡县图志》卷二十二：易县"本汉故安县，属涿郡。文帝以申屠嘉为故安侯。隋开皇十六年，于汉故城西北隅置易县。故城即燕之南郡，……易水一名故安河，出县西宽中谷，周官曰：'并州，其浸涞、易。'燕太子丹送荆轲易水之上，即此水也"②。易阳乃位于易水之阳。然此诗的题目格式、景物描写等，都有似于入蜀纪行之作，且诗中描绘的高耸入云、连绵不绝的山峰，似非易县所有。故而蒋清翊曰："诗非易县风景。疑亦入蜀纪行之作。"③笔者以为言之有理，或者"易阳"二字有误，蒋清翊云："《英华》作'邑杨'。"④故而笔者把此诗亦作为入蜀纪行诗，存此待考。好在即使此诗非为入蜀之作，也毫不影响我们的结论，问题的关键是，这是王勃的一首非常成功的山水诗，如此而已。此诗不但描写了披星戴月的行程，"危阁""回梁"的壮丽，"树影""峰形"的迷离，比《深湾夜宿》更增加了"丹嶂""翠屏"之色彩，因而其景物描写更加细腻、生动、形象。

毫无疑问，王勃的山水行役之诗已达到了宇文所安在《初唐诗》中所阐述的境界："在描写诗句中，王勃远离了宫廷诗人所实践的创造性

---

① （唐）王勃著，（清）蒋清翊注，汪贤度校点：《王子安集注》，第91页。
② （唐）李吉甫撰：《元和郡县图志》，第515—517页。
③ （唐）王勃著，（清）蒋清翊注，汪贤度校点：《王子安集注》，第91页。
④ （唐）王勃著，（清）蒋清翊注，汪贤度校点：《王子安集注》，第91页。

模仿，对自然界进行了独到的观察。他走出宫廷诗人的园林游览，被大自然那些更为壮丽的方面迷住。"①

（二）游览诗

叶燮《原诗》云："天地之生是山水也，其幽远奇险，天地亦不能自剖其妙；自有此人之耳目手足一历之，而山水之妙始泄：如此方无愧于游览，方无愧乎游览之诗。"② 林庚先生亦云："山水诗的兴起，是结合着游子的主题与自然景物而来的。"③ 可见，没有亲历其地的游览，山水诗是不能凭空产生的。此前的大小谢之所以对山水诗的形成和发展做出了巨大的贡献，一个重要的原因就是他们都有登山临水的游览经历。如《宋书·谢灵运传》云："（谢灵运）寻山陟岭，必造幽峻，岩障千重，莫不备尽。登蹑常着木履，上山则去前齿，下山去其后齿。"④ 王勃一生，亦有多次漫游的经历。除家乡龙门外，王勃曾游（宦）长安、吴越、蜀地、虢州、交趾等地。凭借一双慧眼，和一颗才子的敏感的心灵，在一次次的游历中，他对自然进行了独到的观察和感悟。故而其诗歌除了纪行诗外，游览诗也占了很大的比重。

王勃游览诗的代表作应该多是入蜀之后的作品。王勃在蜀地，写了包括诗歌在内的大量文学作品，杨炯《王子安集原序》云："考文章之迹，征造作之程。神机若助，日新其业。西南洪笔，咸出其辞。每有一文，海内惊瞻。"⑤ 可见其诗文创作已达到很高的境界。而这当然也应归功于蜀地的自然风光和王勃对这些山川景物的独到的观察和体悟。如其《圣泉宴序》云："玄武山有圣泉焉，浸淫历数百千年。乘岩泌涌，接磴分流。下瞰长江，沙堤石岸，咸古人遗迹也。兹乃青苹绿芰，紫苔苍藓。遂使江湖思远，寤寐寄托。既而崇峦左峙，石壑前萦。丹崿万寻，碧潭千顷。松风唱响，竹露薰空，潇潇乎人间之难遇也。方欲以林壑为天属，琴樽为日用。嗟乎，古今代谢，方深川上之悲；少长同游，

---

① ［美］宇文所安：《初唐诗》，贾晋华译，第101页。
② 叶燮著，孙之梅、周芳批注：《原诗》，凤凰出版社2010年版，第63页。
③ 林庚：《中国文学简史》，北京大学出版社1995年版，第172页。
④ （南朝梁）沈约撰：《宋书》，中华书局1974年版，第1775页。
⑤ （唐）王勃著，（清）蒋清翊注，汪贤度校点：《王子安集注》，王子安集注卷首，第68页。

且尽山阴之乐。盖题芳什，共写高情。诗得泉字。"① 可见王勃在对景物的观察中，蕴含感情的寄托和古今代谢的历史感慨。其诗也写得饶有意蕴：

> 披襟乘石磴，列籍俯春泉。兰气薰山酌，松声韵野弦。
> 影飘垂叶外，香度落花前。兴洽林塘晚，重岩起夕烟。②

不仅动态化的描写了圣泉之"气、声、影、香"，更把游览的情态与兴致，融入了圣泉这一独到的景观中，读之令人流连，直欲起江湖之思。

再如《泥溪》：

> 弭棹凌奔壑，低鞭蹋峻岐。江涛出岸险，峰磴入云危。
> 溜急船文乱，岩斜骑影移。水烟笼翠渚，山照落丹崖。
> 风生苹浦叶，露泣竹潭枝。泛水虽云美，劳歌谁复知。③

此诗不仅写了泥溪的险涛、急溜、水烟及其两岸的危峰、斜岩、丹崖、苹浦、竹枝等自然风貌，而且还表露了对于在泥溪中泛水舟子辛劳的理解和同情。这种对劳动人民所表露出的感情应该说是真实的和难能可贵的。

在蜀地写下的游览诗中，多有对道观仙迹、佛寺胜地的描写。如《寻道观》《观内怀仙》《八仙径》《山居晚眺赠王道士》《游梵宇三觉寺》《观佛迹寺》等。不仅描写了清丽宜人的自然风光，而且蕴含了自己对于仙道的向往，如其《八仙径》有云："终希脱尘网，连翼下芝田。"④ 在《游梵宇三觉寺》中还对佛教洗涤烦恼的独特作用进行了体悟赞赏。不过在《观内怀仙》中，王勃认为"自能成羽翼，何必仰云

---

① （唐）王勃著，（清）蒋清翊注，汪贤度校点：《王子安集注》，第78—79页。
② （唐）王勃著，（清）蒋清翊注，汪贤度校点：《王子安集注》，第79页。
③ （唐）王勃著，（清）蒋清翊注，汪贤度校点：《王子安集注》，第93页。
④ （唐）王勃著，（清）蒋清翊注，汪贤度校点：《王子安集注》，第87页。

梯"①。从而表现出了对于宗教的超越。

在王勃的一些游览诗中，正如其纪行诗一样，也表达了羁旅之情，如《麻平晚行》：

> 百年怀土望，千里倦游情。高低寻戍道，远近听泉声。
> 涧叶才分色，山花不辨名。羁心何处尽，风急暮猿清。②

这首写于嘉州麻平的诗歌，把千里游情，一颗羁心融入到了高高低低的戍道、远远近近的泉声、斑斓的涧叶、无名的山花以及风中暮猿的啼叫声中，可谓情景交融。再如《山中》，把万里的归念融入眼前的长江和群山中，直令长江因悲痛而滞流，群山黄叶则在晚风中翻飞、飘零；《冬郊行望》更把归念移入征蓬，直令征蓬因之而断，可见这归念何其强烈！这些诗可以说都是融情入景的杰作。而其《普安建阴题壁》：

> 江汉深无极，梁岷不可攀。山川云雾里，游子几时还。③

此诗面对深不可及的江汉、高不可攀的梁岷，直抒胸臆，从"游子几时还"，这一无奈的自问句中，我们可感觉到其强烈的思归之情。

与以上思归的沉重感不同，王勃还写有一些轻松明快、语言秀丽的游览春光之作。如《仲春郊外》：

> 东园垂柳径，西堰落花津。物色连三月，风光绝四邻。
> 鸟飞村觉曙，鱼戏水知春。初晴山院里，何处染嚣尘。④

《春日还郊》：

---

① （唐）王勃著，（清）蒋清翊注，汪贤度校点：《王子安集注》，第88页。
② （唐）王勃著，（清）蒋清翊注，汪贤度校点：《王子安集注》，第82页。
③ （唐）王勃著，（清）蒋清翊注，汪贤度校点：《王子安集注》，第103页。
④ （唐）王勃著，（清）蒋清翊注，汪贤度校点：《王子安集注》，第84页。

闲情兼嘿嘿,携杖赴岩泉。草绿萦新带,榆青缀古钱。
鱼床侵岸水,鸟路入山烟。还题平子赋,花树满春田。①

这种明净清纯的山水诗,就像明媚的山野中开满烂漫春花的树,既摇曳多姿,又自然脱俗。似这样的山水诗还有《郊兴》《郊园即事》《对酒春园作》等。它们无不以青春的气息,为诗坛注入清新的活力。此外,还有一些短小的绝句所描写的山情水意,也优美而脱俗,读之令人赏心悦目。如:

《林塘怀友》:

芳屏画春草,仙杼织朝霞。何如山水路,对面即飞花。②

《春庄》:

山中兰叶径,城外李桃园。岂知人事静,不觉鸟声喧。③

以及《早春野望》《山扉夜坐》等等。这些描写明媚春光的诗篇,正是年轻的王勃在春日的游览中,对大好春光的观察和感悟。此时的大唐帝国正处于盛唐之前的青春期,因而这些诗歌也是时代的产物。

王勃的其他游览诗还有《滕王阁诗》《出境游山二首》《三月曲水宴》《上已浮江宴韵得遥字》等,皆能做到情景交融,构思新颖。而其《滕王阁诗》更是随其《滕王阁序》而流传千古。

(三) 赠别诗

游历、飘泊总是结合着与亲友的一次次离别。王勃的赠别诗量多而质优,往往在山水景物的描写中,蕴含着深刻的感情,几乎可以算得上是文学史上最动人的赠别诗而流传千古。如《别薛华》:

---

① (唐)王勃著,(清)蒋清翊注,汪贤度校点:《王子安集注》,第87页。
② (唐)王勃著,(清)蒋清翊注,汪贤度校点:《王子安集注》,第96页。
③ (唐)王勃著,(清)蒋清翊注,汪贤度校点:《王子安集注》,第97页。

送送多穷路，遑遑独问津。悲凉千里道，凄断百年身。
心事同漂泊，生涯共苦辛。无论去与住，俱是梦中人。①

《重别薛华》：

明月沉珠浦，秋风濯锦川。楼台临绝岸，洲渚亘长天。
旅泊成千里，栖遑共百年。穷途惟有泪，还望独潸然。②

以及广为人知的《送杜少府之任蜀州》等。这些诗歌的动人之处就在于与朋友之间的深厚感情。《别薛华》中的"心事同漂泊，生涯共苦辛"之感慨，让人感觉到他们身处异乡的艰辛，而"无论去与住，俱是梦中人"，则让人感知朋友之间感情的真挚与可贵。《重别薛华》则把离别安排在明月珠浦、秋风锦川、楼台绝岸、洲渚长天的宏大场景中，不仅让人感觉其友谊的深厚永恒，更在一定程度上化解了离别的悲伤。《送杜少府之任蜀州》则更因其把离别的悲伤转化为"海内存知己，天涯若比邻"的告慰，以及"无为在歧路，儿女共沾巾"的昂扬基调而感奋了包括我们在内的无数后来者。它的意义不仅在于化解了自古以来离别之际黯然销魂的辛酸感受，而且显示出了盛唐到来之前的文人们的思维方式正朝着更为开阔的方向转变。

王勃的其他送别诗也写得情深而壮阔，如其《江亭夜月送别二首》，把送别的悲泣融入了巴山蜀水的云水之间，把离别的悲情融入了无限的江山风物之中。王勃的送别诗数量众多，像《饯韦兵曹》《秋日别王长史》《别人四首》等，也都是其优秀的送别之作。值得注意的是，王勃的送别诗中还有七言绝句，如《秋江送别二首》：

早是他乡值早秋，江亭明月带江流。
已觉逝川伤别念，复看津树隐离舟。

归舟归骑俨成行，江南江北互相望。

---

① （唐）王勃著，（清）蒋清翊注，汪贤度校点：《王子安集注》，第80—81页。
② （唐）王勃著，（清）蒋清翊注，汪贤度校点：《王子安集注》，第81页。

谁谓波澜才一水，已觉山川是两乡。①

　　这两首诗音韵婉转，语言优美，感情深挚悠远，虽然每首只是短短的四句，却能营造出层次的纵深感，从而产生了回环往复，余音袅袅的艺术效果，就像是被唱出来的一样。

　　王勃的山水诗是在远离宫廷之后，对自然山水进行了深刻的观察与审美完成的。当时依旧是宫廷文学占主导地位的时代，宇文所安指出："到了七世纪前半叶，宫廷风格日益变得矫揉造作、刻版严格；强烈的对立潮流得到了发展，或修正宫廷风格，或寻觅替代的诗风。随着诗人们越出宫廷诗所严格控制的题材和场合，诗歌的主题范围开始扩大。"② 无疑，王勃就是把诗歌题材范围扩大的主将之一。闻一多先生也指出："正如宫体诗在卢、骆手里是由宫廷走到市井，五律到王、杨的时代是从台阁移至江山与塞漠。……到了江山与塞漠，才有低徊与怅惘，严肃与激昂，例如王的《别薛升华》、《送杜少府之任蜀州》和杨的《从军行》、《紫骝马》一类的抒情诗。"③

　　在山水诗的创作上，王勃既有谢灵运那样的亲自寻幽探胜的深刻体验，又有谢朓所追求的"圆美流转如弹丸"的语言造诣，融情入景，情景交融，对山水诗的成熟和发展，具有继往开来之贡献。葛晓音的《山水田园诗派研究》一书中认为，"四杰中山水诗成就最高的是王勃"④。王勃的《山中》《滕王阁诗》"以短小的篇幅表现阔大的境界和高远的气度，已为初盛唐山水诗指出了主要的发展方向"⑤。

　　在对魏晋风度的追慕和扬弃中，在对自由的追求和对自然的体认中，王绩和王勃在宫廷诗的时代，在自然的田园山水中，唱出了优美动人的天籁之音，为盛唐诗国高潮的到来，谱写了动人的序曲。

---

① （唐）王勃著，（清）蒋清翊注，汪贤度校点：《王子安集注》，第103—104页。
② ［美］宇文所安：《初唐诗》，贾晋华译，导言第1页。
③ 闻一多：《神话与诗》，第227页。
④ 葛晓音：《山水田园诗派研究》，辽宁出版社1993年版，第114页。
⑤ 葛晓音：《山水田园诗派研究》，第115页。

第八章

"三教"① 思想与王氏家族文学的包容精神

一 王通与"三教可一"论②

在中国思想史上，王通是第一个以儒家学者的身份提出儒释道是可

---

① 本书的"三教"，即儒、释、道三家的思想、教义等。其中儒家到底算不算"教"？争议很大，笔者以为儒家就总体而言，和标准的宗教还是有一定差距的。柳存仁先生在《中国思想里天上和人间理想的构思》一文中指出："唐代以来的所谓三教，这个教指的是教化的意思，不一定要把儒家看作是宗教。"（载《道教史探源》，北京大学出版社 2000 年版，第 137 页）这一观点值得参考。本书的三教，除了教化之外，还有教义的意思，另外，"道"也包含"道家"和"道教"两种意义，根据上下文的表述，当容易看出。本书除引文外，在以三教为通称时，主要是为了叙述时行文的方便。

② 与"三教合一""三教同源"相似的理论早已出现，汉魏时就有人提出佛教并不悖于儒道的观点。如东汉末的牟子，原精通儒家经传，社会动乱，无意仕宦，"锐志于佛道，兼研老子五千文，含玄妙为酒浆，玩五经为琴簧"（《理惑论·序传》）。在《牟子理惑》中广征博引儒道的论述，推崇儒教，同时也作了调和三教的工作。体现了道德修养上的融合，提出了"人道法五常（仁、义、礼、智、信）"以五常作为佛道修行的方式和方法。三国孙吴僧人康僧会（？—280），为安世高的再传弟子。精通佛儒两家经典。"明练三藏，博览六典"，注重佛儒的融合。在佛儒的关系上，称"儒典之格言，即佛教之明训也。"把"尽孝""尽仁"等儒家内容塞进戒律。把儒家的仁义思想与佛教的福祸报应说结合起来，放到"五道轮回"的教义中，使得儒家的仁义之道成了佛教修养的方法。把儒佛的道德论加以沟通。东晋士族中奉佛的代表如孙绰、郗超等人，曾撰文鼓吹佛道一致，孙绰《喻道论》指出："周孔即佛，佛即周孔"，因为佛教重内心教化，这叫"明其本"，而周孔则是"救时弊"，顺其世情而教化，佛儒关系只是内外之分，本质上都是通过教化治国安民。郗超在其《奉法要》中，也将儒家的道德修养与佛教道德修行加以联系，并把儒家的道德作为佛教道德的一个组成部分，以此来宣化佛教。南齐的顾欢："以佛道二家教导，学者互相非毁，乃著《夷夏论》"，倡导儒、佛、道一致。认为佛道只是形式方式方法上的差别，实质上都是"齐平达化"，可用来教化人民。"佛是破恶之方，道是兴善之术。……佛迹光大，宜以化物；道迹密微，利用为己。"（《南史·顾欢传》）王褒《幼训》中谓："儒家则尊卑等差，吉凶降杀。君南面而臣北面，天地之义也。鼎俎奇而笾豆偶，阴阳之义也。道家则堕肢体，黜聪明，弃义绝仁，离形去智。释氏之义，见苦断习，证灭循道，明因辩果，偶凡成圣，斯虽为教等差，而义归汲引。吾始乎幼学，及于知命，既崇周、孔之教，兼循老、释之谈，江左以来，斯业不坠，汝能修之，吾之志也。"宗炳、释慧灵、张融、北周道安等大批隐士或僧人都是这种观点的积极鼓吹者，他们认为儒、释、道虽三训殊路，而习善共辙，道也与佛，逗极无二，寂然不动，致本则同，感而遂通，道则佛也，佛则道也，二者同本共源，与儒圆融贯通。但这些人多是佛道信徒或学者。

以相容的主张的。"子读《洪范谠议》,曰:'三教于是乎可一矣。'"①《洪范谠议》即其祖安康献公所撰之《皇极谠议》。

  王通提出"三教可一",其目的是为大一统的政治统治服务的。隋朝建立后,为了维护社会的整体利益,必须加强意识形态的控制,以精神的统一保障政治的一统。然而长期以来儒释道在鼎立状态下的相互斗争,削弱了彼此的作用,无法真正满足统一的封建国家对思想文化整体性的要求。故而王通指出,三教的存在和相互攻讦,如同政出多门,在政治上是非常不利的。"程元问:'三教何如?'子曰:'政恶多门久矣。'"②所谓"政恶多门",就是指三教相互斗争,不利于统治而言。为此王通提出了"三教可一"的主张。所谓的"三教可一",并非把三教完全融合为一教,而是三教互相取长补短,并以儒家为主,吸收佛道二家之长,把佛道二教之有利于治国安民的成分纳入到儒家的价值体系中,使之共同为政治统治服务。

  在对三教的认识上,他认为佛、道二教是有许多缺陷的。佛教的缺点是其不敬王者、不孝父母、不养妻子、不蓄头发、不事农桑、不纳赋税等等,这些显然不符合中国农业文明下的宗法制的社会习俗,《中说·周公篇》载:"或问佛,子曰:'圣人也。'曰:'其教如何?'曰:'西方之教也,中国则泥。轩车不可以适越,冠冕不可以之胡,古之道也。'"③因而在本质上,佛教是不适合中国国情的,只能吸取其中的合理成分,而不能全盘接受,因而作为外来的宗教,它是不能上升到统治地位的。同时他认为道教也存在诸多的缺陷,比如长生之说在他看来就是虚妄之谈,是贪得无厌的表现。《中说·礼乐篇》载:"或问长生神仙之道,子曰:'仁义不修,孝悌不立,奚为长生?甚矣,人之无厌也。'"④王通认为生命的意义和价值在于是否合乎道德。真正的长生不死,是通过"修仁义""立孝悌"的道德实践来实现的,可见王通是以传统儒学的价值体系来批判释、老之学的。

---

  ① (隋)王通著,张沛校注:《中说校注》,第135页。可见王通"三教可一"思想的提出,是继承发扬其祖之说,但其何以从祖父的著述中得出"三教可一"的主张,已不得而知。
  ② (隋)王通著,张沛校注:《中说校注》,第134页。
  ③ (隋)王通著,张沛校注:《中说校注》,第114页。
  ④ (隋)王通著,张沛校注:《中说校注》,第172页。

尽管佛道存在诸多缺陷，王通根据历史上的教训，认为释、老之学是不能采取暴力手段强硬废除的，否则结果只能是适得其反。《中说·问易篇》载："曰：'废之何如？'子曰：'非尔所及也。真君、建德之事，适足推波助澜、纵风止燎尔。'"① 太平真君是北魏太武帝拓跋焘的年号（440—451），建德是北周武帝宇文邕的年号（572—578）。这两位皇帝都曾采取暴力手段灭佛，但这种做法并不能禁绝佛教徒心中的信仰。佛教自东汉传入中国后，历经魏晋南北朝的发展，已吸引了众多的信徒。尤其是伴随着魏晋玄学的兴起，佛教义学发展为般若思想，其对人生乃至宇宙万象之真实的探寻，对摆脱俗世苦难的努力，对天人关系与人和自然关系的探索等，其完全不同于儒学所创设的神学构架，极大地启发了世人对人生价值的重新审视，也使处于魏晋南北朝恐怖动荡时期的人们看到了摆脱苦难的希望，因此在与老庄玄学的进一步交融中为越来越多的人所接受。尤其是其解脱苦难的法门，更是吸引了众多普通信众。因此若用暴力强硬消灭之，是很困难的。并且灭佛运动时僧人所受到的迫害以及一些僧人舍身护法之举，反而博得更多人对佛教的同情乃至崇信，进而出现新的发展高潮。因而王通对此是极不赞成的。为了解决这一矛盾，王通提出了"共言九流""共叙九畴"的观点，即融合佛、道于儒的思想。《中说·周公篇》载："史谈善述九流，知其不可废而知其各有弊也，安得长者之言哉？"② 又谓："通其变，天下无弊法；执其方，天下无善教。故曰：'存乎其人。'" 又谓："安得圆机之士，与之共言九流哉！安得皇极之主，与之共叙九畴哉？"③ 王通希望通过吸收佛、道两家之长以补己之短，进一步充实儒家的内容，提高儒家的地位，达到一统佛、道两家的最终目的。这就把儒学变成了一个开放的体系，从而在新的历史时期获得了新的生命力。这种意义上的"三教可一"，即三教"各有弊"，应相互接近，相互吸收，取长补短，王通认为既不会像"三教并行"那样使人们无所适从；又不会遭遇强行消灭而引起的"纵风止燎"之负面效应，因而非常有利于政治统治的

---

① （隋）王通著，张沛校注：《中说校注》，第134页。
② （隋）王通著，张沛校注：《中说校注》，第101—102页。
③ （隋）王通著，张沛校注：《中说校注》，第102页。

需要，并且能够"使民不倦"。①

上文曾提到过，王通提出"三教可一"的理论，是源于其祖之《皇极谠议》的，由此可知，王氏家族的文化具有极大的包容精神。故而王通能有这样的认识："《诗》、《书》盛而秦世灭，非仲尼之罪也；玄虚长而晋室乱，非老、庄之罪也；斋戒修而梁国亡，非释迦之罪也。《易》不云乎：'苟非其人，道不虚行。'"②然而，我们纵观历史，就会发现，王通继承发扬其祖之说，提出了"三教可一"的理论，乃是政治思想史发展到隋唐之必然产物。自东汉明帝佛教思想传入中国后，儒、释、道三家并存，并开始了融合与斗争的过程。佛本异教，其诸多教义与中国根深蒂固的儒家思想背道而驰，因而想在中国扎根，必须依托于中国固有的儒道文化，对自己进行改造以宣传其教义，因而从其传入中国，就开始了与中国文化融合的过程。因而魏晋以来，玄学大兴，佛教思想也日渐繁荣，使儒学与汉代"独尊"的地位相比，出现了式微的状况，甚至被认为是一个"礼崩乐坏"的时代。三教斗争与三教融合一直在继续。其突出的表现就是三教各自以己为本，他教为末来会通三教。比如葛洪《抱朴子·明本》谓："道者儒之本也，儒者道之末也。"③是站在"道"的角度以"道"为本进行的融合；《高僧传·慧严传》载："范泰、谢灵运常言六经典文，本在济俗为治，必求灵性真奥，岂得不以佛经为指南耶。"④是以佛教为本的融合思想。

然而，三教的融合最重要的还是统治阶级为了统治的需要而进行的提倡与实践。如汉桓帝曾将黄老、浮屠、孔子并祀；梁武帝更是不仅在政治实践中自觉推行三教并举政策，还曾明确下诏："建国君民，立教为首，砥身砺行，由乎经术。"⑤并撰写了大量的儒家、道家及佛教著述。⑥还亲自为臣下讲解《老子》《庄子》。并且他也尊崇儒术，提倡忠

---

① （隋）王通著，张沛校注：《中说校注》，第135页。
② （隋）王通著，张沛校注：《中说校注》，第113页。
③ （晋）葛洪：《抱朴子》，上海古籍出版社1990年版，第69页。
④ （梁）释慧皎撰，汤用彤校注，汤一玄整理：《高僧传》，中华书局1992年版，第261页。
⑤ （唐）姚思廉撰：《梁书》，中华书局1973年版，第662页。
⑥ 《梁书·武帝纪》载其不仅著《周易讲疏》《尚书大义》《中庸讲疏》《孔子正言》等儒学著作，而且写《涅磐》《大品》《净名》等佛教典籍，还有《老子讲疏》一类道家著作。

君孝亲，以儒家纲常名教巩固封建君权；同时又宣布佛教为正道，在宗教信仰上把它置于儒、道之上，甚至四次舍身佛寺，以皇帝菩萨自居。对道家与道教，他也崇信有加，服食道士陶宏景为其炼造的神丹，并在国家每有吉凶征讨大事时，虔诚地向其讨教。因而可以说梁武帝的理论与实践，对中国历史上的三教合流起到了十分重要的作用。在魏晋南北朝这样一个动荡的时代，王朝兴替频繁，皇帝的命运也常常朝不保夕，被废被杀之事时有发生。因而为了扩大势力，巩固地位，许多帝王都采取并重三教的政策，即使是像北周武帝那样灭佛废道之帝王，在真正下诏废除二教之前，仍不免三番五次召集群臣商讨三教优劣，其群臣商讨三教优劣的辩论方法至唐代甚至形成一种制度。而这种制度，恰恰又使三教在辩论中得到了交流，加快了融合的步伐。正是由于帝王出于政治目的对三教的调和与利用①，使三教越来越趋于不可偏废的境地。很多人不再执着于一教，而是游于三者之间，或集三教于一身，如张融在其《遗令》中嘱托家人入殓时要左手执《孝经》《庄子》，右手执《小品》《法华经》。道士陶宏景遗令其尸要冠巾法服，左肘录铃，右肘药铃，佩符络左腋下，绕腰穿环结于前，钗符于髻上，通以大袈裟覆衾蒙手足，道人、道士并在门中，道人左，道士右，百日内夜常燃灯，旦常香火。这种三教混杂的入殓与守灵方式，在当时竟成为令人钦羡仿效的时髦之举。

因此，虽然历史上在三教并存的情况下，曾发生过灭佛废道等斗争，甚至是流血事件，但其融合的趋势也是显而易见的。王通不失时机的把它提出来，足可见其对时代精神的把握之精当。哲学在本质上是时代精神的反映，从这一角度讲，王通当不愧为哲学家之称号。而此种包容精神，正是我国文化的重要特点之一。盖此种思想在当时的社会背景下，当是呼之欲出的。因而笔者以为，王氏家族的这种关于三教可一的主张，乃是顺应时代思潮的发展而提出的，是一种建设性的主张并为以后的儒学思想发展开辟了道路。"王通的出现及其'三教可一'主张的提出，似乎是为了预示中国古代思想在隋唐时代及其以后的发展趋向。"

---

① 另外还有很多帝王对僧人礼遇而促进了"三教"合流的进程，比如孙权对僧人就采取礼遇态度：时逢高僧康僧会至建邺，孙权为之建塔。出于对帝王知遇之恩的感激，康僧会在自己作品中努力借佛教经典，讲儒家道理，并大量借用人们熟悉的道家修炼方法解释佛教经义。

此一主张，使王通"在中国思想史上成为不可忽视的人物"①。

其后帝王，大都顺着王通的思路，采取以儒家为主，广采三家之长进行自己的政治统治。《隋书·高祖本纪》载隋文帝开皇年间诏，认为佛法深妙，道教虚融，咸降大慈，济度群品。不仅在思想上对三教加以融通，而且在实践中兼顾并重。唐初，佛教的传播更是广泛，傅奕为太史令时，于武德四年六月二十一日给唐高祖的奏疏《上废省佛僧表》记载佛教在士大夫中已被广泛传播并影响极深，因而废除佛教几乎已成为不可能的事了。此时最好的办法就是引导利用，明智的帝王对此体会深刻。为此，唐太宗李世民更是三教兼顾，他非常清醒地认识到神仙事本虚无，空有其名，明言佛教之事非意所遵，己所好者唯在尧舜周孔之道，并在624年宣称："朕今欲敦本息末，崇尚儒宗，开后生之耳目，行先王之典训，而三教虽异，善归一揆。"②但从广收人心，巩固天下的利益出发，他又对佛、道加以扶持，并说今李家据国，李老在前；释家治化，则释门居上。其《大唐兴善寺钟铭》曰："皇帝道叶金轮，示居黄屋，覆焘万方，舟航三界，欲使云和之乐共法鼓而同宣，雅颂之声随梵音而俱远。"③体现了统治阶级利用佛教巩固统治的目的。初唐还在政府的支持资助下，整理了三教的文化典籍，包括佛经翻译，道教经典的整理等。④

三教并举政策在唐代还得到高宗、玄宗、武则天、宪宗等帝王的贯彻。高宗时在科举考试中加试《老子》。玄宗不仅数招州县及百官荐举通经之士，置集贤院募儒士及博涉著实之流，考六经之异同，注《孝经》，进行了儒学方面的建设；而且还注《道德经》，设立崇玄学，把《老子》《庄子》《文子》《列子》等都列入科举考试项目，加封老子为大圣祖高上大道金阙玄元天皇大帝，对道家也尊崇有加；同时还注《金刚经》，请不空法师为其授灌顶大法，对佛教也进行了建设性的活动。

---

① 张成权：《道家与中国哲学》（隋唐五代卷），人民出版社2004年版，第127页。
② （宋）宋敏求编：《唐大诏令集》，中华书局2008年版，第537页。
③ （梁）僧祐、（唐）道宣撰：《弘明集·广弘明集》，上海古籍出版社1991年版，第340页。
④ 据《大周刊定众经目录》统计，自汉讫唐，翻译大小乘经论典籍和传记等，已有三千六百六十部，计八千六百四十一卷（还不包括当时入藏的经卷）。675年将所有的道教经书抄录为7300卷。武则天时期还编辑了1300卷的《三教珠英》。

并且还常集儒、道、佛各教代表于一室，讨论三教异同，声称要会三归一。① 有唐一代，武宗时有过短暂的毁佛事，但其结果却只是促进了不借经教，"不立文字"，教外别传的禅宗的进一步盛行。比之唐代，宋帝王对三教并举政策的贯彻执行有过之而无不及。兹不赘述。总之，三教合流的情形正如鲁迅先生在《吃教》所说的中国晋以来的名流，每个人总有三种小玩意儿，一是《论语》和《孝经》，二是《老子》，三是《维摩诘经》，不但采作谈资，而且常常作一点注解。唐有三教辩论，后来变成大家打诨；所谓名儒，做几篇伽蓝碑文也不算什么大事。这正是魏晋以来三教融合的生动写照。

二 家族文学的包容精神

儒学传家的王氏家族，在隋唐之际社会思想复杂，三教渐趋合流的大趋势影响下，在家族内部尤其是王通"三教可一"思想的鼓舞下，其主要作家的文学作品也呈现出极大的包容性，在儒家精神为主要指导思想和反映内容的大框架下，时时表现出受佛道以及阴阳数术等影响的痕迹。并且非常难能可贵的是，诸位作家虽然受佛道等思想的影响，并在作品中加以表露，但多能清醒地意识到，儒学精神才是他们的根基，这使得王氏家族的包容精神带有很大的自觉性，从中我们可以更加深刻地把握作家的思想以及时代的特征。美国学者包弼德曾经指出："初唐的士学者之所以没有被三教的共存而困扰，我设想，部分的原因是由于每个传统都宣称它们只对人类经验的不同领域负责。"② 初唐法琳在《三教治道篇》中就提出儒以忠孝、道以道德、释以慈悲为立教之本，各称其德，并著其功。对此，王氏家族的作家们当有深刻的认识和准确

---

① 开元十年（722）唐玄宗颁布《孝经注》，认为，"孝者德之本"，只有"孝"可以教育人民，"因严以教敬，因亲以教爱"共称，如此则秩序可以重建，道德可以恢复。开元二十至二十一年（732—733）唐玄宗又完成《道德经御注》引入佛理，讨论"性"与"情"、"心"与"境"的问题，以此哲理的讨论，为秩序确立一种人性与道德的基础。开元二十二年（734）又颁布了其注释的《金刚经》，认为"不坏之法，真常之性，实在此经"。并与《道德经》、《孝经》并称。参阅《旧唐书》。

② ［美］包弼德：《斯文：唐宋思想的转型》，刘宁译，江苏人民出版社2001年版，第22页。

把握。故而能在其作品中对诸种思想运用自如又不会迷失其儒家思想的主流精神。

(一) 王度《古镜记》中的三教

王度重阴阳，喜仙道，《中说·天地篇》云："芮城府君重阴阳，子始著历日。"[1] 王度的《古镜记》作为唐人小说的开山之作，其包容三教甚至阴阳数术的特点值得我们关注。这种包容精神使它虽为唐代的第一篇传奇小说，然而尚未脱去志怪的痕迹，从而体现出了一种从志怪到传奇的过渡性特征。鲁迅先生在谈到六朝志怪的时候，认为它们出现的原因是"中国本信巫，秦汉以来，神仙之说盛行，汉末又大畅巫风，而鬼道愈炽；会小乘佛教亦入中土，渐见流传。凡此，皆张皇鬼神，称道灵异，自晋讫隋，特多鬼神志怪之书"[2]。《古镜记》既然尚未脱去志怪小说的痕迹，自然也包含鲁迅先生所说的这些特点。但所不同的是，《古镜记》在称道灵异的描述中，在古镜的隐没中寓有国运将尽的历史寓意，以及一些反对迷信的思想，从而使其更具有极大的包容精神，蕴含着儒家的思想。

《古镜记》主要记叙了古镜的种种灵异之事。上文已经提到，古镜这一物象，在文化传统中就蕴含着巫术思想以及道教的避邪压劫的神奇功能。在《古镜记》中，王度继承并发扬了这一传统，把古镜作为一个人化的物仙来描述，从外形、来历、作用等不同方面详细描述了古镜不同凡响的神奇功能。在《古镜记》中，王度记叙了古镜照毙化为人形的千岁老狸鹦鹉；日蚀则镜亦昏昧；豹生回忆苏绰卜筮镜之去向；镜令宝剑失光；镜杀大蛇；镜治病托梦；镜杀山魅龟猿；镜杀水鲛；镜杀作祟雄鸡；镜止恶风浪；镜杀作祟之黄鼠狼、老鼠、守宫；王绩夜梦镜请归长安别王度等灵异之事。此外，王度在小说中还明确叙述其弟王绩"逢异人张始鸾，授绩《周髀九章》及明堂六甲之事。与陈永同归。更游豫章，见道士许藏秘，云是旌阳七代孙，有咒登刀履火之术"[3]。这些无疑都是受巫术、道教、阴阳数术思想影响的结果。

---

[1] （隋）王通著，张沛校注：《中说校注》，第68页。
[2] 鲁迅：《中国小说史略》，第22页。
[3] 鲁迅校录，王中立译注：《唐宋传奇集》，第5页。

在《古镜记》中，还有这样一段描述：

> 大业九年正月朔旦，有一胡僧，行乞而至度家。弟绩出见之。觉其神彩不俗，便邀入室，而为具食，坐语良久。胡僧谓绩曰："檀越家似有绝世宝镜也，可得见耶？"绩曰："法师何以得知之？"僧曰："贫道受明录秘术，颇识宝气。檀越宅上，每日常有碧光连日，绛气属月，此宝镜气也。贫道见之两年矣。今择良日，故欲一观。"绩出之。僧跪捧欣跃，又谓绩曰："此镜有数种灵相，皆当未见。但以金膏涂之，珠粉拭之，举以照日，必影彻墙壁。"僧又叹息曰："更作法试，应照见腑脏。所恨卒无药耳。但以金烟薰之，玉水洗之，复以金膏珠粉如法拭之，藏之泥中，亦不晦矣。"遂留金烟玉水等法，行之无不获验。而胡僧遂不复见。①

此段叙述中，虽然胡僧识宝气之慧眼，以及金烟玉水之薰洗，未必是佛教的东西，看起来倒更带有道教的色彩，但毕竟出现了"胡僧"这一代表佛教的僧人形象，可见《古镜记》也带有受佛教影响的痕迹。

虽然《古镜记》看起来受阴阳佛道的影响颇深，但作者的创作动机却是对隋代大厦将倾的哀叹："昔杨氏纳环，累代延庆；张公丧剑，其身亦终。今度遭世扰攘，居常郁怏，王室如毁，生涯何地，宝镜复去，哀哉！"②作者对失镜的感慨正是对国运将亡的叹息。而这种对国家命运的慨叹与关怀正是儒家政治关怀的表露，从中我们可以看到深埋在记述灵异背后的儒家思想的脉络。不仅如此，王度在作品中也时时表露出自己的儒家思想。比如在"镜杀大蛇"这段描述中：在王度出兼芮城令时，县令厅前有一棵数丈粗的枣树，树龄不知有几百年了，以前的县令到了后，都会祭祀这棵老枣树，否则立刻就会招致灾祸。按说，王度也应该按照惯例来祭祀这棵枣树以免遭祸殃，但王度则以为妖由人兴，淫祀宜绝，所以不打算祭祀。后来虽然在县吏的叩头央求下，不得已前去祭祀了一下，但却暗想这棵枣树当被精魅所托，于是便偷偷地把古镜

---

① 鲁迅校录，王中立译注：《唐宋传奇集》，第3页。
② 鲁迅校录，王中立译注：《唐宋传奇集》，第1页。

悬在树间，从而把藏匿在树洞中的大蛇杀死，从此县令厅前的妖怪遂绝。这一段记述非常有意思，由王度的关于妖由人兴、淫祀宜绝的想法，可以看出王度颇有孔子"不语怪力乱神"的思想，其除掉大蛇的整个过程虽然是借助于宝镜的"神力"，但终归是王度的不惧妖邪的"人为"思想在起关键性的作用。由此可知，《古镜记》虽然通篇在记叙宝镜的神奇魔力，但让古镜发挥出其神奇作用的还是人，没有人的行为在其中，便不会有古镜的神奇功用，而这在本质上正是儒家的"人道"在起作用，而不是其他的什么"神道"。所以我们认为，《古镜记》终归还是受儒家思想支配的，称灵道异只是一种小说的表达需要，而作用神奇的古镜，只是相当于舞台上的一个道具而已，其思想的深刻内涵在于对于一个充满如此灵异的宝物的丢失，而非宝物本身。并在宝物的丢失中寄托国运将亡的哀叹。

（二）王绩对三教的包容与超越

王绩是王氏家族内部思想最为复杂，争议最大的作家。儒释道以及阴阳数术等思想对王绩都产生过深刻的影响，并表现在其作品中。有时甚至在王绩的一篇作品中就包含了数种思想，因而其作品可以说在思想内容上具有极大的包容性。

与其兄王通一样，王绩也有汇通三教的思想。其《答程道士书》云：

> 昔孔子曰"无可无不可"，而欲居九夷；老子曰"同谓之玄"，而乘关西出；释迦曰"色即是空"，而建立诸法：此皆圣人通方之玄致，宏济之秘藏。实冀冲鉴君子相期于事外，岂可以言行诘之哉？故仲尼曰"善人之道不践迹"，老子曰"夫无为者，无不为也"，释迦曰"三灾弥纶，行业湛然"。夫一气常凝，事吹成万；万殊虽异，道通为一。[①]

可见王绩深谙三教思想，并能将其融会贯通。

[①] （唐）王绩著，韩理洲校点：《王无功文集》（五卷本会校），第158页。

第八章 "三教"思想与王氏家族文学的包容精神

  王绩虽然一生的大部分时间是在隐居的状态中度过的，但儒家思想却一直深深地根植在其思想的深层，并包容在其作品中。《晚年叙志示翟处士正师》述其少年时代曾"明经思待诏，学剑觅封侯"①。《被举应征别乡中故人》《在边》三首之三等诗文也显示出了早年的王绩那种儒家的入世思想，并充满了对封侯拜相的向往之情，以及为之所付出的努力等。王绩的这种思想，使他对历史上的忠臣充满了赞誉之情，并在诗文中以各种方式予以表达。如《祭关龙逢文》就是一篇祭祀夏朝忠臣关龙逢的祭文，关因夏桀荒淫极谏而被杀，对此王绩深表惋惜。《登龙门祭禹文》，则撰文对"大禹夏王"进行祭奠。另外其《张良遇黄石公》《禹接苍水使者》《伊尹负鼎见汤》《太公钓渭滨赞》《蔺相如得秦王璧赞》等形式短小的"赞文"等，都对历史上的豪杰名臣进行了由衷的礼赞。正是满怀着封侯拜相的豪情，王绩也曾对帝王和朝廷充满赞誉和期望，如其《正元赋》充满了万象更新、欢乐祥和的青春气息，以及对皇家四海升平的真诚祝愿等。

  然而王绩毕竟没有实现封侯拜相的抱负。他在《答程道士书》中谓："吾自揆审矣，必不能自致台辅，恭宣大道。……故顷以来，都复散弃。虽周、孔制述，未尝复窥，何况百家悠悠哉？"②可见王绩因对"自致台辅"的绝望曾捐弃儒学，然而综观王绩的诗文，即使是中年以后的作品，仍然包含有儒家的思想。其《赠梁公》云："圣莫若周公，忠岂踰霍光。"③对历史上的名臣充满礼赞之情。《过郑处士山庄二首》之二："薄暮东溪上，犹言在渭滨。"④则把其隐居喻为垂钓于渭水之滨的姜太公。尤其是他的文赋中数次提到王通的讲学以及其门人的光辉业绩，则显示出其事实上根本不可能忘怀于儒家。如在《答处士冯子华书》中有："乱极治至，王途渐亨。天灾不行，年谷丰熟。贤人充其朝，农夫满于野。吾徒江海之士，击壤鼓腹，输太平之税耳，帝何力于我哉！又知房、李诸贤，肆力廊庙，吾家魏学士，亦申其才。公卿勤勤，有志于礼乐；元首明哲，股肱惟良：何庆如之也！夫思能独放，湖

---

① （唐）王绩著，韩理洲校点：《王无功文集》（五卷本会校），第111页。
② （唐）王绩著，韩理洲校点：《王无功文集》（五卷本会校），第159页。
③ （唐）王绩著，韩理洲校点：《王无功文集》（五卷本会校），第72页。
④ （唐）王绩著，韩理洲校点：《王无功文集》（五卷本会校），第91—92页。

海之士；才堪济世，王者所须。所恨姚义不存，薛生已殁，使云罗天网有所不该，以为叹恨耳！"① 此文中既有对新朝的礼赞，也显示出隐士的独立人格；既有对皇帝及王通门人的赞誉，又有对朝廷没有网罗到所有贤才的慨叹。看起来有些矛盾，实是王绩心态的真实写照。他一方面表露出湖海之士的清高姿态，但同时却不能忘怀于事功，故而忍不住要礼赞帝王，念念不忘"房李诸贤""吾家魏学士"等王通的门人。《游北山赋》自注云："吾兄仲淹，以大业十三年卒于乡馆。时年四十二。门人谥为文中子。及皇家受命，门人多至公辅。而文中之道未行于时。余因游此溪，周览故迹，盖伤高贤之不遇也。"② 也忍不住要提及身为大儒的王通以及"多至公辅"的王通门人。

在《答处士冯子华书》中还有："吾家三兄，生于隋末。伤世扰乱，有道无位。作《汾亭之操》，盖孔氏《龟山》之流也。吾尝亲受其调，颇谓曲尽。近得裴生琴，更习其操。洋洋乎觉声器相得。"③ 王绩所习之琴曲，乃是其兄所谱，且是"孔氏《龟山》之流"。其《重答杜使君书》自谓："先人遗旨，颇曾恭习。虽困于荒晏，犹忆于逸闻，谨因还使，条申如左"④ 云云，对杜之松提出的"家礼丧服新义"之关于"三年之丧"等五条疑惑，剖析甚详，俨然一位礼学先生。可见，王绩何尝忘怀过儒家？何尝忘怀于儒家的礼乐文化？因而其作品中就难免融合着儒家的思想和济世情怀。

当然，王绩的作品中也弥漫着道家的思想，并受道教的影响颇深。可能与生活在隋唐之际这个充满暴力的乱世有关，也可能是对历史及现实政治的深刻观察和体验，王绩诗文中对《庄子·人间世》中所认识到的："山木自寇也，膏火自煎也。桂可食，故伐之；漆可用，故割之。"⑤ 具有深深的认同感并在诗文中多有反映。如他在《灵龟》中慨叹道："明不若昧，进不若退。……呜呼灵龟，孰谓尔哲？本缘末丧，命为才绝。"⑥ 只因为灵龟文列八卦，色合四时，具有能帮人们占卜的

---

① （唐）王绩著，韩理洲校点：《王无功文集》（五卷本会校），第149—150页。
② （唐）王绩著，韩理洲校点：《王无功文集》（五卷本会校），第6页。
③ （唐）王绩著，韩理洲校点：《王无功文集》（五卷本会校），第149页。
④ （唐）王绩著，韩理洲校点：《王无功文集》（五卷本会校），第139页。
⑤ （战国）庄子著，方勇译注：《庄子》，中华书局2010年版，第74页。
⑥ （唐）王绩著，韩理洲校点：《王无功文集》（五卷本会校），第43页。

才能，所以才惨遭被剔剥钻灼的命运。类似的题材和思想在《古意》六首之二、之三中也有表达。此种因有用而不得终其天年，无用反而保全性命的思想在其文章中阐述得更为透彻明了，如其《无心子》中载蛮廉氏有二马，其一朱鬣白毳，龙胳凤臆，骤驰如舞，终日不释鞍，竟以热死；其二则重胫昂尾，驼颈貉膝，蹑啮善蹶，故而被弃而散放于野外，结果终年肥腯。故而无心子以为："是以凤凰不憎山栖，蛟龙不羞泥蟠；君子不苟洁以罹患，圣人不避秽而养生。"① 其精神实质就是为了保全自己，形式是无所谓的。王绩认为此种想法是"善矣，尽矣，不可以加之矣"的绝妙思想。从中可以看出王绩在隋末动乱之际采取弃官隐居，在唐初政局不稳的情况下也有不仕辞归之举，是有深深的思想基础的。

　　王绩诗文中还包含对于人为之"智"的批判。在《负苓者传》中，负苓者所言正是王绩思想的表达："昔者，伏羲氏之未画卦也。三才其不立乎？四序其不行乎？百物其不生乎？万象其不森乎？何营营乎而费画也？自伏羲氏泄道之密，漏神之机，分张太和，磔列元气，使天下智诡之道进出，曰：'我善言象，而识物情。'阴阳相磨，远近相取，作为刚柔同异之说，以骇人志。于是，智者不知，而大朴散矣！则伏羲氏始兆乱者也。"② 负苓者以为在伏羲氏未画八卦之前，三才、四序、百物、万象皆能得其自然，而伏羲氏"泄道之密"后，智诡之道出，于是"大朴散矣"。而这正是庄子式的对于人类所谓的智巧或者说"文化""文明"的批判。

　　对于道家式的圣人先生的赞美，也是王绩文章包含的道家思想的一个方面。其《五斗先生传》就塑造了一个他心目中的绝思虑、寡言语、不知天下之有仁义厚薄、万物不能萦其心的圣人先生，而其《醉乡记》更是构建了一个道家的理想家园："其人任清，无爱憎喜怒，呼风饮露，不食五谷。其寝于于，其行徐徐。与鸟兽龟鳖杂处，不知有舟车器械之用。"③ 这无疑是一个无欲无求，没有机心和机巧的人与自然和谐共处的类似"神人"的世界。文章最后王绩表示自己将往"醉乡"一游，

---

① （唐）王绩著，韩理洲校点：《王无功文集》（五卷本会校），第172页。
② （唐）王绩著，韩理洲校点：《王无功文集》（五卷本会校），第175页。
③ （唐）王绩著，韩理洲校点：《王无功文集》（五卷本会校），第181页。

可见王绩对此理想境界的向往之情。

王绩在《自作墓志文》中,在自己的墓志铭中写道:"以生为附赘悬疣,以死为决疣溃痈。"[①] 生为累赘,死是解脱,说明王绩对自己的一生是极为不满的,而这与道家"齐生死"的境界是不同的。道家既然认为生死没有什么区别,那么生又何为累赘,死又何谈是解脱呢?可见王绩的道家修养还未到达道家思想的真正境界。

除了道家思想外,王绩也受到道教的影响,并在其诗文中时有表露。比如《采药》中的"青龙""道符""白犬""游仙"等术语,还有他与道士的那些往来书信,如《答程道士书》等,都可显示出其文学作品中对道教思想的包容。

王绩受佛教的影响可能是在中年仕途不如意,且看到人事无常,思想上经历了较大的波动之后,而寻求的解脱之道。故而其作品中也包容了一定的佛教思想。其晚年作品《游北山赋》云:"地犹如昨,人多已矣。念昔日之良游,忆当时之君子。佩兰荫竹,诛茅席芷。树即环林,门成阙里。姚仲由之正色,薛庄周之言理。触石横肱,逢流洗耳。取乐经籍,忘怀忧喜。时挟册而驱羊,或投竿而钓鲤。何图一旦,邈成千纪。"[②] 这种物是人非的凄凉甚至在其中年时代的作品中也有表露,其《薛记室收过庄见寻率题古意以赠》中有:"故人有深契,过我蓬蒿庐。曳履出门迎,握手登前除。相看非旧颜,忽若形骸疏。追悼宿昔事,切切心相于。忆我少年时,携手游东渠。梅李夹两岸,花枝何扶疏。同志亦不多,西庄有姚徐。尝爱陶渊明,酌醴焚枯鱼。尝学公孙弘,策杖牧群猪。追念甫如昨,奄忽成空虚。人生讵能几?蹙迫常不舒。"[③] 深重的人事无常,使王绩深刻的感受到生死奄忽的人生悲凉和深深的幻灭感,故其在《晚年叙志示翟处士正师》中不禁感慨道:"晚岁聊长想,生涯太若浮。"[④] 然而如何才能得到解脱呢?王绩从释家思想中找到了解脱法门,其在《薛记室收过庄见寻率题古意以赠》自云:"赖有北山僧,教我以真如。使我视听遗,自觉尘累祛。"[⑤] 王绩学真如于北山僧,

---

① (唐)王绩著,韩理洲校点:《王无功文集》(五卷本会校),第185页。
② (唐)王绩著,韩理洲校点:《王无功文集》(五卷本会校),第5页。
③ (唐)王绩著,韩理洲校点:《王无功文集》(五卷本会校),第55页。
④ (唐)王绩著,韩理洲校点:《王无功文集》(五卷本会校),第111页。
⑤ (唐)王绩著,韩理洲校点:《王无功文集》(五卷本会校),第55页。

其结果是遣去视听，祛除尘累，悟得真谛后，便可以脱离文本教义，故云："何事须筌蹄，今已得兔鱼。"可见王绩从北山僧处学的是大乘禅法。① 而其用佛家的方法得到了道家的收获，颇有殊途同归的意味。

在诗中王绩也表现了他的禅法思想，其《观石壁诸龛礼拜成咏》云："万里疏烟壁，千龛对日宫。瞻颜犹不暇，合掌更难穷。岭路横携断，山心暗凿通。真如何处泊？坐费计人工。"② 诗中对凿壁龛佛，合掌礼拜的形式表示不以为然。真如在于心灵的领悟，而非滞于具体的物象。这种重意趣，轻形式的思想，正与后世禅宗的发展旨趣相同。可见王绩对于佛教思想的把握已有相当的深度。故而有学者云："坐独（《独坐》）诗：'寄（托）身千载下，聊游万物初。欲令无作有，翻觉实成虚。'《咏怀诗》云：'故乡行处是，虚室坐间同。日落西山暮，方知天下空。'《赠薛收诗》：'赖此北（有此）山僧，教我似（以）真如。使我视听遗，自觉尘累祛。'问有（则又）知绩有得于佛氏者甚深也。"③

王绩诗文对三教的包容还体现在常常在一篇作品中就包含几种思想。如《答处士冯子华书》中既显示出了自己深受道家影响的心迹："床头素书三帙，《老》、《庄》及《易》而已。过此以往，罕尝或披。""孤住河渚，傍无四邻。闻犬声望烟火，便知息身之有地矣！"④ 又包含

---

① 禅法随佛教初传中土时，多为小乘，重实践，轻理论，如坐禅数息，作不净观等。自鸠摩罗什（343—413）、佛驮跋陀罗（359—429）来中土，将禅观与空观结合，融贯大小乘禅法，禅法表现出与大乘义学相结合的倾向。在禅定中观诸法实相，观诸法作用。对这个由定发慧，以至遣视听，祛尘累的过程，在《般若波罗蜜多心经》中是这样表述的："观自在菩萨，行深般若波罗蜜多时，照见五蕴皆空，度一切苦厄。舍利子，色不异空，空不异色。色即是空，空即是色。受想行识亦复如是。舍利子，是诸法空相，不生不灭，不垢不净，不增不减。是故空中无色，无受想行识，无眼耳鼻舌身意，无色声香味触法。无眼界乃至无意识界，无无明，亦无无明尽。乃至无老死，亦无老死尽。无苦集灭道，无智亦无得。以无所得故，菩提萨埵，依般若波罗蜜多故，心无挂碍。无挂碍故，无有恐怖，远离颠倒梦想，究竟涅槃。"《般若波罗蜜多心经》文句简约而赅摄，在唐代广为传诵。玄奘译本在贞观二十三年（649）出，此译本附有姚素鸠摩罗什所译之《摩诃般若波罗蜜大明咒经》一卷，则罗什或亦译有《心经》，王绩《答程道士书》云："释迦曰'色即是空'而建立大法。"其中"色即是空"即在《心经》中出现过。

② （唐）王绩著，韩理洲校点：《王无功文集》（五卷本会校），第131页。

③ （宋）阮阅编，周本淳校点：《诗话总龟》（后集），人民文学出版社1998年版，第283页。

④ （唐）王绩著，韩理洲校点：《王无功文集》（五卷本会校），第148页。

了对儒家礼乐文化的不弃:"吾家三兄,生于隋末。伤时扰乱,有道无位。作《汾亭操》,盖孔子《龟山》之流也。吾尝亲受其调,颇谓曲尽。近得裴生琴,更习其操,洋洋乎觉声器相得。……又知房、李诸贤,肆力廊庙,吾家魏学士,亦申其才。公卿勤勤,有志于礼乐;元首明哲,股肱惟良:何庆如之也!"① 显示了儒道的双重影响。《答程道士书》更是融合了三教思想,如上文所引之:"孔子曰'无可无不可',而欲居九夷;老子曰'同谓之玄',而乘关西出;释迦曰'色即是空',而建立诸法:此皆圣人通方之玄致,宏济之秘藏。"② 文中分析程道士的思想,更是对三教运用的得心应手,信手拈来,体现了其一生的文化积淀。

儒家思想表明王绩所受的家教影响,道家情怀说明他对人生智慧的深刻体验,佛学精神则显示了他对彼岸世界的深层思索。而此三种精神在他身上的融合,正是时代精神与王绩这一独特个体结合的产物,是共性与个性的融合。

然而王绩又以自己的领悟,超越了众人对于三教理解上的局限,并对三教屡有批评,并不拘泥于三教的束缚。他受儒家思想的影响,但在《赠程处士》中却慨叹曰:"礼乐囚姬旦,诗书缚孔丘。"③ 他受道家思想的影响,却不会真的像道家所主张的那样绝圣弃智,不讲究方法,其《答处士冯子华书》谓:"近复有人见赠以五茄地黄酒方,及种薯蓣、枸杞等法,用之有效,力省功倍。不能暇修浑沌并常行之。"④ 受道教的影响,却在《赠学仙者》中云:"相逢宁可醉,定不学丹砂。"⑤ 受佛教的影响,却对佛家凿壁龛佛之举不以为然,如上文所引《观石壁诸龛礼拜成咏》中有云:"真如何处泊?坐费计人工。"这种超越,当与他的"题歌赋诗以会意为功"所引申出的"会意"思想有关。以他率真自由的个性,对于一些拘泥于形式的做法和主张,他常常是不屑一顾

---

① (唐)王绩著,韩理洲校点:《王无功文集》(五卷本会校),第149页。
② (唐)王绩著,韩理洲校点:《王无功文集》(五卷本会校),第158页。
③ (唐)王绩著,韩理洲校点:《王无功文集》(五卷本会校)作"礼乐因姬旦,诗书传孔丘。"韩校:因、传二字"林、罗、丛刊本、英华、唐诗"亦作"囚""缚"。参见王绩著,韩理洲校点《王无功文集》(五卷本会校)第60页。笔者以为当作"囚""缚"。
④ (唐)王绩著,韩理洲校点:《王无功文集》(五卷本会校),第148页。
⑤ (唐)王绩著,韩理洲校点:《王无功文集》(五卷本会校),第68页。

的。因而他对三教的融合精神，同时也蕴含着对三教的批判。

这种对三教的超越精神在其晚年的作品中，尤其是在《游北山赋》中，表现尤为突出。比如："弃卜筮而不占，余将纵心而长往。任物孤遗，情之直上。觉老释之言繁，恨文宣之技痔。彼事业之迁斥，岂明神之宰掌？物无往而咸彰，生有资而必养。嗟大道之泯没，见人情之委枉。礼费日于千仪，《易》劳心于万象。"① 此段中就批判了数术、佛、儒等思想。"过矣刘向，吁嗟葛洪！指期系影，依方捕风。谁能离世，何处逃空？假使游八洞之金室，坐三清之玉宫，长怀企羡，岂非樊笼。徒劳海上，何事云中？"② 此处也批判了包括儒释道在内的诸种思想。王绩为什么能够做到对三教的批判或者说超越呢？《游北山赋》有这样的句子："不能役欲心而守道，故将委运而乘流。"③ 联系其在《答程道士书》中所云："足下欲使吾适人之适，而吾自适其适。"④ 可以看出，王绩所追求和向往的是一种自由自在的"自适"之道，因而任何"役心"之束缚，他都是不喜欢的，他所追求的是自然而然的"委运乘流"。故而《游北山赋》中他表明自己"戒非佞佛，斋非媚道。言誉无功，形骸自空"⑤。这种思想在当时并不多见，并且这显然也不是一种在社会生活中能够被广泛认可的处世思想，因而他是寂寞的，正如其在《春日山庄言志》所言："去去人间远，谁知心自然。"⑥

（三）王勃对三教精神的灵活把握⑦

对于王通提出的以儒学为主的"三教可一"理论，在其孙王勃身上得到了更为灵活的把握和融会贯通。在不同的场合，针对不同的对象或者说读者，根据文章的不同用途，再加上王勃为文时的心境，他可以把三教精神信手拈来，融入其文中。

---

① （唐）王绩著，韩理洲校点：《王无功文集》（五卷本会校），第2页。
② （唐）王绩著，韩理洲校点：《王无功文集》（五卷本会校），第4页。
③ （唐）王绩著，韩理洲校点：《王无功文集》（五卷本会校），第4页。
④ （唐）王绩著，韩理洲校点：《王无功文集》（五卷本会校），第157页。
⑤ （唐）王绩著，韩理洲校点：《王无功文集》（五卷本会校），第8页。
⑥ （唐）王绩著，韩理洲校点：《王无功文集》（五卷本会校），第46页。
⑦ 关于王勃受三教精神的影响，可参见刘勇《儒、释、道对王勃的影响》，载《商洛师范专科学校学报》2004年第4期；以及杜晓勤的《初唐四杰与儒道思想》等。

王勃出生之时，其祖王通已经去世。但这并未影响他对儒家文化的学习和接受。而是以其天赋之才（包括其家传的文化基因在起作用），在其童年时代，就以极短的时间精通了儒家经典。杨炯《王子安集原序》载其十岁包综六经，成乎期月。并云其："悬然天得，自符昔训。时师百年之学，旬日兼之；昔人千载之机，立谈可见。居难则易，在塞咸通。于术无所滞，于辞无所假。"① 这些描述看起来有些夸张，但王勃对儒家经典极为精通却是事实。

受儒学精神的影响，王勃少年时代就充满了积极入世、经世致用、以道自任的人生抱负，并将这种精神贯注在其文中。如在《上刘右相书》中，王勃云："伏愿辟东阁，开北堂，待之以上宾，期之以国士。使得披肝胆，布腹心，大论古今之利害，高谈帝王之纲纪。"② 充分表露了其兼济天下的宏愿。《上绛州上官司马书》中更是希望自己能够拾青紫于俯仰，取公卿于朝夕。即使在其遭遇挫折后，《腾王阁序》中也流露出"无路请缨，等终军之弱冠；有怀投笔，爱宗悫之长风"③ 的济世愿望。但这种急于出仕的愿望，却不具有争名求利的意图。他在《上吏部裴侍郎启》中说："蒙父兄训导之恩，藉朋友琢磨之义。好学近乎知，力行近乎仁。知忠孝为九德之原，故造次必于是；审名利为五常之贼，故颠沛而思远。"④ 在《送劼赴太学序》中亦云："吾家以儒辅仁，述作存者八代矣，未有不久于其道，而求苟出者也。故能立经陈训，删书定礼，扬魁梧之风，树清白之业，使吾徒子孙有所取也。"⑤ 无疑，这种以道自任的经世致用思想，正是受其家传儒学精神的影响的结果。

这种家传的儒学精神，还表现在王勃对"文章之道"的强调上。在《上吏部裴侍郎启》中，王勃认为文章即要"甄明大义，矫正末流，俗化资以兴衰，家国由其轻重"⑥。使"国家应千载之期，恢百王之业。

---

① （唐）王勃著，（清）蒋清翊注，汪贤度校点：《王子安集注》，王子安集注卷首，第66页。
② （唐）王勃著，（清）蒋清翊注，汪贤度校点：《王子安集注》，第163—164页。
③ （唐）王勃著，（清）蒋清翊注，汪贤度校点：《王子安集注》，王子安集注卷首，第234页。
④ （唐）王勃著，（清）蒋清翊注，汪贤度校点：《王子安集注》，王子安集注卷首，第129页。
⑤ （唐）王勃著，（清）蒋清翊注，汪贤度校点：《王子安集注》，第252页。
⑥ （唐）王勃著，（清）蒋清翊注，汪贤度校点：《王子安集注》，第130页。

天地静默，阴阳顺序。方欲激扬正道，大庇生人。黜非圣之书，除不稽之论。牧童顿颡，思进皇谋；樵夫拭目，愿谈王道"①。可见王勃把文章的功用定位在"经国之大业，不朽之能事"②上，并基于此，对当时（龙朔初期）的浮靡的文风进行了抨击。王勃早年还撰写了《乾元殿颂》《拜南郊颂》《东成宫颂》等，体现了儒家的以雅颂为正声的艺术思想。当然我们也不否认王勃撰写这些作品有意欲获得帝王赏识，以利仕进的念头。

其《续书序》也体现出了以儒学为主旨的对于文章之道的捍卫。《续书序》写于咸亨五年（674），乃是"承命为百二十篇作序，而兼当补修其阙"③。《续书》自总章二年（669）至咸亨五年完成，《序》云："我先君文中子，实秉睿懿，生于隋末，睹后作之违方，忧异端之害正。乃喟然曰：'宣尼既没，文不在兹乎？'……贤圣之述，岂多为哉？亦足垂训作则，冒天下之道，如斯而已矣。"④ 文章要体"道"，这正是儒家思想在王勃文艺思想中的反映。

除此之外，王勃诗文中对于儒家的孝悌思想多有反映。王勃从小受父兄教诲，其《黄帝八十一难经序》云："勃养于慈父之手，每承过庭之训曰：'人子不知医，古人以为不孝。'"⑤ 故而王勃才从曹元学医，就是想作一名孝子。其《慈竹赋序》云："广汉山谷，有竹名慈。生必向内，示不离本。修茎巨叶，攒根沓柢。丛之大者，或至百千株焉，而萦结逾乎咫步。……非此土所有，乃有厌流俗之讥。动乡关之思者，盖抚高节而兴感，览佳名而思归。"⑥ 由竹的"生必向内，示不离本"联想到乡关家族；以慈竹之"慈"，联想到父母长辈之"慈"，正显示出其儒家的以"孝"为本的思想。自然界的竹子的名字以及其生长特性，给远离家乡的王勃以如此的震撼和思乡怀家之感，正是其内心深处的儒家"孝悌"思想在起作用。

---

① （唐）王勃著，（清）蒋清翊注，汪贤度校点：《王子安集注》，王子安集注卷首，第131页。
② （唐）王勃著，（清）蒋清翊注，汪贤度校点：《王子安集注》，第303页。
③ （唐）王勃著，（清）蒋清翊注，汪贤度校点：《王子安集注》，第279页。
④ （唐）王勃著，（清）蒋清翊注，汪贤度校点：《王子安集注》，第277页。
⑤ （唐）王勃著，（清）蒋清翊注，汪贤度校点：《王子安集注》，第267页。
⑥ （唐）王勃著，（清）蒋清翊注，汪贤度校点：《王子安集注》，第38页。

不仅如此，王勃诗文中反映出的孝道思想，还上升到了"忠君"的层面。其《平台秘略论》《平台秘略赞》十首第一就是"孝行"。如《平台秘略赞》云："受训椒殿，承辉桂阃。资父事君，自家刑国。孝惟忠本，忠随孝得。履薄临深，惟王之则。"① 反映出王勃对于儒家思想中关于孝的意义和作用有充分的认识和把握，即孝的意义不但在于孝本身，更重要的是，孝是"忠"的根本，这就把孝的意义上升到"忠君"的层面上去了。故而即使其遭受挫折，依然能够表现出像《采莲赋》中所云"莲有藕兮藕有枝，才有用兮用有时。何当婀娜花实移，为君含香藻凤池"② 这样的忠君情怀。可见儒家的思想对王勃的影响是非常深刻的。

王勃一生，多遭挫折。但其文章却基本上体现出了一种昂扬向上的精神风貌，这当是受儒家精神，尤其是易学思想影响的结果③。王勃秉承家传，易学思想深厚，曾撰《周易发挥》五卷，在从曹元学医时，又学习过《周易章句》，继承了北方流行的阴阳象数派易学，强调"天道盈虚消息说"，《周易》"剥卦"《象传》云："君子尚消息盈虚，天行也。"将天道引入到人事方面。王勃《八卦大演论》云："是以贞一德之极，权六爻之变，振三才之柄，寻万方之动，又何往而不通乎？又何疑而不释乎？"④ 这种认识成为他"认识人生穷通的基础理论，使他能在敬畏神秘的天'命'与发挥个体生命的主动性之间保持微妙的平衡，从而获得精神的慰藉，保持积极的人生信念"⑤。因而即使在屡遭挫折之后，他的文章中也能表现出像《春思赋序》"抚穷贱而惜光阴，怀功名而悲岁月"⑥ 这样期望建功立业的思想；《寒梧栖凤赋》"出应明主，言栖高梧"⑦ 之期望为明主效力的思想；《上百里昌言书》："君子

---

① （唐）王勃著，（清）蒋清翊注，汪贤度校点：《王子安集注》，第427页。
② （唐）王勃著，（清）蒋清翊注，汪贤度校点：《王子安集注》，第58页。
③ 关于王勃受《易》学思想的影响，可参看葛晓音《初唐四杰与齐梁诗风》《江左文学传统在初盛唐的沿革》，二文载《诗国高潮与盛唐文化》，北京大学出版社1998年版；钱志熙《唐前生命观和文学生命主题》，东方出版社1997年版。
④ （唐）王勃著，（清）蒋清翊注，汪贤度校点：《王子安集注》，第300—301页。
⑤ 查正贤：《试论王勃的易学时命观及其对文学创作的影响》，载《文学遗产》2002年第3期。
⑥ （唐）王勃著，（清）蒋清翊注，汪贤度校点：《王子安集注》，第2页。
⑦ （唐）王勃著，（清）蒋清翊注，汪贤度校点：《王子安集注》，第30—31页。

不以否屈而易方,故屈而终泰;忠臣不以困穷而丧志,故穷而必亨"①等这样达观、昂扬、相信否极泰来的气派;以及《俾彼我系》中的"黾勉从役,岂敢告劳"这样兢兢业业的人生态度。其《山亭思友人序》更是显示出一股壮大昂扬的气象:"大丈夫荷帝王之雨露,对清平之日月。文章可以经纬天地,器局可以蓄洩江河。七星可以气冲,八风可以调合。独行万里,觉天地之崆峒;高枕百年,见生灵之齷齪。虽俗人不识,下士徒轻,顾视天下,亦可以蔽寰中之一半矣。"②读之令人振奋不已。

可见虽有怀才不遇的愤懑,但生活在盛唐到来之前的昂扬时代,建功立业、一展才华等儒家的出世精神,曾深深地影响着王勃,并贯注到了其文学的创作中。故而杨炯在《王子安集原序》中曾盛赞勃之诗文以"经籍为心""风云入思"。

为了更有效地维护其统治,唐初统治者曾将道教定为"国教"。这对文人是有一定影响的。王勃的诗文中也不乏对道教及道家精神的包容。尤其是在被逐出沛王府后,王勃的一些山水诗及序中,常蕴含丰富的道教及道家情怀,其作品中颇有些寻仙访道之作。如《怀仙》诗云:"鹤岑有奇径,麟洲富仙家。紫泉漱珠液,玄岩列丹葩。常希披尘网,眇然登云车。鸾情极霄汉,凤想疲烟霞。道存蓬瀛近,意惬朝市赊。无为坐惆怅,虚此江上华。"③《观内怀仙》云:"玉架残书隐,金坛旧迹迷。牵花寻紫涧,步叶下清溪。琼浆犹类乳,石髓尚如泥。自能成羽翼,何必仰云梯?"④可见"道"在王勃的心中,更似一种类似参禅的内心体验,心中有道在,则羽翼自生,蓬瀛自近尔。

如果说以上两诗表现的尚是与"道"的心神契会,那么《忽梦游仙》等诗则表现了王勃对神仙世界的遐想:"仆本江上客,牵迹在方内。窅窅霄汉间,居然有灵对。歘尔登霞首,依然蹑云背。电策驱龙光,烟途俨鸾态。乘月披金帔,连星解琼佩。浮识俄易归,真魂莫难

---

① (唐)王勃著,(清)蒋清翊注,汪贤度校点:《王子安集注》,第189页。
② (唐)王勃著,(清)蒋清翊注,汪贤度校点:《王子安集注》,第273—274页。
③ (唐)王勃著,(清)蒋清翊注,汪贤度校点:《王子安集注》,第69—70页。
④ (唐)王勃著,(清)蒋清翊注,汪贤度校点:《王子安集注》,第88页。

再。寥廓沈遐想，周遑奉遗诲。流俗非我乡，何当释尘昧。"① 其《八仙径》《述怀拟古诗》等也表现了对神仙世界的向往与追求。这些访仙寻道之作，看似是对自己儒家精神的颠覆，其实不然，这些作品，多是作者仕途失意，在山水游览过程中的即兴抒怀之作。就像我们今天出去旅游时，看到山河的壮丽、风景的优美、寺观僧道的超然不俗、民风的纯朴以及山村生活的简单从容，然后对比一下都市的喧嚣、环境的污染、工作的紧张等等，我们总是忍不住要感慨一翻，甚至会说几句"真想出家当和尚"，"还是生活在山里好"之类的话，但这些都是即兴的感慨而已，最后旅游结束，到底没有谁留下来，还是照样行色匆匆的赶回了都市。只把旅游当作生活的调剂，把感慨当作记忆一样。联系我们自己的生活体验，就不难理解王勃的山水作品中那些"不俗"之作了。山水游览中，自然会接触到道观寺庙，以及道士僧人，难免要在诗中加以吟咏表现。并会对其清静无为，不受世事纷扰，自由逍遥的境界产生倾慕之情。

那么王勃是否实践了道教的求仙之术呢？王勃曾秘密跟曹元学习医术，并在《黄帝八十一难经序》中云："勃受命伏习，五年于兹矣，有升堂睹奥之心焉。近复钻仰太虚，导引元气，觉滓秽都绝，精明相保。方欲坐守神仙，弃置流俗。"② 对此，笔者以为，王勃可能在学习医术的过程中，做了一些类似医疗体操以及气功之类的练习，收到了良好的效果。而"方欲坐守神仙，弃置流俗"，只是一种准备进一步练习的打算。且从《游庙山赋序》中，我们可以看到王勃的求仙之术是失败了的："玄武山西有庙山，东有道君庙，盖幽人之别府也。长萝巨树，梢翳云日。王子御风而游，泠然而喜，盖怀霄汉之举，而忘城阙之恋矣。思欲攀洪崖于烟道，邀羡门于天路。仙师不在，壮志徒尔。"③ 想学道而"仙师不在"，徒有壮志。则知王勃之学仙之路已失矣！

然而王勃内心却不乏道家的自由逍遥情怀。王勃在作品中也曾像庄

---

① （唐）王勃著，（清）蒋清翊注，汪贤度校点：《王子安集注》，第70页。
② （唐）王勃著，（清）蒋清翊注，汪贤度校点：《王子安集注》，第268页。
③ （唐）王勃著，（清）蒋清翊注，汪贤度校点：《王子安集注》，第28页。

子一样①，借飞鸟形象来寄托他耿介独立的人格追求。《江曲孤凫赋》中，王勃描绘了一个顺应自然的"孤凫"，云其："吮红藻，翻碧莲。刷雾露，栖云烟。迫之则隐，驯之则前。去就无失，浮沈自然。"②并在其序中云："宇宙之容我多矣，造化之资我厚矣，何必处华池之内，而求稻粱之恩哉。"③可见这一普普通通但具有独立精神的自由自在的鸟儿让王勃感慨良多。而他在《驯鸢赋》中则刻画了遨游于宇宙之间，超迈独行，独与天地精神往来的神鸟——鸢："与道浮沈，因时俯仰。去非内惧，驯非外奖。夫劲翮挥风，雄姿触雾。力制烟道，神周天步。郁霄汉之弘图，受元亨之近顾。质虽滞于城阙，策已成于云路。"④并从这一天真、自然、飘逸的神鸟的精神中引申出"似达人之用晦，混尘蒙而自托；类君子之含道，处蓬蒿而不怍"⑤这样的处世哲学。此中正蕴含了王勃所受到的道家思想的影响。

另外，在一些普通而微小的物品中，王勃也能发现其中所蕴含的道家精神而加以吟咏。《青苔赋序》云："苔之生于林塘也，为幽客之赏；苔之生于轩庭也，为居人之怨。斯择地而处，无累于物也，爱憎从而生。"⑥以青苔之择地而处，悟出自己在朝廷中遭受打击，远离朝廷则备受欢迎的道理。并对其"宜其背阳就阴，违喧处静。不根不蒂，无迹无影。耻桃李之暂芳，笑兰桂之非永。故顺时而不竞，每乘幽而自整"⑦的品性加以礼赞。

如果说寻仙访道之作是王勃山水之游过程中的随兴之作，其蕴含道家情怀的作品则具有更深的内在动因。其在《秋晚入洛于毕公宅别道王宴序》中云："早师周礼，偶爱儒宗；晚读《老》《庄》，动谐真性。进非干物，自疏朝市之机；退不邀荣，谁识王侯之贵。散琴尊于北阜，喜耕凿于东陂。"⑧可知在其思想深处，老庄思想是占有一席之地的。故

---

① 庄子在《逍遥游》中曾借变形的巨鲲大鹏，描绘一个自由飞翔的心灵，呈现出一种博大无碍而又与物冥合的精神境界。
② （唐）王勃著，（清）蒋清翊注，汪贤度校点：《王子安集注》，第33页。
③ （唐）王勃著，（清）蒋清翊注，汪贤度校点：《王子安集注》，第33页。
④ （唐）王勃著，（清）蒋清翊注，汪贤度校点：《王子安集注》，第36页。
⑤ （唐）王勃著，（清）蒋清翊注，汪贤度校点：《王子安集注》，第36页。
⑥ （唐）王勃著，（清）蒋清翊注，汪贤度校点：《王子安集注》，第41页。
⑦ （唐）王勃著，（清）蒋清翊注，汪贤度校点：《王子安集注》，第41—42页。
⑧ （唐）王勃著，（清）蒋清翊注，汪贤度校点：《王子安集注》，第255页。

而有这样的认识:"是非双遗,自然天地之间;荣贱两忘,何必山林之下。"① 非处于山林湖海才能做到荣贱两忘,是非双遗,这正是对道家精神的深刻领悟。道家逍遥自适、至人无己的思想使他形成了超然通达的人生态度。

此外,王勃的作品,特别是游蜀的序、记、碑文中,也包含了大量的佛教因素。唐初的统治者,尤其是武则天等大倡佛教,因而各地的寺庙建设兴盛。蜀地也不例外。王勃在蜀地接触到了许多佛教经典,游览了不少佛教圣迹,写下了大量的佛寺碑文,如《益州绵竹县武都山净慧寺碑》《德阳县普寂寺碑》《拌州捷县兜率寺浮图碑》等。杨炯在《王子安集原序》中以为:"西南洪笔,咸出其辞。每有一文,海内惊瞻。"② 并为许多佛教典籍写了序、记之类的文字。如《四分律宗记序》《释加如来成道记》等。从《四分律宗记》中可以看出,王勃对《四分律》有相当的了解。在《释加如来成道记》中还详细地叙述了佛祖创佛教之源流、教义,显示出王勃具有很深的佛教文化修养。

在与佛教的密切接触中,王勃思想中也沾染了佛教的印迹。《释迦佛赋》③ 云:"原夫佛者,觉也,神而化之,修六年而得道,统三界以称师。帝释梵王,尚犹皈敬;老聃宣父,宁不参随。"④ 此处王勃把释迦称为统三界之师,甚至连老子、孔子也要参随,可见他们之间是师徒关系,儒道源于佛教。赋的结尾处云:"嗟释迦之永法将尽,仰慈氏之何日调伏。我今回向菩提,一心归命圆寂。"⑤ 当然,正如王勃虽然也曾寻仙访道,但终究不会成为道士一样,他也并未皈依佛教,但却表明王勃或许已洞达人生痛苦的本源。

尽管如此,笔者以为,王勃广博的学识,就像一个数据库一样,可以随时输出他需要的三教材料。他在蜀地所写的有关佛教的碑文序记等,多为应酬之作,以助他漂泊此地的交游以及日用。到什么山唱什么

---

① (唐)王勃著,(清)蒋清翊注,汪贤度校点:《王子安集注》,第257页。
② (唐)王勃著,(清)蒋清翊注,汪贤度校点:《王子安集注》,王子安集注卷首,第68页。
③ 詹杭伦在《王勃〈释迦佛赋〉乃丁暐仁作考》(《文学遗产》2006年第1期)中认为,《释迦佛赋》乃金代丁暐仁作,存此待考。
④ (唐)王勃著,(清)蒋清翊注,汪贤度校点:《王子安集注》,第58—59页。
⑤ (唐)王勃著,(清)蒋清翊注,汪贤度校点:《王子安集注》,第63页。

歌，对于博学多识的天才作家王勃来说，是再容易不过的事了。这样说虽然有亵渎之嫌，但王勃几乎每篇序记作品中都对事主尽热情颂扬之能事，却是事实。因此王勃说"一心归命圆寂"，我们也不必就此以为王勃真要出家为僧了。只要把这样的句子理解为王勃对佛教语言的灵活运用就可以了。因为在其去世的前两年，我们还在《续书序》中读到："勃兄弟五六冠者，童子六七，祇祇怡怡，讲问伏渐之日久矣。躬奉成训，家传异闻，犹恐不得门而入，才之不逮至远也。是用厉精激愤，宵吟昼咏，庶几乎学而知之者。"① 这样孜孜以求学业进步的思想；在其去世的前一年，我们还从《滕王阁序》中读到："无路请缨，等终军之弱冠；有怀投笔，爱宗悫之长风。"② 这样昂扬于仕进的情怀。所以，王勃虽然对佛教经典极为精通，也深受佛教的影响，但其内心深处，流动的最多最浓的依旧是儒家的血液。

通过以上论述可知，王勃早期受儒家思想影响很深，政治上遭受挫折后，就移情于山水；后期又热衷于佛老，并用怀仙来自我解脱。但佛道思想虽然影响了王勃，终究不能与儒家思想相提并论。王勃既能入世又能出世，是其广博的学识在任何时候，都能给他提供精神的慰藉和支撑，因而其作品中既有儒家的积极向上，又有道释的通达乐观。三教的精神，灵活自如地融合到了他的作品中。

王氏家族的这种以儒学为主的统三教于一身的精神，其后竟成为唐代的士风之一，并为宋明理学开辟了道路。在以后的士大夫中，不管他们赞成或者排斥释道，他们的思想和作品，总能流露出受其影响的痕迹。即使是激烈排斥佛教的韩愈，也不例外。受此影响，作家的主体人格修养标准亦发生了巨变，不再是单纯的儒家道德伦理传统，而是注入了佛、道的崭新内容。源自佛教境界观的意境学说也越来越成熟，其对诗歌艺术性的讨论和重视极大冲击了以社会功用论诗的传统诗教。总之，王通提出的"三教可一"思想，不仅对社会政治、思想宗教产生了深刻的影响，对于文学思想的发展也产生了巨大的影响。像其后以禅喻诗、以禅参诗、以禅论诗方法的大量出现，都与三教可一思想具有密切的关系。对此学者已有研究，在此不再赘述。

---

① （唐）王勃著，（清）蒋清翊注，汪贤度校点：《王子安集注》，第278页。
② （唐）王勃著，（清）蒋清翊注，汪贤度校点：《王子安集注》，第234页。

第九章

王氏家族文学繁荣的原因

自永嘉之乱到唐开国，三百多年典籍散逸，文化备受摧残，为历史上多难期之一。魏征《隋书·儒林传》载："自晋室分崩，中原丧乱，五胡交争，经籍道尽。"① 又经过隋末大乱，"凡有经籍，自此皆湮没于煨尘矣。遂使后进之士不复闻《诗》、《书》之言，皆怀攘夺之心，相与陷于不义"②。又据《文献通考》卷一百七十四载，唐著作郎杜宝《大业幸江都记》云："炀帝聚书至三十七万卷，皆焚于广陵。其目中盖无一帙传于后代。"③《新唐书·艺文志》也有类似的关于书籍亡佚的记载。

故而隋唐之际，书籍甚是贫乏，文化需要重新恢复和建设。正是在这样乱治交替的时期，王氏家族的成员，几乎都孜孜于文化的建设，纷纷撰文著述，前文已经指出，在隋唐之际的三代作家中，他们共创作了包括哲学、政治、历史、文学等在内的见诸史载的著述二十四种。在这些著述中，有些学说被后人发扬光大，有些诗文流芳千古，为当时和以后的文化文学建设作出了重要贡献。设使文化史上没有王通的河汾设教，文学史上没有王度那篇孤篇横绝的《古镜记》，王绩在隋唐之际的自然而任情的吟唱，以及王勃的《滕王阁序》及其撰写经过的传说，那么我们历史的天空一定会减少一些亮丽而优美的文化景观。

考察王氏家族的文化背景及其著述的撰写过程，笔者以为王氏家族著述众多，文化文学繁荣的原因主要有以下几点。

---

① （唐）魏征等撰：《隋书》，第1705页。
② （唐）魏征等撰：《隋书》，第1707页。
③ （元）马端临撰：《文献通考》，中华书局2006年版，第1510页。

一　家富图书

吕才《王无功文集序》云："初，君祖安康献公，周建德中，从武帝征邺，为前驱大总管。时诸将既胜，并虏获珍物，献公丝毫不顾，车载图书而已，故家富坟籍，学者多依焉。"① 可知，此一家族，重书籍更甚于珠宝，祖上既为子孙储备了知识之源泉，书香便会源远流长。在书籍大量毁于战火，斯文将坠的乱世，王氏家族因为书籍众多，广泛占有文化资源而人才辈出。王氏家族的藏书到底有多少，史书无载，但从王通、王绩、王勃的博学多识，可知其藏书量不会少于当时的国家图书馆。王绩在其诗《阅家书》中不无自豪地说："张氏前钞本，班家旧赐余。尚应千许帙，何啻五盈车？缝悉龟文印，题皆龙爪书。……为向杨雄说：无劳羡石渠。"② 试想一下本书中曾提到的王勃九岁作《汉书指瑕》十卷，张燕公、僧一行读不懂王勃的文章，不知其文词所指，可推知，其广博的学识主要来源于家藏的图书。此外，《王无功文集》吕才序中，关于王绩读"龟书"的记载③，也可推知其家的藏书之多，内容之广。王通弟子千余，可能很多就是因其藏书众多，又学识超众，慕名而来的。

二　家学渊源深厚

隋唐之际王氏家族的有些著述，是在继承先祖著述的基础上完成的，是家族文化积淀的产物，显示出了家族内部文化的传承。王通六世祖王玄则有《时变论》，"言化俗推移之理"；五世祖王焕有《五经决录》，"言圣贤制述之意"；四世祖王虬有《政大论》，"言帝王之道"；

---

① （唐）王绩著，韩理洲校点：《王无功文集》（五卷本会校），《王无功文集序》第1页。

② （唐）王绩著，韩理洲校点：《王无功文集》（五卷本会校），第118页。

③ 吕才：《王无功文集序》云："才于岐州陈仓山行，忽见蓍一丛，非常端实。下马数之，得四十九茎。因掘之。不过一尺，便得一龟，径可尺余。挎之将献，遇君于长安，因以示君曰：'此龟是九江所出，先生以为何如？'君抚龟叹曰：'此龟十境位六班……，是必陈仓蓍下皂龟也，卿读龟书不遍尔。'才遂谢服。"

三世祖王彦有《政小论》，"言王霸之业"；祖父王一有《皇极谠议》，"言三才去就"；父亲王隆有《兴衰要论》，"言六代之得失"，"余小子获睹成训，勤九载矣。服先人之义，稽仲尼之心，天人之事，帝王之道，昭昭乎!"① 王通续"六经"只用了九年的时间，这一方面是王通本人的创造，另一方面当然是得益于家传，参考了先人的著述。如王通的《续书》，内容大概与其四世祖王虬的《政大论》相类。"吾欲续《书》，按诸载录，不足征也，吾得《政大论》焉。"② 目的在明"帝王之道"。《元经》的编写宗旨与其祖穆公王一的《皇极谠议》相一致。王通说："吾欲修《元经》，稽诸史论，不足征也，吾得《皇极谠议》焉。"③《续诗》的宗旨与其六世祖玄则《时变论》相一致。王通说："吾欲续《诗》，考诸集记，不足征也，吾得《时变论》焉。"④ 家族内部的文化传承与发扬，使得王氏家族的文化得以薪火相传，更加繁荣。

三 注重编辑、保存和续成家族成员的著述

如前所述，王通的《中说》，就经过王凝、王福时的搜集保存，编辑整理，才得以流传于世。王勃对其祖王通的《六经》，更是做了大量的补充修订及作序等工作。如前文提到过他曾用数年的时间，补写了《续书》所缺篇目，并为之作序等。据杨炯《王子安集原序》，王勃还在薛收之后，为《元经》作《传》，然"未终其业"。王度的《隋书》，亦经过王绩、王凝的继写，方就其功。

这种编辑、保存和续成家族成员的作品，正是文化家族性的表现。也是王氏家族文化能够繁荣的一个重要原因。

四 家族成员的聪慧与勤奋

隋唐之际的王氏家族，可谓一神童世家。像本书所论述的主要作家

---

① （隋）王通著，张沛校注：《中说校注》，第4页。
② （隋）王通著，张沛校注：《中说校注》，第7页。
③ （隋）王通著，张沛校注：《中说校注》，第7页。
④ （隋）王通著，张沛校注：《中说校注》，第7页。

王通、王绩、王勃等都是名副其实的神童才子，且都勤奋好学，皆为博学多才之士，故能通览古今，并且能够撰写出既体现一代文风，又能继往开来的诗文作品，在文学史上千古留名。其他人像王勃辈诸位兄弟，皆富有才华，至少有四人进士及第①，为时人称道。文学的主体是人，王氏家族文学繁荣的原因，最基本的因素当是此家族中这些文化精英人士，正是他们以自己超群的智慧和勤奋刻苦的治学精神，使其家族文学得以繁荣，为隋唐之际及其后世文学的发展作出了重要贡献。

事实上王氏家族的作家们，都是学者兼作家型的文人（这样的文人在历史上代不乏人）。他们都博涉经史，著述甚丰。如果不是年代久远，文献多已亡佚，我们对王氏家族作家们的认识肯定会更全面，更深刻。

五　对优秀文学传统的继承和发扬

各体文学发展至唐初，皆已有丰富的积累，产生了大量优秀的成果。就小说而言，六朝的小说虽然只是粗陈梗概，但不论是志怪小说还是志人小说，都对后世小说的发展产生了深刻的影响。王度的《古镜记》，无疑在继承六朝志怪小说的基础上，又加以虚构和想象，始有意为小说而成唐传奇开山之作。就辞赋而言，两汉的大赋及六朝的抒情小赋等，都为王氏家族的作家们提供了丰富的创作经验，他们在此基础上，在形式及题材等方面加以拓展，为唐代辞赋的发展贡献良多。就骈文而言，王氏家族的作家们在六朝骈文业已成熟的基础上，更是既继承了前人，又形成了自己的风格，如王绩的骈文脱落了六朝锦色，而王勃则留下了像《滕王阁序》这样的不朽篇章，在骈文发展上留下鲜明的印记。

再如诗歌，自先秦时期的《诗经》《楚辞》，便形成了现实主义和浪漫主义两大传统，历经汉代的乐府、六朝至隋文人五言诗及乐府歌行等诗体的发展，到王氏家族主要作家生活的时代，诗歌正处于律诗即将定型，而歌行蓬勃发展的时期。王绩和王勃继承了此前优秀的诗学精

---

① 他们为勔、勃、助、勉。

神，并加以创新发展，故能在宫廷诗占主流的初唐诗坛，形成自己的风格，他们满怀深情地"乘兴且长歌"，而中国古典诗歌正是在他们的贡献与期待中，即将达到高潮，迈向空前的辉煌。

附录 1

王氏世系图

本世系图在蒋清翊的《王氏世系》基础上，在考证的基础上作了修订、删略和延伸。参见《王子安集注》卷首第7—14页。本世系图又见于笔者的《隋唐之际河汾王氏家族美学研究》（中国戏剧出版社2009年版）的附录部分。

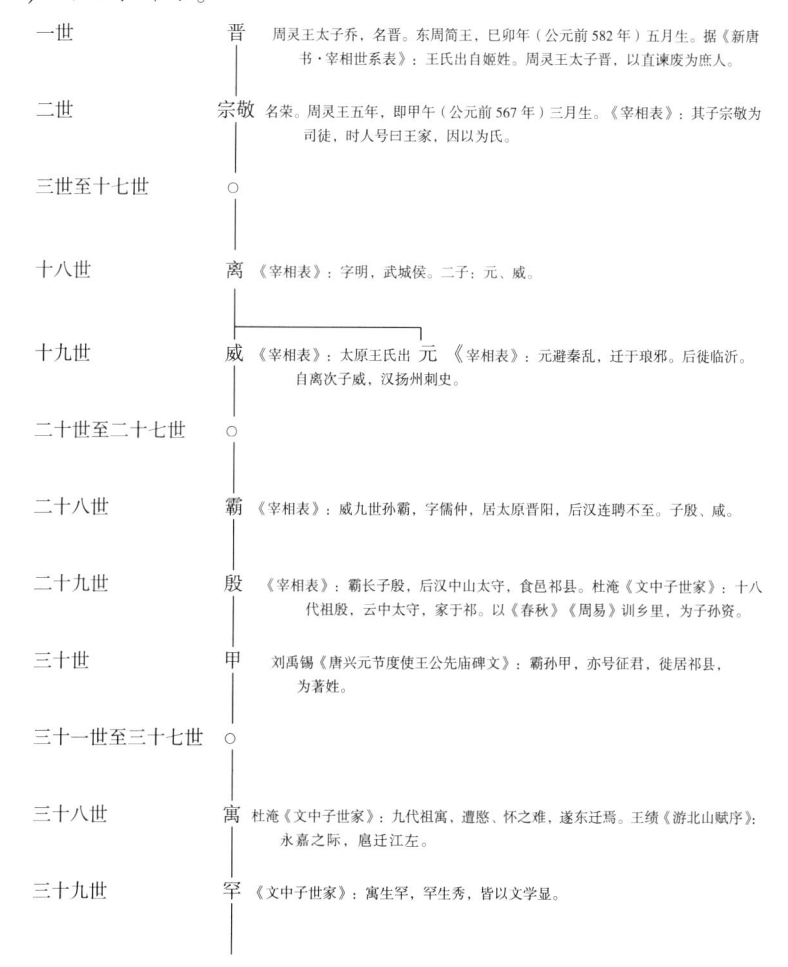

一世	晋	周灵王太子乔，名晋。东周简王，巳卯年（公元前582年）五月生。据《新唐书·宰相世系表》：王氏出自姬姓。周灵王太子晋，以直谏废为庶人。
二世	宗敬	名荣。周灵王五年，即甲午（公元前567年）三月生。《宰相表》：其子宗敬为司徒，时人号曰王家，因以为氏。
三世至十七世	○	
十八世	离	《宰相表》：字明，武城侯。二子：元、威。
十九世	威 元	《宰相表》：太原王氏出自离次子威，汉扬州刺史。　《宰相表》：元避秦乱，迁于琅邪。后徙临沂。
二十世至二十七世	○	
二十八世	霸	《宰相表》：威九世孙霸，字儒仲，居太原晋阳，后汉连聘不至。子殷、咸。
二十九世	殷	《宰相表》：霸长子殷，后汉中山太守，食邑祁县。杜淹《文中子世家》：十八代祖殷，云中太守，家于祁。以《春秋》《周易》训乡里，为子孙资。
三十世	甲	刘禹锡《唐兴元节度使王公先庙碑文》：霸孙甲，亦号征君，徙居祁县，为著姓。
三十一世至三十七世	○	
三十八世	寓	杜淹《文中子世家》：九代祖寓，遭愍、怀之难，遂东迁焉。王绩《游北山赋序》：永嘉之际，扈迁江左。
三十九世	罕	《文中子世家》：寓生罕，罕生秀，皆以文学显。

世系	名	记载
四十世	秀	《文中子世家》：秀生二子：长曰玄谟，次曰玄则；玄谟以将略升，玄则以儒术进。
四十一世	玄则	《文中子世家》：玄则字彦法，即文中子六代祖也。仕宋，历太仆、国子博士。江左号"王先生"。生江州府君涣。
四十二世	涣	《文中子世家》：涣生虬。
四十三世	虬	《文中子世家》：虬始北事魏，太和中为并州刺史，家河汾，曰晋阳穆公。《录关子明事》：穆公之在江左也，不平袁粲之死，耻食齐粟，故萧氏受禅而穆公北奔，即齐建元元年，魏太和三年也。太和八年，征为秘书郎，迁给事黄门侍郎。王绩《游北山赋序》：穆公衔建元之耻，归于洛阳。吕才《王无功文集序》：王绩高祖晋阳穆公自南北归，始家河汾焉。
四十四世	彦	《文中子世家》：同州府君彦，生济州刺史一。王绩《游北山赋序》：同州悲永安之事，退居河曲。曾著《政小论》。
四十五世	一	《文中子世家》：安康献公生铜川府君隆。曾任济州刺史。从北周武帝征战有功，得获赐地。王绩《游北山赋序》：始则晋阳之开国，终乃安康之受田。坟垄寓居，候焉五叶；桑榆成荫，俄将百年。著《皇极谠议》。
四十六世	隆	《文中子世家》：字伯高，文中子之父也。传先生之业，教授门人千余。隋开皇初，以国子博士待诏云龙门。承诏著《兴衰要论》七篇，每奏，帝称善。为昌乐令，迁猗氏、铜川，所治著称，职满退归，遂不仕。
四十七世	度　通　凝　绩　静	

四十七世：

度，《中说·事君篇》：芮城府君起家为御史。《中说·天地篇》：芮城府君重阴阳。

通，杨炯《王子安集原序》：祖父通，隋秀才高第。蜀郡司户书佐，蜀王侍读。大业末，退讲艺于龙门。其卒也，门人谥之曰"文中子"。三子：福郊，福祚，福畤。

凝，王福畤《东皋子答陈尚书书》：贞观初，仲父太原府君为监察御史，弹侯君集，事连长孙太尉，由是获罪，出胡苏令。

绩，《新唐书·王绩传》：大业中，举孝悌廉洁，授秘书省正字。求为六合丞。因劾，遂解去。武德初以前官待诏门下省。贞观初，以疾罢。复调有司，时太乐署史焦革家善酿，绩求为丞。革死，妻送酒不绝。岁余又死。绩弃官去。王绩《独坐》：三男婚令族，五女嫁贤夫。知其子女至少八人。

静，吕才《王无功文集序》：武德中，君第七弟静为武皇千牛。

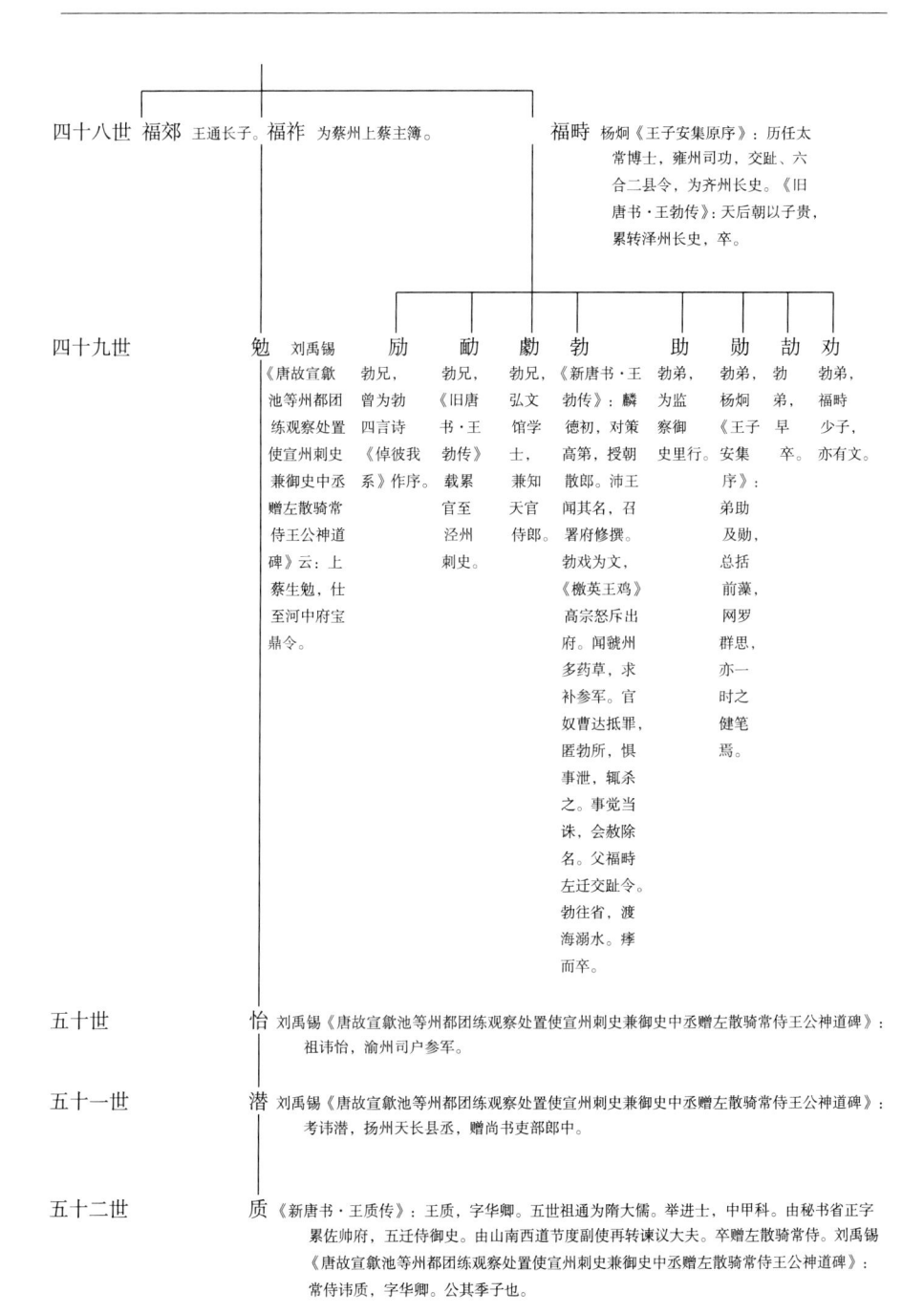

附录1 王氏世系图

四十八世 福郊 王通长子。 福祚 为蔡州上蔡主簿。 福畤 杨炯《王子安集原序》：历任太常博士，雍州司功，交趾、六合二县令，为齐州长史。《旧唐书·王勃传》：天后朝以子贵，累转泽州长史，卒。

四十九世 勔 刘禹锡《唐故宣歙池等州都团练观察处置使宣州刺史兼御史中丞赠左散骑常侍王公神道碑》云：上蔡生勔，仕至河中府宝鼎令。 励 勃兄，曾为勃四言诗《倬彼我系》作序。 勔 勃兄，《旧唐书·王勃传》载累官至泾州刺史。 勮 勃兄，弘文馆学士，兼知天官侍郎。 勃 《新唐书·王勃传》：麟德初，对策高第，授朝散郎。沛王闻其名，召署府修撰。勃戏为文，《檄英王鸡》，高宗怒斥出府。闻虢州多药草，求补参军。官奴曹达抵罪，匿勃所，惧事泄，辄杀之。事觉当诛，会赦除名。父福畤左迁交趾令。勃往省，渡海溺水。悸而卒。 助 勃弟，为监察御史里行。 勋 勃弟，杨炯《王子安集序》：弟助及勋，总括前藻，网罗群思，亦一时之健笔焉。 劼 勃弟，早卒。 劝 勃弟，福畤少子，亦有文。

五十世 怡 刘禹锡《唐故宣歙池等州都团练观察处置使宣州刺史兼御史中丞赠左散骑常侍王公神道碑》：祖讳怡，渝州司户参军。

五十一世 潜 刘禹锡《唐故宣歙池等州都团练观察处置使宣州刺史兼御史中丞赠左散骑常侍王公神道碑》：考讳潜，扬州天长县丞，赠尚书吏部郎中。

五十二世 质 《新唐书·王质传》：王质，字华卿。五世祖通为隋大儒。举进士，中甲科。由秘书省正字累佐帅府，五迁侍御史。由山南西道节度副使再转谏议大夫。卒赠左散骑常侍。刘禹锡《唐故宣歙池等州都团练观察处置使宣州刺史兼御史中丞赠左散骑常侍王公神道碑》：常侍讳质，字华卿。公其季子也。

附录 2

家族文集外散佚诗赋

1. 王勃《自乡还虢》

人生忽如客，骨肉知何常。
愿及百年内，花萼常相将。
无使棠棣废，取譬人无良。

2. 王勃《诫劼劝》

欲不可纵，争不可常。
勿轻小忿，将成大殃。

注：以上二诗见于（宋）葛立方《韵语阳秋》卷十，（宋）阮阅《诗话总龟》后集卷三亦引录。当是《王子安集》中散落的佚诗。《全唐诗》亦失收。

3. 王勔《晦日宴高氏林亭同用华字》

上序披林馆，中京视物华。竹窗低露叶，梅径起风花。
景落春台雾，池侵旧渚沙。绮筵歌吹晚，暮雨泛香车。

注：此诗见于唐高正臣辑《高氏三宴诗集》卷上；又见于（宋）计有功《唐诗纪事》卷七，题为《晦日宴高氏林亭》；《全唐诗》卷五十六收录此诗。

4. 王勔《百合花赋》

荷春光之余煦，托阳山之峻趾，比蓂荚之能连，引芝芳而自拟。固其布叶相从，潜根必重，示不孤于日用，欣有叶于时雍。嗤五叶之非偶，陋三花之未秾。亦藐兮不可长，辰兮不可逢，恐鹍鸠吟兮，众芳晚幸，左右之先容。

注：此赋见于（宋）李昉等编《文苑英华》卷一百四十九，又见于《御定佩文斋广群芳谱》卷四十七花谱百合花条，《御定渊鉴类函》卷三百九十六，《御定历代赋汇补遗》卷十六花果条。

主要参考文献

著作

（春秋）孔丘著，杨伯峻译注：《论语译注》，中华书局1983年版。

（春秋）孔丘著，（唐）陆德明释文：《论语集解》（再造善本），北京图书馆出版社2004年版。

（春秋）老子著，朱谦之校释：《老子校释》，中华书局1984年版。

（战国）孟子著，杨伯峻译注：《孟子译注》，中华书局1987年版。

（战国）庄子著，方勇译注：《庄子》，中华书局2010年版。

（战国）荀子著，王先谦集解：《荀子集解》，中华书局1980年版。

（战国）屈原著，（宋）朱熹集注：《楚辞集注》，上海古籍出版社1979年版。

（汉）毛亨传，（汉）郑玄注，（唐）孔颖达疏：《毛诗注疏》，《十三经注疏》本，中华书局1980年版。

（汉）刘安：《淮南子》，中华书局《诸子集成》本。

（汉）司马迁：《史记》，中华书局1959年版。

（汉）班固：《汉书》，中华书局1962年版。

（汉）刘熙：《释名》，国际文化出版公司1993年版。

（汉）许慎：《说文解字》，中华书局1963年版。

（汉）郑玄注，（唐）孔颖达正义：《礼记正义》，《十三经注疏》，中华书局1980年版。

（汉）牟融著，梁庆寅释译：《牟子理惑论》，佛光出版社1996年版。

（汉）王充：《论衡》，上海书店1986年影印世界书局《诸子集成》本。

主要参考文献

（魏）曹植著，赵幼文校注：《曹植集校注》，中华书局2016年版。

（魏）王粲著，俞绍初校点：《王粲集》，中华书局1980年版，

（魏）王弼著，楼宇烈校释：《王弼集校释》，中华书局1980年版。

（魏）王弼注，（唐）孔颖达正义，（清）阮元校刻：《周易正义》，《十三经注疏》本，中华书局1980年版。

（魏）阮籍著，陈伯君校注：《阮籍集校注》，中华书局1987年版。

（魏）桓范：《世要论》，皇华馆书局，清同治十年（1871）。

（魏）张揖：《广雅》，中华书局1985年版。

（晋）葛洪：《抱朴子》，上海古籍出版社1990年版。

（晋）葛洪著，周天游校注：《西京杂记》，三秦出版社2006年版。

（晋）陈寿：《三国志》，中华书局1959年版。

（晋）陆机著，杨明校笺：《陆机集校笺》，上海古籍出版社2016年版。

（晋）干宝著，李剑国辑校：《新辑搜神记》，中华书局2007年版。

（晋）陶渊明著，袁行霈笺注：《陶渊明笺注》，中华书局2011年版。

（晋）僧肇著，郑立新整理《肇论》，山东画报出版社2004年版。

（南朝宋）刘义庆著，余嘉锡笺疏：《世说新语笺疏》，中华书局1983年版。

（南朝梁）萧子显：《南齐书》，中华书局1972年版。

（南朝梁）萧统选编：《文选》，上海古籍出版社1986年版。

（南朝梁）刘勰著，杨明照校注拾遗：《增订文心雕龙校注》，中华书局2012年版。

（北齐）颜之推著，王利器集解：《颜氏家训集解》，上海古籍出版社1980年版。

（北周）庾信著，（清）倪璠注，许逸民校点：《庾子山集》，中华书局1980年版。

（隋）王通著，（唐）薛收传，（宋）阮逸注：《元经薛氏传》，艺文书局清光绪二十年（1894）。

（隋）王通著，（宋）阮逸注：《文中子〈中说〉》影印本，上海古籍出版社1989年版。

（隋）王通撰，郑春颖译注：《文中子〈中说〉译注》，黑龙江人民出版社2003年版。

（隋）王通撰，（宋）阮逸注：《中说》，四部丛刊本影印。

（唐）房玄龄等：《晋书》，中华书局1974年版。

（唐）李延寿：《南史》，中华书局1975年版。

（唐）李延寿：《北史》，中华书局1974年版。

（唐）李百药：《魏书》，中华书局1972年版。

（唐）令狐德棻等：《周书》，中华书局1971年版。

（唐）魏征等：《隋书》，中华书局1973，1974年版。

（唐）刘知己：《史通》，辽宁教育出版社1997年版。

（唐）李吉甫撰：《元和郡县图志》，中华书局1983年版。

（唐）王绩著，王国安注：《王绩诗注》，上海古籍出版社1981年版。

（唐）王绩著，韩理洲点校：《王无功文集》（五卷本会校），上海古籍出版社1987年版。

（唐）王绩著，康金声、夏连保校注：《王绩集编年校注》，山西人民出版社1992年版。

（唐）王绩著，金荣华校注：《王绩诗文集校注》，新文丰出版股份有限公司1998年版。

（唐）王勃著，聂文郁解：《王勃诗解》，青海人民出版社1980年版。

（唐）王勃著，蒋清翊注，汪贤度校点：《王子安集注》，上海古籍出版社1995年版。

（唐）王勃著，何林天校：《重订新校王子安集》，山西人民出版社1990年版。

（唐）骆宾王：《四库唐人文集丛刊·骆丞集》，上海古籍出版社1992年版。

（唐）释明佺等编：《大周刊定众经目录》，上海影印宋版藏经会，民国二十五年（1936）。

（唐）高正臣编：《高氏三宴诗集》，《四库全书》本。

（唐）王维著，（清）赵殿成注：《王右丞集笺注》，上海古籍出版社 1984 年版。

（唐）陆德明：《经典释文》，中华书局 1983 年版。

（唐）吴兢撰，谢保成集校：《贞观政要集注》，中华书局 2012 年版。

（唐）李白著，（清）王琦注：《李太白全集》，中华书局 2011 年版。

（唐）杜甫著，（清）仇兆鳌注，于鲁平补注：《杜甫诗注》，三秦出版社 2004 年版。

（唐）署名王昌龄：《诗格》，《诗学指南》本。

（唐）殷璠编：《河岳英灵集》，中华书局上海编辑所 1958 年排印本。

（唐）段成式撰，曹中孚校点：《酉阳杂俎》，上海古籍出版社 2012 年版。

（唐）李华：《李遐叔文集》，台湾商务印书馆 1983 年版。

（唐）释皎然：《吴兴昼上人集》，商务印书馆，民国年间。

（唐）韩愈：《韩昌黎集》，商务印书馆 1930 年版。

（唐）柳宗元著，王国安笺释：《柳宗元集笺释》，上海古籍出版社 1993 年版。

（唐）白居易著，孙安邦、孙蓓解评：《白居易集》，山西古籍出版社 2004 年版。

（唐）李商隐著，朱怀春等标点：《李商隐全集》，上海古籍出版社 1999 年版。

（唐）司空图著，祖保泉、陶礼天笺校：《司空表圣诗文集笺校》，安徽大学出版社 2002 年版。

（唐）李吉甫撰：《元和郡县图志》，中华书局 1983 年版。

（唐）刘禹锡：《刘禹锡集》，上海人民出版社 1975 年版。

（唐）杜佑：《通典》，中华书局 1984 年版。

（五代）王定保撰，阳羡生校点：《唐摭言》，上海古籍出版社 2012 年版。

（五代）刘昫等：《旧唐书》，中华书局 1975 年版。

（五代）李肇：《唐国史补》校点本，古典文学出版社 1956 年版。

（宋）欧阳修、宋祁撰：《新唐书》，中华书局 1975 年版。

（宋）司马光：《资治通鉴》，中华书局 1956 年版。

（宋）朱熹：《四书章句集注》（点校本），中华书局 1983 年版。

（宋）黎靖德编：《朱子语类》，中华书局 1986 年版。

（宋）宋敏求编：《唐大诏令集》，中华书局 2008 年版。

（宋）晁公武撰，孙猛校证：《郡斋读书志校证》，上海古籍出版社 2011 年版。

（宋）阮阅：《诗话总龟》，人民文学出版社 1998 年版。

（宋）陈振孙：《直斋书录解题》，上海古籍出版社 1987 年版。

（宋）王溥：《唐会要》，中华书局 1955 年版。

（宋）陈师道著，李伟国校点：《后山谈丛》，上海古籍出版社 1989 年版。

（宋）陈亮：《陈亮集》，中华书局 1987 年版。

（宋）李昉辑：《太平广记》，中国文史出版社 2003 年版。

（宋）李昉等编：《文苑英华》，上海古籍出版社 1990 年版。

（宋）李昉等编：《太平御览》，台湾商务印书馆影印文渊阁四库全书本。

（宋）欧阳修：《集古录跋尾》（铅印本），中华书局民国二十五年（1936 年）。

（宋）洪迈：《容斋随笔》，上海古籍出版社 1996 年版。

（宋）程颢、程颐撰、潘富恩导读：《二程遗书》，上海古籍出版社 2000 年版。

（宋）严羽著，郭绍虞校释：《沧浪诗话校释》，人民文学出版社 1961 年版。

（宋）陆九渊著，钟哲点校：《陆九渊集》，中华书局 1980 年版。

（宋）曾季狸：《艇斋诗话》铅印本，商务印书馆民国十九年（1930）。

（宋）邵博：《邵氏闻见后录》，上海古籍出版社 2012 年版。

（宋）叶大庆：《考古质疑》，广东高等教育出版社 1989 年版。

（宋）章如愚：《群书考索》，广陵书社 2008 年版。

（宋）郑樵：《通志》，中华书局 1987 年版。

（宋）葛立方：《韵语阳秋》，上海古籍出版社 1984 年版。

（宋）王尧臣等编，钱东垣集释：《崇文总目》，商务印书馆民国二十八年（1939）版。

（宋）计有功：《唐诗纪事》，上海古籍出版社1987年版。

（元）托克托等：《宋史》，中华书局1977年版。

（元）马端临撰：《文献通考》，中华书局2006年版。

（明）焦竑著，李剑雄点校：《焦氏笔乘》，上海古籍出版社1986年版。

（明）王阳明：《传习录》，中州古籍出版社2008年版。

（明）杨慎：《升庵诗话》，上海古籍出版1987年版。

（明）张溥编：《汉魏六朝百三家集》，世界书局1998年版。

（明）郑瑗：《井观琐言》，江苏广陵古籍刻印社1990年版。

（明）谢榛：《四溟诗话》，人民文学出版社1961年版。

（明）胡应麟：《诗薮》，上海古籍出版社1979年版。

（明）胡震亨：《唐音癸籖》，上海古籍出版社1981年版。

（明）钟惺：《唐诗归》，万历四十五年（1617）刻本。

（明）王世贞：《艺苑卮言》，凤凰传媒出版集团，凤凰出版社2009年版。

（明）王世贞：《弇州山人四部稿》，明世经堂刻本。

（明）王志坚辑，（清）蒋仕铨评选：《评选四六法海》，同治十年刊本。

（清）姚际恒：《古今伪书考》，中华书局1985年版。

（清）沈德潜选注：《唐诗别裁集》，上海古籍出版社2013年版。

（清）沈德潜：《说诗晬语》，人民文学出版社1979年版。

（清）王聘珍著，王文锦点校：《大戴礼记解诂》，中华书局1983年版。

（清）翁方纲著，陈迩冬校点：《石洲诗话》，人民文学出版社1981年版。

（清）余成教：《石园诗话》，清嘉庆年间刻本。

（清）陈鸿墀：《全唐文纪事》，上海古籍出版社1959年版，1987年重印。

（清）彭定求等编纂：《全唐诗》，中华书局1960年排印本。

（清）徐松著，赵守俨点校：《登科记考》，中华书局1984年版。

（清）朱彝尊：《经义考》，中华书局1998年版。

（清）沈千鉴修，（清）王政，（清）牛述贤纂：《河津县志》影印本，中国书店出版社2002年版。

（清）茅丕熙，杨汉章修，（清）程象濂，韩秉钧纂：《河津县志》（影印本），山西省河津县县志办公室，1982年。

（清）赵翼：《廿二史札记》，中华书局1984年版。

（清）阮元校刻：《十三经注疏》，中华书局1980年版。

（清）皮锡瑞：《经学通论》，华夏出版社2011年版。

（清）皮锡瑞：《经学历史》，中华书局1959年版。

（清）纪昀等编：《四库全书》，台湾商务印书馆1986年影印文渊阁本。

（清）纪昀等：《四库全书总目提要》，中华书局影印清刻本1965年版。

（清）叶燮著，陈谦豫整理：《原诗》，山东画报出版社2004年版。

（清）王士禛撰，赵伯陶选评：《香祖笔记》，学苑出版社2001年版。

（清）汪灏等编：《御定佩文斋广群芳谱》，台湾商务印书馆1983年版。

（清）张英等编：《御定渊鉴类函》，世界书局1986年版。

（清）严可均辑：《全上古三代秦汉三国六朝文》，中华书局1958年版。

（清）董皓等编：《全唐文》影印本，中华书局1983年版。

[美]艾尔曼（B. A. Elman）：《经学、政治和宗族——中华帝国晚期常州今文学派》，赵刚译，江苏人民出版社1998年版。

[美]包弼德（Peter. K. Bol）：《斯文：唐宋思想的转型》，刘宁译，江苏人民出版社2001年版。

曹道衡、沈玉成：《南北朝文学史》，人民文学出版社1991年版。

岑仲勉：《隋书求是》，中华书局2004年版。

[美]查尔斯·L. 斯蒂文森：《伦理学与语言》，姚新中、秦志华等译，中国社会科学出版社1991年版，1997年重印。

陈伯海：《中国文学史之宏观》，中国社会科学出版社1995年版。

陈尚君编：《全唐诗补编》，中华书局1992年版。

陈爽：《世家大族与北朝政治》，博士学位论文，北京大学，1995年。

陈贻焮：《论诗杂著》，北京大学出版社1989年版。

陈寅恪：《隋唐制度渊源略论稿》，上海古籍出版社1982年版。

陈寅恪：《金明馆丛稿初编》，上海古籍出版社1980年版。

成复旺、黄保真：《中国文学理论史》第二册，北京出版社1991年版。

程毅中：《唐代小说史话》，文化艺术出版社1990年版。

程章灿：《陈郡阳夏谢氏：六朝文学士族之个案研究》，文津出版社1993年版。

程章灿：《世族与六朝文学》，黑龙江教育出版社1998年版。

程郁缀：《唐诗宋词》，北京大学出版社2002年版。

戴望舒：《小说戏曲论集》，作家出版社1958年版。

邓小军：《唐代文学的文化精神》，文津出版社1993年版。

丁福保编：《佛学大辞典》，文物出版社1994年版。

杜晓勤：《初盛唐诗歌的文化阐释》，东方出版社1997年版。

方铭：《战国文学史》，武汉出版社1996年版。

费振刚主编：《中国文学史纲》，吉林人民出版社1998年版。

傅刚：《魏晋风度》，上海古籍出版社1997年版。

傅璇琮：《唐代诗人丛考》，中华书局2003年版。

傅璇琮主编：《唐才子传校笺》，中华书局1995年版。

高步瀛：《唐宋文举要》乙编，上海古籍出版社1982年版。

葛晓音：《山水田园诗派研究》，辽宁大学出版社1993年版。

葛晓音：《诗国高潮与盛唐文化》，北京大学出版社1998年版。

葛晓音：《汉唐文学的嬗变》，北京大学出版社1990年版，1995年重印。

葛兆光：《七世纪前中国的知识、思想与信仰世界》，复旦大学出版社1998年版。

顾实：《重考古今伪书考》，大东书局1926年初版，1928再版。

郭绍虞：《中国文学批评史》，上海古籍出版社1979年版。

郭英德：《中国古代文人集团与文学风貌》，北京师范大学出版社1998年版。

郭预衡：《中国散文史》，中华书局1980年版。

过常宝：《中国文学史》（先秦至唐五代），四川人民出版社2003年版。

[德]海德格尔：《人，诗意的安居——海德格尔语要》，广西师范大学出版社2002年版。

韩经太：《中国诗学与传统文化精神》，四川人民出版社1990年版。

[德]黑格尔：《美学》，商务印书馆1979年版。

侯忠义：《隋唐五代小说史》，浙江古籍出版社1997年版。

胡适：《白话文学史》，上海古籍出版社1999年版。

胡云翼：《唐诗研究》（影印本），上海书店出版社1991年版。

黄建中：《比较伦理学》，山东人民出版社1998年版。

黄云眉：《古今伪书考补证》，齐鲁书社1980年版。

[日]吉川幸次郎：《中国诗史》，章培恒等译，复旦大学出版社2001年版。

贾晋华：《唐代集会总集与诗人群研究》，北京大学出版社2001年版。

蒋寅：《古典诗学的现代诠释》，中华书局2003年版。

姜书阁：《骈文史论》，人民文学出版社1986年版。

康震：《长安文化与隋唐诗歌》，陕西人民教育出版社2005年版。

冷成金：《唐诗宋词研究》，中国人民大学出版社2005年版。

李泽厚：《美的历程》，中国社会科学出版社1989年版。

李泽厚：《中国思想史论·庄玄禅宗漫述》，安徽文艺出版社1999年版。

李泽厚、刘纲纪主编：《中国美学史》，中国社会科学出版社1987年版。

李浩：《唐代关中士族与文学》，文津出版社1999年版。

李浩：《唐代三大地域文学士族研究》，中华书局2002年版。

李剑国：《唐前志怪小说史》（修订本），天津教育出版社2005

年版。

李零：《中国数术考》，人民中国出版社1993年版。

李春青：《文学价值学引论》，云南人民出版社1994年版。

李真瑜：《明清吴江沈氏文学世家论考》，香港国际学术文化咨讯出版公司2003年版。

李宗为：《唐人传奇》，中华书局2003年版。

李山：《诗经的文化精神》，东方出版社1997年版。

梁启超：《中国历史研究法》，商务印书馆1935年版。

林庚：《中国文学简史》，北京大学出版社1995年版。

［日］铃木虎雄：《中国诗论史》，许总译，广西人民出版社1989年版。

刘大杰：《中国文学发展史》，上海古籍出版社1997年版。

刘开荣：《唐代小说研究》，台湾商务印书馆1997年版。

刘开扬：《唐诗通论》，巴蜀书社1998年版。

刘麟生：《中国骈文史》，东方出版社1996年版。

刘宁：《唐宋之际诗歌演变研究》，北京师范大学出版社2002年版。

刘扬忠：《诗与酒》，文津出版社1994年版。

刘勇强：《中国神话与小说》，大象出版社1997年版。

刘跃进：《门阀士族与永明文学》，生活·读书·新知三联书店1996年版。

陆侃如、冯沅君：《中国文学史简编》，作家出版社1957年版。

陆侃如、冯沅君：《中国诗史》，百花文艺出版社1999年版。

鲁迅：《中国小说史略》，百花文艺出版社2002年版。

鲁迅：《鲁迅全集》第3卷，人民文学出版社1981年版。

张燕瑾、吕薇芬主编，杜晓勤撰著：《二十世纪中国文学研究·隋唐五代文学研究》（下），北京出版社2001年版。

罗根泽：《中国文学批评史》，上海书店出版社2003年版。

罗实进：《唐诗演进论》，江苏古籍出版社2001年版。

罗宗强、郝世峰主编：《隋唐五代文学史》，高等教育出版社1994年版。

罗宗强：《隋唐五代文学思想史》，中华书局1999年版。

罗宗强：《玄学与魏晋士人心态》，浙江人民出版社 1991 年版。

骆建人：《文中子研究》，台湾商务印书馆 1990 年版。

骆祥发：《初唐四杰研究》，东方出版社 1993 年版。

马积高：《赋史》，上海古籍出版社 1987 年版。

马茂元：《马茂元说唐诗》，上海古籍出版社 1999 年版。

敏泽：《中国文学理论批评史》，人民文学出版社 1981 年版。

聂石樵：《唐代文学史》，北京师范大学出版社 2002 年版。

聂永华：《初唐宫廷诗风流变考论》，中国社会科学出版社 2002 年版。

乔象锺、陈铁民主编，王学泰等著：《唐代文学史》，人民文学出版社 1995 年版。

钱志熙：《唐前生命观和文学生命主题》，东方出版社 1997 年版。

钱锺书：《宋诗选注》，人民文学出版社 1982 年版。

钱锺书：《谈艺录》（补订本），中华书局 1984 年版。

任继愈主编：《中国哲学发展史》，人民出版社 1994 年版，1998 年重印。

苏桂宁：《宗法伦理精神与中国诗学》，上海三联书店 2002 年版。

苏雪林：《唐诗概论》（影印本），上海书店出版社 1992 年版。

孙以楷主编，张成权：《道家与中国哲学》（隋唐五代卷），人民出版社 2004 年版。

孙望：《蜗叟杂稿》，上海古籍出版社 1982 年版。

尚定：《走向盛唐》，中国社会科学出版社 1994 年版。

尚学峰、过常宝、郭英德：《中国古典文学接受史》，山东教育出版社 2000 年版。

尚学锋：《道家思想与汉魏文学》，北京师范大学出版社 2000 年版。

社科院文学所编著：《中国文学史》，人民文学出版社 1982 年版。

陶文鹏：《唐宋诗美学与艺术论》，南开大学出版社 2003 年版。

《唐代研究论集》第 1 辑，新文丰出版公司 1991 年版。

汤用彤：《汉魏两晋南北朝佛教史》，上海书店出版社 1991 年版。

陶敏、李一飞：《隋唐五代文学史料学》，中华书局 2001 年版。

陶敏、傅璇琮：《唐五代文学编年史》（初盛唐卷），辽海出版社

1998年版。

［日］田仲一诚：《中国的宗族与戏剧》，钱杭等译，上海古籍出版社1992年版。

汪辟疆校录：《唐人小说》，上海古籍出版社1978年版。

王大良：《中华姓氏通史·王姓》，东方出版社2002年版。

王力：《汉语诗律学》，上海世纪出版集团、上海教育出版社2002年版。

王运熙：《汉魏六朝唐代文学论丛》（增补本），复旦大学出版社2002年版。

王运熙、顾易生主编：《中国文学批评史新编》，复旦大学出版社2001年版。

王运熙、杨明：《隋唐五代文学批评史》，上海古籍出版社1994年版。

王海明：《伦理学方法》，商务印书馆2003年版。

王立中编：《文中子真伪汇考》，商务印书馆1938年版。

王国安、李光羽编著：《隋唐五代文学史话》，上海教育出版社1987年版。

王士菁：《唐代诗歌》，作家出版社1964年版。

王士菁：《唐代文学史略》，湖南师范大学出版社1992年版。

［美］威廉·K.弗兰克纳：《伦理学》，关键译，生活·读书·新知三联书店1987年版。

闻一多：《闻一多全集》（第三卷），生活·读书·新知三联书店1982年版。

闻一多：《神话与诗》，华东师范大学出版社1997年版。

闻一多：《唐诗杂论》，上海古籍出版社1998年版。

吴相洲：《唐代歌诗与诗歌》，北京大学出版社2000年版。

吴庚舜、董乃斌主编，许可等著：《唐代文学史》，人民文学出版社1995年版。

吴志达：《唐人传奇》，上海古籍出版社1981年版。

［日］小尾郊一：《中国文学中所表现的自然与自然观》，邵毅平译，上海古籍出版社1989年版。

萧华荣：《簪缨世家——两晋南朝琅邪王氏传奇》，生活·读书·新知三联书店 1995 年版。

徐复观：《中国艺术精神》，春风文艺出版社 1987 年版。

徐公持：《魏晋文学史》，人民文学出版社 1999 年版。

徐扬杰：《中国家族制度史》，人民出版社 1992 年版。

杨柳、骆祥发：《骆宾王评传》，北京出版社 1987 年版。

叶嘉莹：《迦陵论诗丛稿》，中华书局 1984 年版。

叶君远：《诗》，人民文学出版社 1994 年版。

叶朗：《中国美学史大纲》，上海人民出版社 1985 年版。

尹协理、魏明：《王通论》，中国社会科学出版社 1984 年版。

尹恭弘：《骈文》，人民文学出版社 1994 年版。

游国恩等主编：《中国文学史》（修订本），人民文学出版社 2004 年版。

[美] 宇文所安：《初唐诗》，贾晋华译，生活·读书·新知三联书店 2004 年版。

余嘉锡：《四库提要辨证》，中华书局 1980 年版。

袁济喜：《六朝美学》，北京大学出版社 1999 年版。

袁行霈主编：《中国文学史》第二卷，高等教育出版社 1999 年版。

宗白华：《美学与意境》，人民出版社 1987 年版。

[日] 佐藤一郎：《中国文章论》，赵善嘉译，上海古籍出版社 1996 年版。

詹福瑞：《中古文学理论范畴》，中华书局 2005 年版。

詹杭伦：《唐宋赋学研究》，中国社会科学出版社 2004 年版。

张步云：《唐代诗歌》，安徽教育出版社 1990 年版。

张长弓：《唐宋传奇作者暨其时代》，上海商务印书馆 1951 年版。

张成权：《道家与中国哲学》（隋唐五代卷），人民出版社 2004 年版。

张海明：《玄妙之境：魏晋玄学美学思潮》，东北师范大学出版社 1997 年版。

张海明：《经与纬的交结——中国古代文艺美学范畴论要》，陕西人民教育出版社 2006 年版。

张可礼：《东晋文艺综合研究》，山东大学出版社2001年版。
张可礼：《东晋文艺系年》，山东教育出版社1992年版。
张少康：《中国文学理论批评史教程》，北京大学出版社1999年版。
张锡厚：《王绩研究》，新文丰出版股份有限公司1995年版。
张毅：《中国文艺思想史论集》，南开大学出版社2004年版。
张友鹤选注：《唐宋传奇选》，人民文学出版社1985年版。
张志烈：《初唐四杰年谱》，巴蜀书社1993年版。
赵仁珪：《论宋六家词》，北京师范大学出版社1999年版。
郑临川整理：《闻一多论古典文学》，重庆出版社1984年版。
郑振铎：《插图本中国文学史》，北京出版社1999年版。
中国历史地图集编辑组编：《中国历史地图集》（第五册），中华地图学出版社1975年版。
中华书局编辑部点校：《全唐诗》（增订本），中华书局1999年版。
钟泰：《中国哲学史》，辽宁教育出版社1998年版。
周绍良总主编，栾贵明等主编：《全唐文新编》，吉林文史出版社2000年版。
周祖譔选编：《隋唐五代文论选》，人民文学出版社1990年版。
周宪：《超越文学——文学的文化哲学思考》，上海三联书店1997年版。
周先慎：《古诗文的艺术世界》，北京大学出版社2002年版。
朱贻庭主编：《中国传统伦理思想史》（增订本），华东师范大学出版社2003年版。
朱东润著，章培恒导读：《中国文学批评史大纲》，上海古籍出版社2001年版。
朱自清：《诗言志辨》，华东师范大学出版社1996年版。

论文

［韩］白承锡：《王勃赋之探讨》，《江苏社会科学》1995年第2期。

［韩］白承锡：《初唐山林隐逸赋之研究》，《滁州师专学报》2000年第4期。

曹丽芳：《王绩与山水田园诗派》，《山西大学学报》（哲学社会科学版）1997年第3期。

查正贤：《试论王勃的易学时命观及其对文学创作的影响》，《文学遗产》2002年第3期。

常裕：《浅论"河汾道统"说的影响》，《中国哲学史》2005年第3期。

陈方力、焦树民：《陶渊明与魏晋风度》，《江西社会科学》1999年第12期。

陈良运：《〈滕王阁序〉成文经过考述》，《南昌大学学报》2003年第3期。

陈平原：《唐宋古文运动述略》（上），《浙江社会科学》1996年第1期。

陈启智：《王通生平著述考》，《东岳论丛》1996年第6期。

邓小军：《隋书不载王通考》，《四川师范大学学报》（社会科学版）1994年第3期。

董虹凌：《试论王通〈中说〉之"道"观》，《华南理工大学学报》（社会科学版）2004年第2期。

董天策：《当时风骚 唐音始肇——初唐四杰诗歌创作综论》，《中国文学研究》1990年第3期。

董天策：《初唐四杰文学思想新探》，《中国文学研究》1994年第1期。

段承校：《论王通的道德观》，《江苏教育学院学报》（社会科学版）2001年第1期。

段熙仲：《王度〈古镜记〉是中唐小说》，《光明日报》1984年4月17日第6版。

杜晓勤：《初唐四杰与儒、道思想》，《文学评论》1995年第5期。

高光复：《论四杰辞赋与唐初文风》，《文史哲》1990年第5期。

高建新：《王绩：盛唐山水田园诗的先声》，《内蒙古大学学报》（人文社会科学版）2001年第3期。

高坤让：《王通"河汾设教"初探》，《运城师专学报》1988年第3期。

葛晓音：《初盛唐七言歌行的发展——兼论歌行的形成及其与七古的分野》，《文学遗产》1997 年第 5 期。

葛晓音：《初唐四杰与齐梁文风》，《求索》1990 年第 3 期。

韩理洲：《〈古镜记〉作者辨》，《中国文学研究》1986 年第 2 期。

韩理洲：《王绩生平求是》，《文史》第 18 辑，中华书局 1983 年版。

韩理洲：《王绩研究的问题及我见》，《延安大学学报》1983 年第 3 期。

胡玉伟、张冬梅：《文学伦理价值的当代探索》，《理论月刊》2004 年第 2 期。

胡朝雯：《初唐四杰的辞赋、骈文对诗歌革新的影响》，《衡阳师范学院学报》（社会科学版）2001 年第 4 期。

康学伟：《简论中国赋体文学的发展》，《松辽学刊》1988 年第 3 期。

李军：《论王绩对初唐诗歌发展的贡献》，《内蒙古民族大学学报》（社会科学版）2002 年第 5 期。

李术文：《文化视阈下的王勃诗文创作》，《中北大学学报》（社科版）2005 年第 2 期。

李小成：《王通的〈续诗〉与〈诗经〉》，《齐鲁学刊》2004 年第 6 期。

李文初：《再论"文学的自觉时代"——"宋齐说"质疑》，《学术研究》1997 年第 11 期。

刘怀荣：《从魏晋风度到盛唐精神——以文人个性和玄儒关系的演变为核心》，《文史哲》2002 年第 6 期。

刘建军：《文学伦理批评的当下性质》，《外国文学研究》2005 年第 1 期。

刘勇：《儒、释、道思想对王勃的影响》，《商洛师范专科学校学报》2004 年第 4 期。

陆嘉明：《诗人之名赋 千古之绝唱——王勃〈滕王阁序〉审美品赏》，《苏州教育学院学报》2003 年第 4 期。

莫山洪：《论初唐四杰对骈文的革新》，《柳州师专学报》1998 年第

2 期。

莫山洪：《论王勃骈文的审美情感》，《柳州师专学报》2003 年第 1 期。

孟二冬：《意境与禅玄——中唐诗歌意境论之诞生》，《北京大学学报》（哲学社会科学版）1996 年第 4 期。

聂珍钊：《文学伦理学批评：文学批评方法新探索》，《外国文学研究》2004 年第 5 期。

乔国强：《"文学伦理学批评"之管见》，《外国文学研究》2005 年第 1 期。

秦榕：《从〈古镜记〉看镜子文学意象的流变》，《福州师专学报》（社会科学版）2002 年第 1 期。

孙昊、李静：《王通与经学更新》，《江淮论坛》2003 年第 3 期。

史实：《江淹二赋对初唐文坛的影响》，《东北师大学报》（哲学社会科学版）1994 年第 4 期。

商伟：《论初唐诗歌的赋化现象》，《北京大学学报》（哲学社会科学版）1986 年第 5 期。

唐春生：《为初唐四杰"浮躁浅露"辩诬》，《重庆师院学报》（哲社版）1994 年第 2 期。

王木青：《王勃的周易美学思想》，《周易研究》1998 年第 4 期。

吴功正：《初唐宫廷诗风与隐逸诗韵并生现象论析》，《福建论坛》（人文社会科学版）2002 年第 6 期。

王志华：《五言律奠基者旧说应予推翻——重评王绩在诗歌史上的地位》，《晋阳学刊》1990 年第 3 期。

熊国华：《从〈世说新语〉看魏晋风度及文化意蕴》，《广州教育学院学报》2002 年第 4 期。

徐青：《初唐诗律概要》，《湖州师专学报》1987 年第 2 期。

徐朔方：《王通门人辨疑》，《浙江大学学报》（哲学社会科学版）1999 年第 4 期。

许总：《王绩诗歌的时代类型特征新议》，《齐鲁学刊》1994 年第 3 期。

姚敏杰：《论"初唐四杰"诗歌创作的革新实绩》，《首都师范大学学报》（社会科学版）1995年第4期。

姚圣良：《王勃和楚辞》，《淮北煤师院学报》（哲学社会科学版）2002年第4期。

杨军、吕燕芳：《五十年来王绩研究回顾》，《运城高等专科学校学报》2001年第1期。

袁行霈：《百年徘徊——初唐诗歌的创作趋势》，《北京大学学报》（哲学社会科学版）1994年第6期。

邹建军：《文学伦理学批评的三维指向》，《外国文学研究》2005年第1期。

赵昌平：《从初、盛唐七古的演进看唐诗发展的内在规律》，《中国社会科学》1986年第6期。

赵敏俐：《"魏晋文学自觉说"反思》，《中国社会科学》2005年第2期。

赵晓岚：《初唐诗的"一"与"多"——评闻一多的"类书与诗"及王绩诗》，《中国文学研究》2000年第4期。

张采民：《对初唐诗歌革新理论的再认识》，《南京师大学报》（社会科学版）2001年第6期。

张海沙：《题歌赋诗以会意为功——试论王绩的佛学思想及其文学实践》，《学术研究》1997年第10期。

张明非：《论王绩的田园诗》，《文学遗产》1990年第1期。

张明非：《试论初唐诗人王绩的隐逸》，《广西师范大学学报》（哲学社会科学版）1990年第1期。

张少康：《论文学的独立和自觉非自魏晋始》，《北京大学学报》1996年第2期。

张锡厚：《敦煌写本〈王绩集〉残卷校补》，《社会科学》1986年第1期。

张锡厚：《王绩生平辨析及其思想新证》，《学术月刊》1984年第5期。

张锡厚：《论王绩的诗文及其文学成就》，《文学遗产》1984年第2期。

张银堂：《存在与误读：王绩诗歌的独特价值》，《吉林大学社会科学学报》2004 年第 3 期。

张志烈:《王勃杂考》,《四川大学学报》(哲学社会科学版)1983 年第 2 期。

周裕锴:《王杨卢骆当时体——试论初唐七言歌行的群体风格及其嬗变轨迹》,《天府新论》1988 年第 4 期。

朱刚:《王绩生平新考论》,《渭南师专学报》1994 年第 3 期。

后 记

中国优秀的文化传统和辉煌灿烂的文学遗产常常与家族密不可分，家族文学也一直是学界研究的热点。近年来，我国更是大力弘扬优秀的家风、家训等这些家族、家庭的文化传统和精神内核，以期促进国家的发展、民族的进步和社会的和谐。可见，与家族文学、文化相关的研究，对于弘扬传统文化、促进精神文明建设等具有独特的价值和意义。为此，笔者选取了一个在隋末唐初对儒学、教育和文学发展都作出了重要贡献的家族，进行研究，并屡屡被其深厚的文化涵养和文学精神所吸引。

此次出版的成果，主要是对王氏家族文学的研究。在此，我要感谢我的硕士导师张可礼先生、博士导师张海明先生、博士后合作导师肖鹰先生，以及访问学者指导老师刘跃进先生，诸位先生学识渊博，在我求学的不同阶段，对我的研究进行了悉心的指导，使我获益良多。另外，在哈佛大学访学的一年间，曾跟宇文所安和田晓菲两位教授学习探讨，也开阔了我的思路和视野，在此一并感谢。多年来，笔者还得到过很多师长和朋友的帮助和关怀，借此谨致谢忱。

本书的出版受北方工业大学科研创新团队项目（编号 XN018009）的资助，特此感谢学校的资助，以及学校、院系领导和同事们一直以来对我科研、教学等工作的指导和支持。

本书的出版还要特别感谢中国社会科学出版社的宫京蕾编辑，是她的辛勤付出让本书得以顺利出版！

李海燕

2021 年 6 月 20 日

于北京